스스로의

회

윌리엄 진서
신지현 옮김

쓰기 당신의 삶

고

록

xbooks

감사의 말

내가 회고록을 집필할 수 있도록 오랫동안 배려해 준
편집장이자 출판 담당자 매튜 로어에게 감사를 전한다.
또한 예일대 제자이자 비공식적 편집자로서 내게
세심한 조언과 의견을 준 존 S. 로젠버그에게도 고마움을 표한다.
마지막으로, 원고를 읽고 도움을 준 앨 실버맨과 캐롤라인 진서에게 감사한다.

목차

일러두기

1 이 책은 William Zinsser, *Writing About Your Life*, Da Capo Press, 2004를 완역한 것입니다.

2 외래어 표기는 원칙적으로 국립국어원의 〈외래어 표기법〉을 따랐습니다.

3 본문의 모든 주는 옮긴이의 것입니다

4 본문에서 언급된 책들의 서지정보는 '책 찾아보기'로 정리하여 권말에 실었습니다.

1
자동응답기의 메시지

뉴욕 맨해튼에 있는 우리 집 자동응답기에는 종종 도움을 요청하는 짧은 메시지가 남겨지곤 한다. 대개는 "천장에서 물이 새 얼룩이 생겼는데 어떻게 해야 되죠?"라거나 "욕실 페인트가 벗겨졌는데 프라이머 실러를 사용하면 되나요?" 같은 질문이다. 하지만 작가인 내가 천장 얼룩이나 페인트 벗겨짐에 대해 아는 바가 있을 리 없다. 사실 이 사람들이 전화를 건 대상은 내가 아니라 아버지가 운영했던 천연 도료 제조회사 '윌리엄 진서 앤드 컴퍼니'다. 아버지의 회사가 뉴욕에서 100년 넘게 자리를 지켜 온 덕분에, 오랜 단골들이 전화번호 안내를 통해 우리 집 전화번호를 알아낸 것이다. '윌리엄 진서 앤드 컴퍼니'는 1975년 뉴욕 밖으로 이전한 뒤 외부에 매각되었지만, 내가 지금까지도 전화를 받는 이유는 현재 뉴욕에 윌리엄 진서라는 이름으로 등록된 사업자가 나밖에 없기 때문이다.

이런 자동응답기 메시지가 성가셨던 적은 없다. 메시지를 남기는 사람들은 대개 몰린, 윈스턴세일럼, 파고 같은 소도시의 철물 유통업자로, 나는 이들의 메시지를 들으며 아버지가 사업가로서의 자부심이 얼마나 컸었는지 새삼 깨닫곤 한다. 유통업자뿐만 아니라, 집을 수리하던 일반인들이 제품에 대해 문의하려고 메시지를 남기는 경우도 있다. 나는 그들에게 일일이 전화를 걸어 바뀐 전화번호를 알려 주고, 왜 그들이 우리 집에 전화를 걸게 되었는지 그 이유를 알려 준다. 코네티컷 주 뉴타운에 사는 바버라 발렌슈타인 부인이 울타리를 수리하다 궁금한 문제가 있었다는 것도 다 자동응답기 메시지 덕분에 알게 되었다.

윌리엄 진서 앤드 컴퍼니를 설립한 사람은 다름 아닌 나의 증조할아버지다. 증조할아버지는 1848년 독일에서 미국으로 이주했는데, 독일의 천연 도료 제조 기술을 들여와 당시 시골이나 다름없던 맨해튼 업타운에 작은 집과 공장을 건설했다.(이곳은 현재 10번 대로와 58번가, 59번가가 만나는 지점이다.) 허드슨강이 앞으로 흐르는 허허벌판 자갈밭에 건물 두 개가 덩그러니 서 있는 그 당시 사진을 보면, 염소 한 마리를 제외하고는 그 어떤 생명체의 모습도 찾아볼 수 없다. 천연 도료 사업은 이후 할아버지 대에 크게 고전하는 바람에, (3대 윌리엄 진서인) 나의 아버지가 학교를 그만두고 사업에 뛰어든 1909년에는 거의 빈사 상태나 다름없었다. 하지만 사업가로서 타고난 수완이 있었던 아버지가 능력을 십분 발휘하여 윌리엄 진서는 이후 업계 선두주자로 발돋움하는 데 성공했다.

아버지는 품질을 최고의 가치라고 생각했다. 아버지는 사업을 돈벌이 수단이 아닌, 최고의 원료로 제품을 만들어 내는 일종의 예술로 간주했다. 아닌 게 아니라, 아버지는 91년 평생을 천연 도료에 푹 빠져 살았다. 아버지 덕에 나와 세 명의 누나들은 아주 어렸을 때부터 천연 도료의 원료로 쓰이는 고치 모양의 분비물을 나뭇가지에 남기는 락 벌레의 한살이에 대해 줄줄 꿰곤 했다. 아버지는 내가 가업을 잇는 날이 오기만을 학수고대했다. 그 당시만 해도 딸보다는 아들에게 경영권을 넘겨주는 것이 일반적이었기 때문이다.

하지만 나는 천연 도료보다 다른 일에 더 흥미가 있었다. 제2차 세계대전 참전 후 고향으로 돌아와 『뉴욕 헤럴드 트리뷴』에 취직한 나는 가업을 이을 생각이 없다고 아버지에게 말했다. 이는 나와 아버지 모두에게 쉽지 않은 일이었다. 100년 이상 맨해튼에서 가업을 이어온 회사 자체도 귀했거니와, 가업을 승계할 사람이 나라는 인식이 오래전부터 당연시되었기 때문이었다. 하지만 아버지는 여느 때처럼 너그러운 마음으로 나의 의견을 존중했고, 앞날에 행운을 빌어 주었다. 내가 원하는 삶을 택할 수 있는 자유, 이는 단연코 내 생애 최고의 선물이었다.

가업을 이을 아들이 사라지자 아버지는 대안을 모색했고, 매형 중 한 분에게 회사 일을 함께 하자고 설득했다. 매형이 사업에 합류한 이후, 회사는 새로운 발전을 거듭하며 구태의연함을 탈피했다. 마침 근처에 있는 루즈벨트 병원이 건물을 증축하기 위해 진서의 공장 부지를 매입하고 싶어 했다. 당시 공장은 노후할 대로 노후화된 상태였다. 얼마나 노후화가 심했냐 하면, 1954년 아버지와 함께 공장 부지를 둘러보던 나의 아내가 18세기 영국 산업화 시대에나 있었을 법한 파이프와 드럼통이 20세기 미국에 존재하는 것이 희한하다고 할 정도였다. 결국 아버지가 87세가 되던 1975년, 윌리엄 진서는 뉴욕을 완전히 떠나 뉴저지에 새로운 공장을 마련했다.

　　회사가 뉴욕에 있는 동안 아버지는 매일같이 회사에 출근했다. 브룩스 브라더스 양복에 나비넥타이를 하고, 희끗희끗한 머리에 파나마모자를 즐겨 쓴 아버지는 늘 분주한 발걸음으로 59번가를 향했다. 단지 몰린, 윈스턴세일럼, 파고에서 도착한 주문 내역을 확인하기 위해서만은 아니었다. 평생을 뉴요커로 살아온 아버지는 레녹스힐 병원의 임원이자 뉴욕 예술 위원회와 기념건축물 보존 위원회의 회원이기도 했고, 링컨센터 설립 기금 마련에도 참여하는 등 뉴욕의 각종 보건과 문화 활동에 활발하게 참여했다.

　　며칠 전, 나는 발렌슈타인 부인이 자동응답기에 남긴 메시지를 들으며 도료 제조는 물론 공중보건, 도시환경, 예술 공연 등 모든 면에서 고집스럽게 최고만을 추구했던 아버지를 문득 떠올렸다. 오전 8시 반에 메시지를 남긴 발렌슈타인 부인은 오늘 무슨 일이 있어도 울타리를 도색할 거라고 말했다. 마침 날씨가 좋아 부인은 당장 작업을 시작할 기세였다. 메시지의 요지는 진서 사의 페인트를 울타리에 칠해도 되냐는 질문이었다. 부인은 내게 전화를 부탁한다고 메시지를 남겼다.

나는 10시 무렵 사무실에 도착해——작가들의 출근 시간은 비교적 느린 편이다——발렌슈타인 부인에게 전화를 걸었다. 부인은 바로 전화를 받아 "아침에 무슨 생각이 들었냐면요. 남편은 자기가 한다고 말만 하지 절대로 먼저 안 해요."라고 말했다. 나는 비록 진서 사의 직원은 아니지만 페인트를 사용해 본 경험을 통해 부인이 문의한 페인트는 반드시 집 내부에서만 사용해야 된다고 말했다. 부인은 흔쾌히 알겠다고 대답했다. 나는 회사가 무려 15년 전에 웨스트 59번가에서 뉴저지로 이전했다는 사실과 함께 새로 바뀐 전화번호도 알려 주었다.

"페인트 통 겉면을 보시면 업체 주소가 뉴저지 서머싯으로 되어 있을 겁니다."

"지금 보고 있는데요. 웨스트 59번가 516번지라고 쓰여 있어요." 부인이 대답했다.

"페인트를 언제 구입하셨나요?"

"롱아일랜드에서 지금 집으로 이사 왔을 무렵일 거예요."

부인과 나는 아주 오래 전 일이 "마치 어제처럼" 느껴지는 순간들에 대해, 또 왜 세상의 모든 남편들은 울타리 수리에 늑장을 부리는지, 아버지와 아들, 가족 경영 기업이란 어떤 것인지에 대해 오래도록 이야기를 나눴다. 부인도 나도 급하게 전화를 끊을 생각이 없었다.

마침내 이야기가 다 끝나자, 발렌슈타인 부인이 이렇게 말했다. "전화 주셔서 고마워요."

"아버지도 제가 전화하길 바라셨을 거예요." 내가 대답했다.

위 내용은 1991년 『뉴욕타임스』에 실렸던 기사로, 지금까지도 많은 사람들이 이 이야기를 기억한다. 사람들이 이 이야기를 오래 기억하는 이유는 간단하다. 부자 관계, 가족 기업, 부모의 기대, 자식으로서의 도리, 도시의 영속성 같은 보편적인 가치를 다룬 글이기 때문이다. 하지만 이 기사는 처음부터 이런 주제를 염두에 두고 쓴 글은 아니었다. 나는 작가의 자동응답기에 페인트칠 방법을 물어보는 메시지가 남겨지는 희한한 현실을 소재로 부담 없는 글 한 편을 쓰고 싶었을 뿐이었다. 사실 흥미롭고 이색적인 주제만 있으면 글은 다 된 거나 다름없다. 좋은 주제를 발견할 수 있는 것은 정말 행운이다.

그런데 이야기를 풀어가다 보니 다른 주제들이 하나둘 모습을 드러냈다. 모두 내가 하려던 이야기와 연결된 주제들이었다. 자동응답기에 대한 이야기는 아버지에 대한 기억, 아버지가 사업가로서 추구했던 가치, 뉴요커로 평생을 살아온 아버지의 삶, 내가 원하는 꿈을 이룰 수 있도록 아버지가 자신의 소망을 포기했던 이야기로 점점 이어졌다. 나는 글을 써나가는 과정에서 내 글이 '무엇에 대한' 내용인지 깨달았다. 내 글은 나와 아버지는 물론, 발렌슈타인 부인에 대한 글이기도 했다. 또 발렌슈타인 부인과 나의 인연에 대한 글이기도 했다.

자서전, 회고록, 개인사·가족사 기록 등 글의 형식이 뭐가 되었든 스스로의 삶에 대한 기록을 남기는 것은 인간의 본능적인 행동이다. 우리 모두는 우리가 성취한 일, 생각, 감정에 대한 기록을 남기고픈 욕구가 있다. 가족사 기록은 자녀, 손자, 손녀들에게 그들의 정체성과 뿌리를 알려 주는 가치 있는 도구가 된다. 사람이 세상을 떠나면 그 사람이 갖고 있던 기억은 사라지지만, 글을 남기면 그 기억을 지킬 수 있다. 그래서인지 나는 이런 말을 들을 때마다 그렇게 안타까울 수 없다. "어머니께서 살아계실 때 진작 물어볼 걸 그랬어."

이 책에는 크게 두 가지 전제가 깔려 있다. 첫 번째 전제는 글이 '무엇에 대한' 것인지 섣불리 정하지 말자는 것이다. 글을 쓰기도 전에 글의 구성과 주제에 대해 미리 결정하지 말자. 또 글이 어떤 모습으로 완성될지 미리 상상하지도 말자. 어차피 처음 의도와는 다른 결과물이 나올 것이기 때문이다. 기억의 저장고가 하나둘 열리다 보면 생각지도 못했던 옛날 일들이 떠오르는 놀라운 경험을 하게 될 것이다. 망각에 빠져 있던 기억이 여러분을 찾아오거든 반갑게 맞이하자. 원래 계획했던 내용 대신 갑자기 떠오른 기억에 대해 이야기하고 싶다는 것은 후자가 더 흥미로운 소재라는 뜻이다. 여러분이 흥미를 느끼는 소재에 대해 글을 쓰도록 하자. 스스로를 믿고 글을 쓰다 보면 어느덧 훌륭한 작품이 나올 것이다.

두 번째 전제는 작게 생각하자는 것이다. 자동응답기 메시지에 대한 기사는 1,000단어도 안 되는 짧은 글이지만 나와 가족, 내 삶의 가치에 대해 많은 것을 전달한다. 여러분도 글을 쓸 때 이 점을 유의해야 한다. 반드시 '중요한' 사건이어야 남들 앞에 보여 줄 가치가 있다 생각하고, 중요한 사건이 뭐가 있었는지 기억의 저장고를 힘들게 뒤질 필요가 없다. 여러분 기억 속에 또렷이 남아 있는 작고 독립된 사건들을 이야기해 보자. 여러분이 지금까지 기억하고 있다는 것 자체가 독자들의 공감을 불러일으킬 수 있는 진실한 이야기라는 뜻이다. 작게 시작해도, 여러분의 글은 곧 창대한 이야기로 발전할 것이다.

여러분이 회고록을 쓰는 목적은 글을 외부에 출판하기 위해서가 아니다. 꼭 책으로 출판하지 않더라도 여러분이 회고록을 써야 할 이유는 무궁무진하다. 가령, 삶에 대한 이야기를 글로 정리하고 보존하는 행위는 개인적인 만족감을 준다. 어린 시절 경험했던 사건을 지역 도서관이나 역사학회에 자료로 제공하는 것도 또 다른 만족감을 줄 수 있다. 여러분의 회고록이 반드시 단행본으로 나와야만 사료로서의 가치가 있는 것은 아니다. 글을 깔끔하게 출력해 제본하는 것만으로도 충분하다. 실제로 많은 지역 도서관이나 대학 도서관들은 사람들이 손수 제작한 회고록을 다양하게 보유하고 있다.

진짜 문제는 따로 있다. 글을 쓰고 싶다는 마음을 품는 것과 실제로 책상 앞에 앉아 글을 쓰는 것은 완전히 다른 일이다. 글을 쓰려고 마음먹은 순간 걱정부터 밀려올지도 모른다. 뒤죽박죽 얽히고설킨 과거에서 어떻게 일관적인 내러티브를 끌어낼 수 있을까? 어떻게 내러티브를 시작해야 할까? 어디서 멈춰야 할까? 어떤 이야기를 취사선택해야 할까? 어떤 구조로 써야 할까? 내 글을 읽고 기분이 상하는 사람은 없을까? 여러분의 머릿속에는 글로 남기고 싶은 기억들이 가득하다. 하지만 그와 동시에, 의심스러운 생각이 솔솔 피어오른다. 내가 제대로 이야기를 쓸 수 있을까? 이야기를 쓴다 한들 사람들이 관심이나 가져 줄까? 내 이야기가 재미있을 거라는 생각은 나만의 착각 아닐까?

자, 이제 이런 의심은 떨쳐 버려도 좋다. 작가란 무언가를 추구하는 존재다. 여러분도 글을 통해 무언가를 추구할 자격이 있다. 내가 이 책을 집필하는 목적은 여러분에게 글을 쓸 자격과 그에 필요한 도구를 쥐어 주기 위해서다. 먼저, 나는 여러분에게 흥미롭고 경이로운 내 삶의 이야기——여러 사건, 장소, 사람들에 대한——를 몇 가지 들려주고자 한다. 대개는 내 커리어의 방향을 180도 바꿔 놓은 크고 작은 이야기들이다. 아버지의 가업을 물려받았더라면 안정된 미래를 보장받을 수 있었겠지만, 나는 부모님이 기대했던 삶을 사는 대신 나만의 길을 개척했다. 나는 도전을 결코 두려워하지 않았다.

나는 중간중간 이야기를 멈추고 내가 글쓰기 과정에서 고려했던 기술적 문제에 대해 설명할 것이다. 여러분도 여러분의 자전적 이야기를 쓰다 보면 나와 똑같은 상황에 맞닥뜨리게 될 것이다. 대부분은 선택과 축약, 구성, 어조, 글의 분위기 같은 기술적 문제에 대한 설명이다. 더불어 즐거움, 자신감, 호기심, 의지, 정직, 용기, 우아함 등 글에서 느껴지는 태도에 관해서도 설명할 것이다. 이러한 요소는 여러분이 좋은 작품을 완성할 수 있도록 도와주는 윤활유 역할을 한다. 스스로에게 정직한 사람은 훌륭한 자전적 이야기를 남길 수 있다. 여러분이 기억하는 과거의 경험과 감정을 솔직하게 드러낼 수 있다면 독자의 마음을 움직이는 것은 그다지 어렵지 않다.

지금부터는 학창시절이라는 하나의 독립된 사건——뉴잉글랜드에 있는 작은 학교에서의 4년——을 시작으로 나의 자전적 이야기와 여러분의 자전적 이야기를 함께 살펴보도록 하겠다. 미리 경고하건대, 내 이야기는 엄격한 시간 순서를 따르거나 매끄러운 연결고리로 이어지지 않을 것이다. 이 책이 궁극적으로 무엇에 대한 이야기인지는——나도 이야기가 진행되면서 알게 되었다——책을 읽으면서 파악하게 될 것이다.

2
학창시절의 기억

나는 매사추세츠주에 있는 남학생 기숙학교 디어필드 아카데미에서 4년의 학창시절을 보냈다. 그곳에서의 생활은 단조로운 나날의 연속이었기에 나는 한 번도 학창시절에 대해 글을 써 볼 생각을 하지 않았다. 내 시시콜콜한 학교 이야기에 관심을 보이는 사람이 누가 있기나 할까 싶었다.

디어필드 생활이 행복했다는 게 문제라면 문제였다. 작가들은 행복이라는 주제를 선호하지 않는다. 노래 작사가들이나 행복에 대해 글을 쓸 뿐이다. 작사가들은 32마디 선율 안에 흔해 빠진 단어를 나열해 감정을 폭발적으로 드러내고 낭만적 이야기를 그럴듯하게 풀어낸다. ("당신을 바라본 순간 그 무엇도 필요 없었어요. 당신은 내 심장을 멎게 했지요.") 반면 논픽션 작가들은 그보다 심각한 주제를 선호한다. 다행스럽게도, 많은 작가들이 불행한 학창시절이라는 행운을 거머쥔다(작가들에게만 해당되는 이야기다). 특히 영국 작가들이 가장 큰 행운의 주인공이다. 영국 작가들이 '그들의 사립학교' 시절에 대해 쓴 회고록을 보면 가학적인 교사, 못된 상급생, 체벌, 각종 신고식, 괴상한 성 경험 같은 에피소드가 빠지지 않고 등장한다. 이렇게 훌륭한 소재가 있는데 글을 못 쓰는 게 오히려 이상할 정도다.

내가 자기 성찰적인 작가가 아니라는 것도 문제였다. 나는 다른 사람들의 언행을 관찰하기를 좋아한다. 나는 디어필드에서의 4년 동안 격동적 사춘기를 거치며 당연히 감정의 성장통을 겪었다. 하지만 트라우마에 남을 정도로 심각한 성장통은 없었기에, 굳이 글쓰기라는 행위를 통해 과거의 아픈 기억을 떨쳐 버릴 필요가 없었다. 글에는 글쓴이의 타고난 기질이 반드시 드러나게 마련인데, 내면적 자기 성찰은 나의 기질이 아니었던 셈이다.

이러한 연유로 나는 디어필드의 학창시절과 학창시절이 내게 미친 영향에 대해 굳이 글을 써 볼 생각을 하지 않았다. 그러던 1997년 어느 날, 디어필드에서 전화가 왔다. 전화를 건 담당자가 말하길, 1797년에 설립된 디어필드의 개교 200주년을 맞아 다양한 행사를 기획중이며 기념 도서를 발간할 예정이라고 했다. 기념 도서의 주요 내용은 사진으로 보는 학교 역사인데, 졸업생 회고록 한 편을 그 안에 넣고 싶다고 했다. 담당자는 내게 회고록을 써 줄 수 있냐고 물었고, 나는 곤란할 것 같다고 답했다. 회고록을 써 봤자 고작 내가 학교를 다녔던 4년에 대해서밖에 다룰 수 없으므로, 200년 역사를 망라하는 기념도서에 어울리지 않을 것 같다고 설명했다.

하지만 그는 여느 편집장들과 마찬가지로 계속 "생각해 보시라"고 설득했다. 계속 고민하던 내 머릿속에 한 가지 생각이 떠올랐다. 바로 내가 학교에 있었던 4년이 200년 역사를 대표할 수는 없어도, 디어필드 발전사의 한가운데 있었다는 사실이었다. 1902년, 디어필드는 대학을 갓 졸업한 프랭크 L. 보이든이라는 청년을 교장으로 맞았다. 당시 상황이 열악한 학교였던지라, 디어필드 교장은 구직자들에게 인기 있는 일자리가 아니었다. 디어필드는 학생 수도 별로 없어 축구나 야구 경기를 하려면 교장이 학생들과 경기를 같이 해야 할 정도였다. 하지만 내가 입학했던 1936년 무렵 디어필드는 미국에서 가장 우수한 학교로 인정받기 시작했다. 프랭크 보이든은 미국 교육 역사에 큰 획을 그은 인물로 평가되었고, 1968년, 66년간의 교장 생활을 마치고 은퇴했다. 보이든의 교육 원칙은 늘 한결같았다. 나는 그의 교육 원칙에 대한 직접적인 경험이 디어필드의 66년 역사를 대변할 수 있으리라는 결론에 이르렀다. 그리하여 나는 오래 전 기억을 더듬어 다음과 같이 회고했다.

1936년 나는 부모님과 함께 여러 기숙학교를 탐방했다. 디어필드 아카데미 말고는 딱히 끌리는 곳이 없었다. 내가 처음 방문했던 학교들은 보스턴에 위치한 영국식 명문학교였는데, 이곳 교장선생들은 고압적인 교육을 하기로 유명했다. 많은 사람들이 그런 엄격한 학교 분위기를 좋아했으나, 나는 별로 마음에 들지 않았다. 실은 몇 해 전 여름, 나는 보스턴에서 한 여름학교에 참가한 적이 있었다. 그 여름학교의 서슬 퍼런 여 교장 선생은 학생들의 손톱을 매일같이 검사하곤 했다. 그 여름학교는 시간 낭비 그 자체였다. 가죽 끈 땋기, 오지브웨족 문자 배우기 등이 대부분의 학교 일과였다. 나는 부모님에게 집으로 돌아가고 싶다고 읍소했지만, 부모님은 꿈도 꾸지 말라는 답장을 보냈다.

학교 탐방의 첫 번째 목적지 밀튼 아카데미에 도착한 순간, 나는 그 갑갑했던 여름학교의 기억이 떠올랐다. 붉은 벽돌 건물에 번듯한 운동장이 갖춰진 밀튼 아카데미는 전형적인 명문이었고, 당당한 풍채의 교장 선생님도 전형적인 교장 선생님의 모습이었다. 면접 장소에 들어서자, 커다란 책상 뒤 거대한 가죽 의자에 앉아 있던 교장 선생님은 나를 맞은편의 거대한 가죽의자에 앉으라고 지시했다. 또래들보다 발육이 느려 체구가 작은 내가 그 큰 의자에 앉자 더욱 더 왜소해 보였다. 나는 이렇게 생각했다. '이 분은 권위를 세울 줄만 알지, 정작 학생들에 대해서는 잘 모르고 있군.' 나는 지금도 그 교장 선생님 이름이 기억난다.

두 번째 방문했던 학교도 크게 다르지 않았다. 담쟁이덩굴로 둘러싸인 붉은 벽돌 건물에서는 첫 번째 학교와 마찬가지로 딱딱한 기운이 느껴졌다. 기숙학교가 다 이런 식이라면 나는 기숙학교에 가고 싶은 마음이 없었다. 마지막 학교를 보기 위해 매사추세츠주로 이동하던 나는 거의 절망에 가까운 기분이었다. 디어필드 아카데미에 대해서는 아는 바가 거의 없었다. 명문이 된 지도 비교적 최근이고, 명성이나 지명도도 그다지 대단한 편이 아니었다.

하지만 고속도로를 빠져나와 디어필드시로 접어들자마자 나는 금세 기분이 좋아졌다. 디어필드시의 거리거리에는 자연스럽게 낡은——공들여 가꾼 신전 같은 모습이 아닌——역사적인 건물들이 자리해 있었다. 학교 건물들 가운데 붉은 벽돌로 지어진 고풍스런 건물은 단 두 채뿐(체육관 건물은 나중에 지어진 것이다), 나머지는 다양한 형태와 크기의 수수한 목조건물이었다. 과거 다른 용도로 쓰였던 건물을 재활용하기도 했다. 나는 이곳이라면 앞으로 4년을 보내도 좋겠다고 생각했다.

학교 외관과 마찬가지로, 교장 선생님도 전형적인 교장 선생님들과는 달라 보였다. 그가 만약 군중들 사이에 있었다면 아마 다른 사람들과 쉽게 분간하기가 어려웠을 것이다. 작은 키에 평범한 인상의 보이든 선생님은 잘 빗어 넘긴 머리에 금속테 안경을 쓰고 있었다. 우리는 선생님의 집에서 만나 학교 사무실까지 함께 걸었다. 선생님의 걸음걸이는 느긋했다. 학교를 거느리는 군주 같다는 인상은 전혀 찾아볼 수 없었다. 선생님은 뉴잉글랜드의 자연——우리 앞에 우뚝 선 느릅나무, 디어필드 계곡을 둘러싼 너른 벌판——과 어우러져 살아가는 사람처럼 보였다. 내가 본 선생님의 첫인상은 학교 교장이라기보다 전형적인 뉴잉글랜드 사람에 더 가까웠다.

교장 선생님의 사무실도 일반적인 사무실과는 달랐다. 책상 하나만 덩그러니 놓인 사무실은 수업이 이뤄지는 학교 건물의 중앙 복도 바로 옆에 있었다. 건물에서 수업을 듣는 학생들은 하루에도 몇 차례 교장 선생님의 사무실을 지나쳐야 했다. 우리가 사무실에 들어서자, 선생님은 평범한 의자 두 개를 꺼내더니 면접을 시작했다. 선생님은 내가 야구에 관심 있다는 것——나의 거의 유일한 관심사——을 알아차리고 야구 이야기로 대화를 시작했다. 뉴잉글랜드 억양이 살짝 섞인 선생님의 이야기에는 뉴잉글랜드인 특유의 천연덕스러운 유머감각이 깃들어 있었다. 나는 이 점이 퍽 마음에 들었다. 유머감각이 없는 사람과 함께한다는 건 끔찍했기 때문이다. 야구 이야기가 대충 끝나자 선생님은 화제를 돌려 학교에 대해 설명하기 시작했고, 내가 원한다면 그해 가을학기 디어필드에 입학할 수 있다고 이야기했다. 나는 디어필드에 오고 싶다고 대답했다.

➤• 여러분은 이 회고록이 작은 이야기라는 점을 명심해야 한다. 비유하자면, 내 회고록은 유화 작품이라기보다는 연필 스케치

에 더 가깝다. 존 맥피의 『교장 선생님들』을 포함해 프랭크 보이든과 디어필드 아카데미를 소재로 한 책은 시중에도 이미 여러 권이 있다. 하지만 내 회고록은 학교에 대한 나의 기억이라는 점에서 그 책들과 차별화되어 있다. 만약 다른 졸업생이 회고록을 쓴다면 그 회고록에는 학교에 대한 그들의 기억이 담겨 있을 것이다. 나와는 전혀 다른 이야기겠지만, 그들의 이야기는 그 나름대로의 가치가 있다. 큰 이야기 안의 작은 이야기를 하는 데 만족하자. 너무 큰 것보다는 너무 작은 것이 낫다.

나는 외딴 시골마을에서 세 명의 누나들과 함께 자랐다. 멘델의 유전 법칙이 우리 집안을 비껴갔는지 내게는 남자 형제가 하나도 없었다. 나는 야구팀 두 팀은 거뜬히 꾸릴 수 있을 정도의 많은 남학생들과 어울려 다니고 싶었다. 하지만 여름 학교에서 경험했던 엄격한 통제 환경을 늘 경계했고, 그러한 엄격함이 모든 사립학교 교장 선생님의 공통적 훈육방식이라 생각했다. 하지만 디어필드에는 정해진 규칙이 없을뿐더러 교장 선생님이 어떤 통제도 가하지 않는다는 사실을 깨달았다. 디어필드에는 훈계식 수업이나 처벌이 없었다.

솔직히 말하면, 엄격한 통제 생활이 전혀 없었던 것은 아니다. 모든 수업과 자습시간, 하루 세 번의 식사시간, 오후 체육시간, 저녁 종례시간, 취침시간마다 출결을 점검했다. 저녁 식사가 끝나면 기숙사 건물 1층에 모여 종례 모임을 가졌는데,

우리가 모인 곳은 전교생이 딱 들어찰 정도의 작은 방이었다. 우리는 옆 사람과 바짝 붙은 채 무릎을 세우고 바닥에 불편하게 앉아 각종 공지사항과 체육 경기 결과에 대해 들었다. 일요일 저녁에는 찬송가를 불렀다. 나는 교장 선생님이 그 방의 크기를 기준으로 매년 입학 정원을 결정하는 게 아닌가 싶었다. 학생 수가 너무 많아져 매일 저녁 그곳에 오손도손 모일 수 없을 정도가 되면 디어필드의 특별함은 사라질 것 같았다. 종례의 마지막 순서는 늘 보이든 교장 선생님의 간단한 말씀으로 이어졌다. 교장 선생님은 그날그날의 생각을 격식 없이 편하게 이야기하곤 했는데, 그런 가벼운 이야기가 실은 학교의 규율이나 마찬가지였다. 우리는 '교장 선생님'이 학생들에게 무엇을 바라는지, 또 무엇을 바라지 않는지 정확하게 알고 있었다. 우리를 통제하려는 사람이 없었으므로 학생들은 규율을 어기는 일이 없었다. 권위에 반항하려면 반항할 대상이 있어야 하는데, 디어필드에는 반항할 만한 대상이 없었다.

모든 학생들은 매일 오후 체육활동에 참여했다. 학교에는 각자의 체급에 맞는 여러 팀이 있었다. 나는 4년 중 2년 동안 숏다리들만 모인 축구, 농구, 야구팀에서 활동했다. 하지만 학교에서는 우리 모두에게 학교 대표팀에 버금가는 좋은 운동용품을 지급했고, 원정경기가 있는 날이면 우리는 좋은 버스를 타고 윌리스턴, 서프필드, 마운트 허먼 같은 명문팀들과 경기를 펼치곤 했다(나는 아직도 그때 갔었던 경기장 모습이 눈에 선하다). 우리는 체급이나 재능과 상관없이 노력한 만큼의 결실을 얻었다.

디어필드에는 흡연자들이 품위 있게 담배를 피울 수 있는 성역이 있었다. 보이든 교장 선생님은 학생들의 흡연을 공공연하게 허용하는 눈치는 아니었다. 담배 헛간이 곳곳에 들어선 뉴잉글랜드에서 일평생 살았기 때문에, 선생님은 담배를 한번 시작하면 끊기 어렵다는 것을 알고 있었던 것 같았다. 그럼에도 불구하고 흡연을 원하는 학생들에게는 특별한 흡연 공간을 마련해 주었다. 문제는 그 흡연 공간이 어이없을 정도로 불편한 곳에 있었다는 것이다. 바로 디어필드강이 내려다보이는 강둑 위에 있는 투박한 나무 벤치였다. 그곳에 가려면 학교 운동장을 지나 식당 건물에서 수백 미터를 걸어가야 했다. 흡연자 무리들은 불편함을 감수하고 매번 식사시간이 끝나면 강둑으로 향했다. 그들은 비가 오나 눈이 오나, 겨울이면 몸을 한껏 움츠리고 흡연 공간으로 몰려갔다. 멀리서 걸어오는 흡연자 무리의 모습은 패배자나 낙오자 같아 보였다. 하지만 보이든 선생님은 학생들을 결코 패배자나 낙오자라는 시선으로 판단하지 않았다. 선생님은 어차피 모든 사춘기 소년들이 사회적으로나 감정적으로나, 학문적으로나 신체적으로나 패배자, 낙오자라는 것을 알고 있었다. 디어필드의 교육은 학생들이 각자의 한계를 인정하고 자신의 장점을 살리는 데 그 초점이 맞춰져 있었다. 나는 이곳에서의 학창시절을 통해 내가 삶의 주인공이 될 수 있다는 자유를 확신했다.

➤ 논픽션 글쓰기의 기본은 상세한 디테일 묘사다. 특히, 이는 회고록의 경우 대단히 중요하다. 여러분은 여러분이 어디에서 성장했는지, 여러분이 어떤 사람들을 만났는지 독자들이 상상할 수 있는 디테일을 제공해야 한다. 하지만 "우리 집은 스푸르스가(街)에 있었다"와 같은 사실관계의 나열만으로는 부족하다. 그 사실관계가 전달하려는 요지가 있어야 한다. 내가 이 회고록을 처음 집필하기 시작했을 때, 나는 강둑 위의 흡연 공간에 대해 까맣게 잊고 있었다. 그런데 글을 쓰다 보니 옛 기억이 떠올랐고, 흡연 공간에 대해 이야기하고 싶다는 생각이 들었다. 누추하고 사소한 그 공간을 소재로 삼는 사람은 나밖에 없을 것 같았다. 하지만 내게 있어 그 흡연 공간은 보이든 교장 선생님의 역량을 증명할 수 있는 완벽한 일화였다. 선생님은 수십 년간 다른 학교에서, 심지어 부모들도 포기한 학생들을 디어필드의 학생으로 맞았다. 선생님은 학생들이 각자의 발달단계에 따라 자아를 찾을 수 있는 안전한 환경을 마련했고, 대부분의 학생들이 그의 기대에 부응했다. 나는 허름한 흡연 공간이라는 소재로 내가 원하는 주제를 한 문단 안에 모두 담을 수 있었다.

훌륭한 교구와 훌륭한 주교는 헌신적인 사제를 필요로 한다. 보이든 선생님 휘하의 교사들은 주교의 사제들만큼이나 헌신적인 사람들이었다. 비록 엄청난 실력파는 아니었지만, 학생들에게 기본적인 학습 내용을 가르치는 데는 아무런 문제가 없는 분들이었다. 보다 중요한 것은 교사들이 인내심이 많고 자상하며, 학생 지도에 필요하다면 무슨 일이든 맡을 수 있는 인간적 됨됨이가 있는 분들이었다는 점이다. 교사들은 수업이 끝난 뒤에는 기숙사 생활 지도, 체육활동 코치, 식사시간 주관, 학생신문이나 토론 동아리 지도 등을 맡았다. 교사들은 대부분 독신이거나 결혼이 늦었고, 낮은 봉급과 살인적인 업무량에도 불구하고 오직 교장 선생님의 뜻을 받들기 위해 물질적인 부족함과 금욕, 노동을 감내했다.

디어필드를 거친 많은 교사들이 이후 다른 학교의 교장으로 부임했다. 내가 무척 좋아했던 월터 시한 선생님과 짐 위켄든 선생님도 다른 학교의 교장 선생님이 되었다. 학교가 원활하게 운영될 수 있도록 조용한 조력자 역할을 했던 도널드 '레드' 설리번 선생님은 디어필드의 또 다른 교장 선생님 역할을 했다. 홀리요크 노동자 집안 출신에 가톨릭 신자였던 설리번 선생님은 개신교 기반의 상류층 사립학교 학생들인 프레피 집단과는 다소 거리가 있는 인물이었다. 그러나 보이든 교장 선생님이 강인함의 덕목을 중시했음을 고려할 때, 설리번 선생님만큼 학생들에게 귀감이 될 만한 존재는 없었다. 나는 설리번 선생님이 사감으로 있었던 존 윌리엄스 하우스에서 1, 2학년을 보냈다. 선생님은 풋내기 소년들이 성숙한 성인으로 거듭

날 수 있도록 지도하되, 거친 훈육 방식을 고집하지 않았다. 선생님은 우리의 응석을 받아 주지도 않았지만, 우리를 결코 윽박지르지도 않았다. 설리번 선생님은 타고난 품위를 갖춘 신사였다.

내가 작가이자 편집자로 살아가는 데 가장 많은 도움이 됐던 수업은 찰스 헌팅턴 스미스 선생님의 고급 라틴어와 바틀릿 보이든 선생님의 영작문 수업이었다. 나이가 지긋했던 스미스 선생님은 마치 19세기 학교 교사 같은 이미지여서, 선생님을 회상하면 나는 노년의 다윈의 모습이 떠오른다. 선생님은 부드러운 백발에 희고 풍성한 콧수염과 턱수염을 길렀고, 경륜과 위엄이 돋보이는 깃 세워진 검은 정장을 입었다. 그러나 선생님의 눈빛에서는 젊음이 느껴졌고, 고전에 대한 열정은 젊은이들의 열정 못지않았다.

스미스 선생님의 교실은 고대 로마의 전초지를 연상시켰다. 교실 벽에는 액자로 장식한 거대한 로마 공회장과 콜로세움 사진이 걸려 있었고, 외국에서 직접 공수한 로마 신화 석고상도 곳곳에 놓여 있었다. 선생님의 책상 위에는 까치발을 하고 서 있는 헤르메스 석고상이 다른 로마 신들에게 손짓을 보내고 있었고, 그 옆에는 승리의 여신이 기백 있는 아름다움을 뽐내고 있었다. 교실에 들여놓은 석고상이 우리 삶에 마법 같은 영향을 주리라 생각한 선생님의 믿음은 (적어도 내게 있어서는) 결코 틀리지 않았다. 제2차 세계대전 참전으로 이탈리아에서 복무했을 당시, 나는 5일간의 휴가를 받아 로마로 히치하이킹을 떠났다. 추운 한겨울 아펜니노 산맥을 건너가는 데 이틀, 돌아오는 데 이틀이 걸리는 긴 여정이었지만, 로마에서 보냈던 하루는 평생 잊을 수 없는 기억이었다. 스미스 선생님의 교실에서 일 년 내내 로마 공회장 사진을 감상하며 자랐던 나는 공회장의 지리를 훤히 꿰고 있었다. 나는 원래도 라틴어를 좋아하기는 했지만, 스미스 선생님의 수업을 듣고 나서야 라틴어를 진심으로 사랑하게 되었다. 나는 카이사르의 전쟁 이야기나 키케로의 연설을 이해하는 수준에서 벗어나 버질의 『아이네이드』와 호라티우스의 송가를 읽으며 아름다운 라틴어와 라틴어 문학에 눈을 떴다. '인본주의자'와 '인문학'의 진정한 의미를 알게 된 것도 스미스 선생님의 수업을 통해서였다. 나는 살면서 수많은 도시를 여행했지만, 로마처럼 또 가 보고 싶다고 생각한 도시는 없었다.

라틴어 다음으로 유용했던 수업은 3학년 때 들었던 영작문 수업이었다. 바틀릿 보이든 선생님과 보이든 교장 선생님은 성만 같을 뿐 아무런 관련은 없었는데, 뉴잉글랜드인 특유의 철두철미한 성격만큼은 아주 비슷했다. 대머리에 혈색 좋은 얼굴빛의 보이든 선생님은 늘 쾌활한 미소를 짓는 분이었다. 하지만 선생님의 작문 수업이 언제나 진지한 분위기였던 것을 생각하면 선생님의 미소가 무엇 때문이었는지 지금도 궁금하다. 스미스 선생님의 라틴어 수업이 언어의 화려함을 탐구하는 즐거운 여행이었다면, 보이든 선생님의 작문 수업은 단어를 기계적으로 배열하는 따분한 훈련이었다. 하지만 나는 이 수업을 통해 꼭 필요한 교훈을 얻었다. 바로 열심히, 꾸준히 노력하지 않고서는 원하는 기술을 숙달할 수 없다는 진리였다.

라틴어와 영작문의 극과 극 사이에 고급 프랑스어 수업이 있었다. 프랑스어 수업은 세련되면서도 유머감각이 넘치는 찰스 '베이브' 볼드윈 선생님이 가르쳤다. 우리는 볼드윈 선생님의 수업을 통해 프랑스 문학의 세계에 흠뻑 빠져들었다. 단, 매번 수업 시작마다 선생님은 전날 읽은 과제에 등장하는 단어 20개를 골라 시험을 보곤 했다. 단어 시험이 끝난 뒤에야 우리는 기 드 모파상, 프로스페르 메리메의 글을 읽으며 프랑스어의 아름다움을 공부했다. 이렇게 매일같이 시험을 준비하며 차곡차곡 쌓였던 프랑스어 단어들이 훗날 프랑스어권 국가를 여행할 때마다 유용하게 사용되었기 때문에, 나는 볼드윈 선생님에게 늘 감사하게 생각한다. 선생님의 수업은 엄격하면서도 흥미로운 방식으로 지식인을 양성하는 디어필드 아카데미의 전형적인 표본이었다.

로이드 페린 선생님의 지도 아래 주니어 야구팀에서 2루수로 활약했던 나날은 내 생애 가장 행복했던 순간 중 하나였다. 나는 숏다리 팀에서 오랜 시간을 보내고 나서야 주니어 팀에 합류할 수 있었다. 주니어팀이란 운동 실력은 좋지만 체구가 작아 학교 대표팀에 합류하기 어려운 학생들로 이루어진 팀으로, 페린 선생님은 주니어 축구, 농구, 야구팀을 지도했다. 나는 페린 선생님의 교과 수업을 들은 적이 없었기에 선생님이 운동을 지도하는 모습밖에 못 봤지만, 프랑스어 수업의 볼드윈 선생님과 퍽 유사할 것이라 생각했다. 두 선생님 모두 기본 원칙을 중시하되 배움의 과정은 즐거워야 한다는 공통적인 가치를 공유했다. 디어필드의 다른 선생님들과 마찬가지로 페린 선생님도 허영심 없이 자존감이 충만한 이상적인 코치로 늘 기억에 남아 있다.

그로부터 50년 뒤 나는 『춘계훈련』이라는 야구 저서를 집필하기 위해 피츠버그 파이어리츠의 짐 릴랜드 감독을 인터뷰한 적이 있었는데, 릴랜드 감독의 모습을 보자 페린 선생님에 대한 기억이 떠올랐다. 플로리다의 따스한 햇살 아래 야구감독으로서의 가치관에 대해 인터뷰를 하던 나는 타임머신을 타고 디어필드 운동장에서 페린 선생님이 던진 땅볼을 잡던 순간으로 돌아갔다. 땅볼 잡기는 쉽지 않았지만 어렵지도 않았다. 가능한 한 몸을 낮게 뻗는 것만으로도 내겐 충분했다.

➴ 내가 회고록에서 이야기하고자 하는 주제는 학교가 아니라 사람이다. 여러분도 회고록을 쓰다 보면 여러분에게 소중했던 장소, 가령 학교, 교회, 회사, 봉사단체에 대해 이야기하게 될 것이다. 하지만 그 같은 장소나 단체는 살아 있는 존재가 아니기 때문에 남녀노소의 인물을 등장시킴으로써 생명력 있는 공간

으로 만들어야 한다. 오로지 장소가 주제인 글도 있긴 하다. 나이아가라 폭포에 대한 글은 폭포 자체가(폭포를 등반한 사람이 아니라), 동아프리카 평원에 대한 글은 그곳에 사는 동물이 글의 핵심이다. 그랜드 캐년에 대한 글은…… 이 문제는 신학자들의 의견을 들어 보는 게 좋겠다. 아웃도어 잡지에 수록된 글은 낚시터, 둘레길, 스키 슬로프, 산 위에서 내려다본 풍경 같은 특정 장소가 글의 핵심이다. 하지만 이런 경우를 제외한 모든 글의 핵심은 결국 사람이다. 여러분의 과거 인간관계를 떠올려 보고, 여러분이 알고 지냈던 사람들에 대해 이야기해 보자.

야구 말고도 행복했던 기억을 꼽으라면 신문 동아리 '디어필드 스크롤'에서 편집장을 했던 일이다. 나는 2주에 한 번씩 그린필드시를 방문해 E. A. 홀 앤드 컴퍼니라는 인쇄소에서 학교신문을 인쇄했다. 마음씨 좋은 인쇄소 주인 허브 씨와 버트 씨는 내가 깔끔한 글씨체로 신문기사를 꾸밀 수 있도록 도와주었다. 한 번은 버트 씨가 그 유명한 라이노타이프(자동 식자기)를 사용하는 법을 가르쳐 주기도 했다. 나는 인쇄소에 가는 수요일 오후를 손꼽아 기다렸다. 돌이켜 보면, 외부와 단절된 디어필드를 벗어나 삶의 현장을 직접 체험할 수 있었던 사람은 학생들 가운데 내가 거의 유일했다. 잉크 냄새가 가득한 인쇄소를 들락거렸던 그때 경험은 내가 제2차 세계대전 참전 후 『뉴욕 헤럴드 트리뷴』에 첫 직장을 잡는 계기로 이어졌다. 지금 생각해 보면 디어필드는 내가 제너럴리스트로 성장할 수 있는 발판이 되어 주었다. 우리 사회는 특정 분야의 전문가인 스페셜리스트를 선호한다지만 나는 늘 제너럴리스트가 되고 싶었고, 이런 작가 지망생에게 제너럴리스트 교육만큼 훌륭한 것도 없었다. 디어필드에서 나는 학교의 전인교육 원칙에 따라 여러 분야를 균형 있게 공부하고, 대학에 진학한 다음 관심이 가는 여러 전문 분야를 공부했다.

디어필드를 다녔던 학생이라면 저마다 가장 기억에 남는 프랭크 보이든 선생님의 모습이 있을 것이다. 마차를 직접 운전하는 모습, 거인 같아 보이는 털외투를 입고 축구팀을 지도하는 모습, 주말에 부모님이 학교에 방문하면 '유도리 있게' 대처하라고 (부모님이 원하는 바가 무엇인지 헤아리고 위기 상황에서 임기응변을 발휘하라는 의미였다) 당부하는 모습 등 학생들마다 기억하는 모습은 다 다를 것이다. 나의 경우, 영화를 무척 사랑했던 선생님의 모습이 지금까지도 기억에 남는다. 야구팀 홈경기가 열리는 날을 제외한 매주 토요일 오후, 선생님은 우리들에게 미키마우스 만화영화 두 편과 최신 개봉영화 한 편을 보여 주곤 했다. 영화관은 교장 선생님 사택 뒤에 있는 허름한 헛간이었다. 헛간 뒤편에 앉아야만 영화가 잘 보였기 때문에 우리는 저녁 종례가 끝나기 무섭게 달리기 선수들 마냥 전속력으로 헛간을 향해 뛰어가곤 했다. 어둠 속에서 뛰다가 서로 부딪히기도, 잿더미를 밟아 미끄러지기도 했다. 그때 감상했던 할리우드 영화는 훗날 내 삶에 ─ 나는 이후 『뉴욕 헤럴드 트리뷴』에서 영화 평론가로 활동했다 ─ 많은 밑거름이 되었기에 나는 늘 그 점을 감사하게 생각한다.

눈 대신 비가 내리던 한겨울, 학생들에게 영화를 보여 주던 선생님의 모습이 특히 기억에 많이 남는다. 비가 내리는 날이면 스키 슬로프와 아이스하키 링크가 진창이 되는 바람에 오후 운동경기가 전부 취소되곤 했다. 그러면 우리는 운동경기 대신 자습을 하며 시간을 때워야 했다. 그러나 비가 며칠씩 연달아 내리면, 우리를 갸륵하게 여긴 교장 선생님은 자습실로 슬쩍 들어와 학생들에게 몇 가지 공지사항을 전달하곤 했다.

공지사항 전달이 끝나면 선생님은 절묘한 타이밍에 "방금 로울러 씨와 통화를 했는데……"라고 말했고, 우리는 문장이 채 끝나기도 전에 환호와 함성을 질러댔다. 로울러 씨라니! 그린필드의 작은 영화관 주인 로울러 씨는 학생들이 자기를 얼마나 좋아했는지 짐작이나 했을까? 학생들의 환호성이 잠잠해지면 보이든 선생님은 ─ 우리가 '질서정연하게' 행동하기로 약속하면 ─ 로울러 씨가 영화를 보여 줄 거라 말했고, 우리는 그 즉시 할리우드 영화를 감상할 생각에 온갖 근심 걱정을 잊었다. 영화가 상영되는 두어 시간동안 우리는 「젠다 성의 포로」의 주인공 로널드 콜먼이 되어 매들린 캐롤에게 구애하는 상상을 하거나, 「바운티 호의 반란」에서 함장에게 반항하는 클라크 게이블에 빙의했다. 로울러 씨의 영화는 우리에게 값을 매길 수 없을 정도로 귀중한 선물이었다. 나는 다른 사립학교 교장 선생님 가운데 보이든 선생님처럼 비 오는 날 오후 학생들에게 영화를 보여 줄 정도로 '유도리 있는' 분은 없었을 거라 생각한다.

*

마지막으로, 내 회고록에 사용된 시점을 살펴보자. 내 글은 회고록을 집필하는 어른의 시점이 아닌 디어필드 아카데미를 다녔던 소년의 시점에서 일관적으로 진행된다. 회고록을 언제의 시점에서 써야 하는지는 작가들에게 늘 골칫거리다. 가령, 여러분의 어린 시절에 대해 회고록을 쓴다고 가정해 보자. 그런데 어렸을 때 살았던 마을에 지금까지도 살고 있다면, 여러분의 모교는 더 이상 배움의 장소가 아닌 학부모 모임 장소가 되었을 것이고, 전에는 무섭게만 느껴졌던 학교가 이제는 그냥 건물에 불과할 것이다. 또 어렸을 때 가족들과 놀러갔던 호숫가는 각종 상점들이 난립하고 제트스키가 지나다녀 예전처럼 아늑하지 못할 수도 있다. 세상은 과거와 달라졌고, 그 세상을 바라보는 여러분의 시선도 예전과는 달라졌다. 이러한 변화는 회고록에 어떤 영향을 미칠까?

지금으로부터 몇 년 전, 유년시절에 대한 회고록에서 나는 할머니가 엄한 분이었다고 고백한 바 있었다. 독일 이민자 2세대였던 할머니는 독일인 특유의 호통 치는 듯한 말투를 사용하며 교훈적인 격언으로 우리들에게 가르침을 주려 했다. 할머니가 검지를 까딱이며 "Kalt Kaffee macht schön"이라고 하면, 우리는 그 말에 숨겨진 무시무시한 뜻이 뭘까 궁금해했다. 할머니의 말은 "예뻐지려면 차가운 커피를 마셔야 한다"는 뜻이었는데, 마치 따뜻한 커피를 마시면 자기 관리를 포기한 못생긴 사람이 될 것만 같은 느낌이 들었다. 또 할머니는 늦게까지 깨어 있는 어린 우리들에게 "Morgen Stund hat Gold im Mund"("아침시간은 황금을 물고 있다"는 뜻)라고 했다. 할머니는 자존심이 강하고 수준 높은 문화를 향유하는 데 관심이 많았던 분으로, 나는 회고록을 통해 할머니가 얼마나 강인한 분이었는지, 또 얼마나 무뚝뚝한 분이었는지 강조해 언급했다.

이 회고록을 담은 『다섯 명의 유년 시절』이 출판된 후, 어머니는 내 회고록을 보고는 사실과 다르다고 말했다. "네 할머니는 그런 분이 아니었단다." 어머니는 할머니와 그리 살가운 사이가 아니었음에도 불구하고 할머니 편을 들었다. "네 할머니는 불행한 분이었어. 수줍음도 많고, 늘 사랑받길 원하셨지." 어머니 말이 맞을지도 모른다. 나는 나이가 더 들고 나서야 할머니가 엄한 분이 될 수밖에 없었던 가슴 아픈 사건을 알게 됐다. 하지만 내가 생각했던 할머니의 모습은 엄한 사람이었다. 회고록은 글을 쓰는 작가의 시점만이 유일한 진실이다. 따라서 글을 시작하기 전, 작가는 어떤 시점에서 글을 쓸지 먼저 결정해야 한다. 과거 어느 시점 ——여러분이 기억하는 이야기 — 에서 회고록을 쓸지 정한 다음, 회고록의 처음부터 끝까지 동일한 시점을 유지해야 한다. 디어필드 회고록을 보면, 내가 과거 시점에서 벗어나 미래를 언급하는 부분이 여러 군데 있다. 스미스 선생님의 라틴어 수업 덕분에 훗날 로마에 갔던 일, 고전에 대한 애정을 평생 간직할 수 있게 된 일 등 말이다. 또 바틀릿 보이든 선생님의 고된 작문 훈련이 밑거름이 되어 내가 『뉴욕 헤럴드 트리뷴』 기자가 될 수 있었다는 사실도 이야기했다. 이 두 가지 사건은 교육의 위대한 힘을 증명하는 일화로, 내 회고록에 필수불가결한 소재였다. 지난 과거에 감사함을 표현하는 것은 회고록 집필을 통해 느낄 수 있는 즐거움 중에 하나다.(물론 독자에게 중요한 정보를 전달하는 즐거움도 있다.) 여러분 삶에 큰 영향을 미쳤던 선생님, 코치, 삼촌, 이웃이 있다면 그들을 단순히 회상하는 것만으로는 부족하다. 그분들 덕분에 여러분의 삶이 달라졌다면, 여러분에게 훗날 어떤 변화가 있었는지 간단하게 설명해 두는 것이 좋다.

단, 미래의 일을 장황하게 언급하지 않도록 조심하자. 좋은 회고록을 쓰려면 과거의 특정 시기, 장소, 사회적 또는 역사적 상황을 벗어나지 말아야 한다. 러셀 베이커의 『러셀 베이커 자서전: 성장』은 대공황 시기에 뉴저지에서 어린 시절을 보냈던 자신과 어머니에 대한 기억이다. 질 커 콘웨이의 『오지의 땅에서』는 7년간 극심한 가뭄을 경험하며 호주의 깊은 오지에서 농장을 운영했던 부모님과 자신의 유년 시절을 그린 회고록이다. 프랭크 매코트의 『안젤라의 재』는 아일랜드 리머릭의 슬럼가에서 가난과 싸워야 했던 소년 시절을 그린 작품이다. 블라디미르 나보코프의 『말하라, 기억이여』는 러시아 상트페테르부르크에 살면서 차르 시절의 황혼기를 경험했던 짧은 어린 시절에 대한 회고록이다.

디어필드 아카데미에서 보낸 파란만장한 내 학창시절 이야기는 현실 세계와 동떨어진 하나의 고립된 이야기다. 하지만 이는 있는 그대로의 과거이자, 내가 기억하는 과거의 모습이다. 마찬가지로 여러분도 자신이 기억하는 삶의 단면을 회고할 수 있다면 그것만으로도 충분하다.

3
크나큰 세상의 경험

"흥미로운 인생을 사시는군요. 언제 한번 책으로 내 보세요."
나는 지난 수년 동안 이런 말을 수도 없이 들어 왔다. 사실 맞
는 말이다. 내 인생은 참 흥미로운 편이다. 흥미로운 일을 하
며, 흥미로운 곳을 방문하고, 흥미로운 사람을 만나며 살아 왔
으니 말이다.

문제는 흥미로운 삶이 꼭 흥미로운 회고록으로 이어지는 게
아니라는 데 있다. 흥미로운 회고록을 만드는 것은 삶의 아주
작은 일부에 불과하다. 삶의 나머지는 출퇴근, 가족 돌보기, 친
구 만나기, 이웃 봉사와 같은 일상적인 활동들로 이뤄진다. '흥
미로운 삶'을 살았던 것으로 알려진 위인들도 실제로는 흥미
로운 삶만 산 것은 아니다. 아이젠하워 대통령이나 처칠 수상
도 알고 보면 미국 육군과 영국 정계의 막후에서 수십 년의 따

분한 시간을 보낸 사람들이다.

나는 흥미로운 옛 기억을 회고록 소재로 사용하는 대신, 기사나 책에서 분위기를 전환하거나 반전을 제시하는 용도로 활용했다. 다른 기자들과 차별화되는 머리글을 쓰고 싶은데 좋은 아이디어가 떠오르지 않을 때 옛 추억은 좋은 이야깃거리가 되었다. "무슨 이야기로 글을 시작하면 좋을까? 기사 도입부를 참신하게 시작할 좋은 얘깃거리가 없을까?"하고 스스로에게 물어보았다. 소재가 필요할 때 이렇게 과거 기억이 스멀스멀 떠오르면 얼마나 다행스러운지 모른다. 여러분도 늘 좋은 이야깃거리를 찾아야 한다. 그 이야기를 사람들에게 들려주도록 하자. 인간이란 이야기를 좋아하는 존재니까 말이다.

아래 이야기는 연합군의 노르망디 상륙작전 '디데이' 50주년을 맞아 1994년 노르망디에 방문했을 때 썼던 기사다. 나는 언론에서 50주년 기념일을 대대적으로 보도할 것이며, 대부분의 기사들이 상륙작전과 영불해협 횡단 사건을 다룰 것이라고 짐작했다. 반면, 나는 유럽이 아닌 다른 대륙을 소재로 기사 도입부를 시작했다.

나는 디데이 전후 2주일을 지금도 생생하게 기억하고 있다. 퍽 인상적인 장면이 아직도 뇌리에 깊이 남아 있기 때문이다. 그당시 나는 알제리의 수도 알제에 주둔 중인 미 육군 이등병이었다. 그 무렵 프랑스령 북아프리카 지역은 유럽 해방을 준비하는 대기실이나 마찬가지였다. 나는 알제에서 연합군 군인들의 국적이 이렇게까지 다양하다는 것을 알고 놀라움을 금치 못했다. 미국군, 영국군, 캐나다군, 호주군, 뉴질랜드군, 자유 프랑스군, 구르카군, 브라질군, 세네갈군, '고움'이라 불리는 용맹한 아랍군까지 군인들의 출신은 정말 다양했다. 그러나 출신은 달라도 목적은 같았다. 우리의 목적은 디데이 준비였다. 특히, 영국군과 폴란드군은 1939년부터 이 디데이를 기다리고 있었다.

어느 날 나는 알제 시내에 갔다가 우체국 건물 반대편에 건물 몇 층 높이는 될 법한 커다란 지도가 설치된 것을 보았다. 지도에 있는 프랑스는 녹색으로 채워져 있었다. 지도는 순식간에 우리 군인들의 희망의 상징이 되었다. 사람들은 광장에 모여들어 지도를 뚫어지게 주시했다. 우리는 지도를 보고 영국에 주둔 중인 막강한 연합군 군대와 함대가 곧 영불해협을 건너리라는 것을 알 수 있었다. 6월 6일, 연합군의 침공이 시작되자 몇 명의 인부들이 지도를 새로 칠하는 모습이 보였다. 그들은 연합군이 점령한 노르망디 해변 부근을 흰색 페인트로 덧칠하고 있었다. 우리는 언젠가 프랑스 전체가 흰색으로 덮이는 날이 찾아오리라 믿었다.

나는 한 주 한 주 시간이 지날 때마다 노르망디 반도의 색깔이 변하는 것을 지켜보며 어서 흰색으로 뒤덮이길 바라던 그 마음을 지금도 기억하고 있다. 노르망디 반도가 꽤 오랫동안 녹색을 그대로 유지했던 것도 기억하고 있다. 연합군은 산울타리에 잠복한 독일군 사단에 발목을 잡혔고, 승전보는 간헐적으로만 들려왔다. 어느 날에는 생로 남부 지역이 흰색으로 칠해졌다가, 또 다른 날에는 캉 동쪽에 흰색 리본이 그려지거나 셰르부르 북쪽을 가리키는 흰색 화살이 나타나곤 했다. 7월 말이 되어서야 미국군과 영국군이 본격적으로 노르망디를 돌파해 지도 여기저기 흰색이 보이기 시작했다. 파리에 수많은 흰색 화살이 그려졌고, 8월 21일이 되자 영불해협부터 센강 유역이 전부 흰색으로 뒤덮었다. 노르망디 상륙작전은 이렇게 마무리되었다. 이제 독일 침공이라는 마지막 관문이 남아 있었다.

북아프리카에 주둔했던 군인들은 하나둘 이곳을 떠났다. 어떤 연합군은 프랑스 남부로 이동해 라인강 진격에 나섰다. 내가 소속된 연합군은 이탈리아로 배치되었다. 이렇게 노르망디 상륙작전 '디데이'는 2차 세계대전의 전환점이 되었다. 디데이를 기점으로 히틀러의 패배는 자명한 사실이 되었다. 디데이 사건과 그때 내가 느꼈던 심경을 돌이킬 때면 나는 언제나 그 거대한 지도가 눈앞에 떠오른다.

내가 이 이야기를 좋아하는 이유는 지금까지 똑같은 이야기를 하는 사람을 그 어디에서도 본 적이 없기 때문이다. 제2차 세계대전을 주제로 한 글은 수도 없이 많지만, 그 거대한 지도를 인상 깊게 기억하고 글을 쓴 사람은 아마 내가 유일하지 않을까? 이처럼 나만이 할 수 있는 이야기가 있다는 것은 큰 매력이다. 여러분도 자기만이 할 수 있는 이야기를 꼭 찾기를 바란다. 삶이라는 커다란 캔버스 안에 그려진 작은 사건들을 떠올려 보자. 자신이 경험한 대형 사건을 미시적인 시각에서 살펴볼 수 있다. 노르망디 상륙작전은 수많은 군인들이 동원된 엄청난 규모의 대형 사건이지만, 나는 알제에 주둔했던 21살 군인의 시각에서 당시의 이야기를 회고했다. 내 글을 읽는 독자는 당시 상황과 내 입장에 누구든 공감할 수 있었을 것이다.

나는 미국 북동부 백인상류층(WASP) 가정에서 곱게 자란 막내아들로, 미국의 마지막 순수와 고립의 시대를 살았다. 1939년 여름, 부모님이 나와 누나들을 데리고 유럽 여행을 갔을 때만 해도 유럽 이외의 다른 지역을 여행한다는 것은 상상할 수 없는 일이었다. 영국과 그리스, 이탈리아 혈통을 가진 부모님에게 유럽 이외의 지역은 미지의 영역이었다. 우리는 유럽을 여행하며 개신교 교회를 구경하고, 대가들의 미술작품을 구경하고, 학교에서 배웠던 외국어를 연습했다. 그해 9월 크루즈를 타고 미국으로 돌아가던 길에 우리 가족은 라디오를 통해 나치군이 폴란드를 침공했다는 소식을 들었다. 하지만 다른 나라에서 일어난 전쟁이었기에 침공 소식이 그다지 현실처럼 느껴지지 않았다. 우리는 포근한 담요를 덮은 채 우리의 아늑한 세상마저 전쟁에 휘말릴 수 있다는 것을 애써 부인했다.

그로부터 5년 후, 미군 신분이 된 나는 군인 수송선 제너럴 만을 타고 대서양을 또 한 번 건넜다. 수송선에 탄 수천 명의 미군들은 뻣뻣한 천으로 덮인 간이침대에서 잠을 잤다. 그곳에는 물론 간식 시간마다 스프나 차를 갖다 주는 승무원도 없었다. 나는 프린스턴대학교 —— 또 하나의 배타적 WASP 사회 —— 를 휴학하고, WASP의 안락한 환경에서 벗어나고자 육군에 자원입대했다. 나는 군 장교가 되려는 야망이 없었고, 육군은 이런 나를 부담 없이 발령했다. 나는 미국 남부에 위치한 훈련소에서 1년 남짓 있었는데, 궂고 음산한 훈련소 환경에 학을 떼고 해외로 전출시켜 달라고 요청했다. 나는 내심 기후가 따뜻하고 건조하고, 또 흥미로운 지역으로 갈 수 있길 바랐다. 그러던 어느 날 제너럴만에 오르게 된 것이다. 나는 수송선 갑판 위에서 대서양 연안 너머로 나타나는 흰 도시를 보았다. 그곳은 카사블랑카였다. 우리를 실은 수송선은 땅거미가 내린 뒤 해안가에 도착했다. 육지에 내린 우리는 트럭을 타고 카사블랑카 밖에 있는 기지로 이동한 뒤 군 막사에서 잠을 청했다.

다음날 아침, 나는 지금까지도 잊을 수 없는 멋진 풍경을 보았다. 선명한 녹색 빛 대지, 쪽빛 하늘, 도시를 뒤덮은 흰색 건물, 빛나는 태양이 눈앞에 펼쳐졌다. 기지 울타리 너머에는 흰 옷을 입은 아랍인들이 당나귀를 타고 마을에서부터 오는 길을 지나고 있었다. 나는 내가 북아프리카에 와 있다는 사실을 믿을 수 없었다. "마치 성경에 나오는 풍경 같지 말입니다!" 우리는 이렇게 외쳤다. 그리고 아랍 국가를 여행하는 관광객들이 예의 그러하듯 진부한 표현으로 심오한 감정을 표현했다. "지금까지 갔었던 그 어떤 곳보다 이곳은 고풍스럽고 감동적이지 말입니다!"

이튿날 우리는 '40&8'이라는 기차에 몸을 실었다. 40&8은 목재로 된 낡은 화물열차로, 제1차 세계대전 당시 프랑스군이 군인 40명이나 말 8마리를 수송하는 데 사용했다. 열차의 모든 칸마다 스텐실로 QUARANTE HOMMES OU HUIT CHEVAUX('남자 40명 또는 말 8마리'라는 뜻)라는 글자가 새겨져 있었고, 우리의 침대가 될 건초더미에서는 희미한 말 냄새가 풍겼다. 열차 칸은 말 8마리가 들어가기엔 충분해도 장정 40명이 몸을 뉘기엔 꽤 좁아 보였다. 열차는 내가 이제까지 경험했던 모든 교통수단 가운데 단연 최고로 불편했지만, 동시에 최고의 경험을 선사했다. 나는 열차가 모로코, 알제리, 튀니지를 지나는 6일 내내 기차 문간에 앉아 발을 밖으로 늘어뜨리고 이 순간이 영원하길 바랐다. 우리가 탄 기차도 그다지 서두르는 모양새가 아니었던지라 아틀라스 산맥을 지나며 몇 번이나 멈춰가곤 했다. 그 기차에서 울리던 크고 날카로운 휘파람 소리는 지금도 내 귀에 선하게 들리는 것 같다.

나는 모든 것이 너무도 낯설었다. 내가 자라 온 환경, 교육받은 환경에서 아랍 세계를 언급했던 사람은 아무도 없었다. 하지만 나는 이곳 공기에서 느껴지는 소리와 냄새, 페즈, 우지다, 시디벨아베스 같은 마을 이름, 기차역에서 느껴지는 수선한 분위기가 너무도 좋았고, 아랍인들이 퍽 낭만적이게 느껴졌다. 기차가 정차하면 우리 옆을 분주히 지나가며 왁자지껄하게 떠드는 이 이국적인 사람들은 누굴까? 어쩌다 이들은 메카에서 멀리 떨어진 이 지역에서 살고 있는 걸까?

나는 마침내 블리다라는 도시에 있는 공군기지 숙소에 짐을 풀었다. 공군기지는 알제에서 차로 한 시간 거리에 있었다. 나는 종종 우아한 흰색 건물들이 들어선 알제에 가서 반달 모양의 항구 근처에 있는 언덕을 오르곤 했다. 알제는 나만이 탐방하고 나만이 느낄 수 있는 나의 도시였다. 나의 지인들 가운데 그 누구도 이곳을 방문한 사람은 없었다. 알제의 건물은 프랑스풍으로 대로변에는 가로수가 심어져 있고, 길가에는 카페와 상점들이 들어서 있으며, 아파트는 층마다 발코니가 설치되어 있었다. 하지만 이곳은 프랑스와는 전혀 분위기가 달랐다. 프랑스풍의 마차 옆으로 당나귀를 탄 아랍인들이 지나갔고, 프랑스인 부인들 사이로 검은 베일을 쓴 아랍 여인들이 걸어갔으며, 공기 중에는 매캐한 담배와 커피 냄새가 배어 있었다. 무엇보다 가장 신비해 보였던 것은 카스바(casbah)라 불리는 암흑가로, 미로처럼 얽혀 있는 카스바의 성채는 연합군의 출입 금지구역이었다.

북아프리카에 주둔해 있던 8개월 내내 이곳에 대한 나의 애정은 식을 줄을 몰랐다. 나는 이후 미국에 돌아온 뒤로도 여러 차례 아랍 국가를 방문했다. 다마스쿠스나 카이로 같은 대도시는 물론 오만이나 팀북투 같은 외딴 마을도 여행했다. 나는 잘 알지 못하는 새로운 곳을 여행하고 싶다는 일종의 강박관념으로 나만의 계획을 세워 낯설고 먼 지역을 찾아 떠나는 여행자가 되었다. 그렇게 나는 이집트, 인도, 중국, 브라질, 중동, 동남아시아, 인도네시아, 아프리카 등지를 여행하게 되었다. 나는 이국 문화를 경험하며 새로운 관점에서 세상을 느끼고 예술, 건축, 음악, 춤에 대해 새로운 시각으로 접근해야 할 필요성을 깨달았다. 모스크 사원 벽에 걸린 서예 작품, 아프리카 마을에서 본 고운 도자기, 아시아 원주민 여성들의 화려한 은 장신구 등 예술품의 가치를 공식적으로 인정하는 박물관 바깥에도 예술은 얼마든지 존재했다. 또한 다양한 종교의 모습을 관찰하며 모든 종교가 신성함을 느낄 수 있었다. 발리와 아프리카에 갔을 때에는 베토벤에 견주어도 무색하지 않을 가믈란(인도네시아 민속음악)과 전통 타악기 연주도 들어 봤다.

이 모든 경험의 시작은 북아프리카를 가로지른 수송열차였다. 전쟁이라는 거대한 사건 안에서 수송열차는 보잘 것 없는 존재지만, 내게는 매우 중요한 이야깃거리였다. 내가 세상을 바라보는 시각은 그때 이후부터 달라졌다. 지금의 여러분을 만든 삶의 작은 이야기를 결코 간과해서는 안 된다.

1944년 가을, 우리 부대는 전쟁으로 인해 파괴되고 궁핍해진 이탈리아로 전출되어 기나긴 겨울을 보냈다. 나는 최전선에서 멀리 떨어진 곳에서 사무직을 맡게 되었기 때문에 매일 매일이 지루하고 따분했다. 하지만 폴 퍼셀, 새뮤얼 하인즈, 가드너 보츠포드, 하비 사피로 등 동시대 작가와 시인들이 남긴 문학 작품을 통해 피비린내 나는 전쟁의 고통을 겪지 않은 것이 큰 행운임을 알게 되었다. 그들의 문학 작품은 제2차 세계대전의 실상을 적나라하게, 연민의 시각에서 표현했다.

1945년 5월, 독일이 전쟁에서 완전히 패배하자 군대는 더 이상 이탈리아에서 해야 할 일이 없었다. 하지만 우리를 미국으로 데려가야 할 수송선은 일본과의 태평양 전쟁에 투입된 상태였다. 그 결과 우리는 몇 달 동안 이탈리아에서 지루한 시간을 보내야 했다. 그러던 어느 날, 나는 군인 신문『스타스앤드스트라이프스』(Stars and Stripes)를 읽다가 미 육군에서 피렌체에 전문대학을 설립한다는 기사를 보았다. 한 부대당 오직 한 명만 입학할 수 있었고, 나는 그 즉시 부관을 찾아가 입학 지원을 신청했다. 꼼꼼하게 매일 신문을 챙겨 보는 습관 덕분에 나는 그해 7월 1일부터 수업을 들을 수 있게 되었다.

피렌체 외곽에 위치한 대학 캠퍼스는 과거에 항공학교로 사용했는데, 무솔리니가 그 건물을 지었다고 했다. 대학 교수진은 지중해 전역에 복무 중인 장교와 군인들 가운데 교사 경험이 있는 사람들로 구성되어 있었다. 기숙사 창문을 열면 붉은 지붕으로 덮인 피렌체의 모습과 브루넬레스키가 설계한 대성당 돔, 조토가 지은 종탑이 한눈에 보였다. 예술에 대해 아는 게 적었던 나는 예술사 강의를 여러 개 신청했다. 나는 오전에는 강의를 들으며 르네상스 시대의 위대한 예술품을 공부하고, 오후에는 캠퍼스 밖으로 나가 예술품을 직접 감상했다. 당시 피렌체 사람들이 나치의 눈을 피해 감춰둔 예술품을 하나둘 다시 꺼내놓기 시작한지라, 나는 예술품을 운반하거나 예전에 있던 장소에 복원하는 모습을 심심찮게 목격하곤 했다. 나는 첼리니의 페르세우스상을 받침대에 올리는 광경도 직접 구경했다. 이는 르네상스의 부활과도 같았다. 과거 메디치가의 르네상스가 그러했듯, 예술이 다시 사람들의 품으로 돌아오고 있었다. 그해 9월 나는 부대로 복귀했고, 대학에서 수강했던 학점과 성적을 인정받아 6개의 수료증을 받았다. 하지만 내가 배운 것은 수료증으로 환산할 수 없을 만큼 많았다.

그해 11월 군인 수송선 한 대가 나폴리에 도착했고, 나를 포함한 5천여 명의 군인들은 고향으로 돌아갔다. 미국에 도착한 나는 곧장 프린스턴대학으로 가 학적 사항을 논의하고자 면담을 신청했다. 학교를 휴학했을 무렵 나는 학사 졸업에 필요한 학점을 거의 다 채운 상태였다. 또 군 복무를 통해 3학점을 이수했고(프린스턴은 군 복무 경험을 학점으로 인정했다), 피렌체에서는 대학 수료증도 받았다. 나는 원래 복학하면 한 학기를 더 다니며 파편처럼 흩어진 내 대학생활을 마무리할 계획이었다. 하지만 다시 돌아오고 나니 새로운 삶을——비록 그게 뭐가 될지는 몰라도 ——당장 시작하고픈 마음이 더 컸다.

200년도 넘은 담쟁이덩굴로 뒤덮인 나소 홀을 향하며 나는 꽤 긴장해 있었다. 손에 쥐고 있는 수료증이 갑자기 하찮게 느껴졌다. 최악은 나를 면담할 사람이 루트 학장이라는 사실이었다. 루트 학장이라니! 나는 다시 군대에 돌아가 버리고픈 심정이었다. 프린스턴의 교무처장이기도 한 로버트 K. 루트 학장은 전형적인 노교수였다. 나는 루트 학장이 가르치는 신고전주의문학 강의를 들은 적이 있었는데, 그는 매 강의시간마다 조너선 스위프트의 숨겨진 역설이나 알렉산더 포프의 미묘한 익살을 무미건조하게 설명하곤 했다. 하지만 우리들 중 누구도 교수의 설명에 토를 다는 사람은 없었다. 나는 이후 루트 학장과 다시 만날 일이 없을 줄 알았는데 이렇게 또 만나게 되어 유감스러웠다. 가까이에서 바라본 그는 매우 근엄해 보였다.

루트 학장은 내 프린스턴 성적증명서와 군에서 받은 수료증을 찬찬히 살폈다. 그는 이런 조합을 처음 본다고 말했다. 그도 그럴 것이, 미군이 세계대전 전후에 설립한 전문대학을 수료한 사람은 내가 최초였기 때문이다. 그는 내 성적증명서를 검토하더니 뭔가를 기록했다. 그 다음에는 군 수료증을 검토하더니 뭔가를 또 기록했다. 그는 얼굴을 찡그린 채 뭔가를 중얼거리고 있었다. 나의 학점을 다 더해 본 결과 학사학위 취득 요건에 미치지 못한다는 것을 알아차린 것 같았다. 그는 고개를 좌우로 젓더니 졸업학점이 조금 부족하다고 웅얼거리듯 말했다. 나는 이제 다 틀렸구나 싶었다.

그런데 어느 순간부턴가 나는 더 이상 깐깐한 학장과 면담을 하는 게 아닌, 인간미 넘치는 자상한 분과 이야기를 나누고 있었다. 그는 나에게 전쟁 중에 무슨 일을 했는지 물었다. 나는 북아프리카에서 복무했던 일과 그곳에서의 경험을 통해 전에는 몰랐던 아랍 세계에 눈을 떴다는 것을 고백했다. 또 로마로 히치하이킹을 갔던 경험, 나폴리 오페라하우스에서 「라보엠」을 감상했던 일, 피렌체에서 르네상스 예술사를 공부했던 그해 여름, 주말에 피사, 루카, 시에나를 방문해 예술 작품과 건축물을 구경했던 것도 이야기했다.

루트 학장의 표정은 점점 밝아졌다. "자세히 얘기해 봐요." 그는 이렇게 말했다. "전쟁으로 시에나가 많이 파괴됐겠네요." 나는 그에게 아름다운 옛 도시 시에나의 전후(戰後) 상황을 설명해 줄 수 있는 전령이었다. 전형적 인문주의자인 루트 학장에게는 시에나가 중요한 도시일지도 모른다. 그는 아마 젊었을 때 시에나를 직접 가 봤었는지도 모른다. 생각이 여기에 미치자, 그도 한때는 청년이었다는 것이 뇌리를 스쳤다. 나는 그에게 시에나는 전쟁으로 인해 털끝 하나 상하지 않았으며, 가로 줄무늬가 인상적인 두오모 대성당이 여전히 수 킬로미터 밖에서도 보일 정도로 위용을 자랑하고 있다고 말했다.

루트 학장은 희미한 미소를 짓더니 나를 문으로 안내하고는 졸업 여부에 대해 조만간 통지를 받게 될 것이라고 이야기했다. 그로부터 2주 후, 나는 프린스턴 학사 졸업요건을 통과했으며 참전용사로서 그해 겨울 후기졸업식에서 학위를 받게 될 것이라는 학장의 편지를 받았다. 내 생각에 그는 내가 졸업할 수 있도록 모자란 1, 2학점을 면제해 줬던 것 같다. 그에게 학점이란 숫자보다 배움 자체가 더 중요한 가치였기 때문에, 그는 나와 면담하던 중 학점 계산을 그만둔 것이다. 그리하여 이 듬해 1월, 나는 학사모와 졸업가운을 대여하고 졸업식에 참석해 학사학위를 받았다. 졸업 후 얼마 지나지 않아 나는 『뉴욕 헤럴드 트리뷴』에 취직해 어릴 때부터 꿈꿔온 기자로서의 커리어를 시작했다. 루트 학장 덕분에 나는 새로운 삶을 시작할 수 있었다.

루트 학장과 이야기를 나눴던 그 30분의 시간은 지금까지도 잊을 수 없는 기억으로 남아 있다. 나는 그때 이후 한 번도 겉으로 보여지는 숫자를 중요하게 생각지 않았다. 나는 좋은 숫자에 대한 과도한 집착이 미국인의 삶을 좀먹는 요인 가운데 하나라고 생각한다. 리틀 리그(청소년 야구 리그) 우승 점수, 높은 시험 점수, 사상 최대의 연봉, 높은 당기순이익 같은 숫자들 말이다. 1등을 배출하는 코치는 신처럼 추앙받지만, 2등을 배출하는 코치는 그렇지 못하다. 훌륭한 코치와 선생님의 지도 아래 성숙, 지혜, 자신감, 자기표현, 스포츠맨십을 터득하고 실패와 패배를 인정하는 법을 배웠어도, 이것이 성적에 반영되지 않는 한 중요하게 여겨지기는 어렵다. 1967년, 나는 한 칼럼을 통해 사람들의 실패할 권리 ──미국사회가 사회 구성원들, 특히 젊은이들에게 인정하지 않는 권리 ──를 주장한 바 있었다. 당시 『룩』(Look)에 기고된 아래 칼럼은 큰 반향을 얻으며 이후 여러 차례 전재되었다.

우리 사회에는 기업 임원이 아니라 모험주의자, 이상주의자, 반대주의자들이 필요하다. 하지만 우리 사회는 사람들에게 정해진 사다리를 차곡차곡 밟아 올라가는 방법만을 가르친다. 하지만 젊은 청년들이 자신들에게 맞는 길을 찾기 위해서는 수없이 다른 영역을 탐험해 보고, 다른 방향으로 나아가 보고, 비틀거려도 보고, 넘어지면 다시 일어나 새로 시작할 수 있어야 한다. "만약 실패하면 어떡하죠?" 젊은 청년들은 부모들에게 이렇게 묻는다. '실패'란 기성세대인 부모들이 가장 금기시하는 단어다. 부모들은 이렇게 대답한다. "실패하지 말아야지!"
하지만 부모들은 이렇게 말해 줘야 한다. "실패를 두려워 말거라." 실패한다고 세상이 끝나지 않는다. 사실 수많은 사람들이 실패를 통해 더욱 강인한 사람으로 거듭났다. 실패를 통해 오히려 더 유명해진 사람들도 많다. 지난 역사를 보면 정해진 체제를 거부하고 자신의 길을 꿋꿋이 걸어간 사람들의 사례를 수도 없이 찾을 수 있다. 그들은 자신이 나아갈 방향에 굳은 믿음을 갖고 있었기에 앞으로 발생할 파란만장한 미래를 걱정하지 않았다. 그들의 전기(傳記)가 흥미로운 것은 그들이 비단 기존 체제를 거부했기 때문만이 아니라, 그들이 만든 체제가 기존 체제보다 더 훌륭하기 때문이다.

나는 1970년대 무렵 예일대의 칼리지 학장으로 400여 명의 총명한 학생들을 지도한 적이 있었다. 그곳 학생들은 완벽한 성적을 받아야만 한다는 강박관념으로 인해 제대로 삶을 즐기는 법을 잊어 버린 것 같았다. 나는 학생들을 눈에 보이지 않는 성적의 감옥에서 꺼내 날개를 달아 줄 수 있는 계기를 만들어 주고 싶었다. 루트 학장이 내게 해주었던 일을, 이제 내가 해줄 차례였다.

제2차 세계대전은 내가 세상에 대해 알고 있던 지식과 세상을 바라보는 눈을 달라지게 한 내 삶의 전환점이었다. 하지만 내가 2차 세계대전을 주제로 남긴 회고록은 이 장에서 사례로 제시한 두 가지 —— 수송기차를 타고 북아프리카를 횡단했던 경험과 피렌체에서 여름학기를 다녔던 일 —— 가 전부이다. 어떤 회고록도 전쟁 자체를 주제로 하지 않았다. 두 회고록 모두 전쟁이 나를 어떻게 변화시켰는지에 대한 이야기다.

여러분도 회고록을 쓸 때 이 점을 잘 기억하자. 여러분에게 중요한 이야기란 그 이야기의 대상보다는 이야기가 갖는 의미가 더 중요한 글일 가능성이 높다. 다시 말해 여러분이 어떤 상황에서 무슨 일을 했는지가 아니라, 그 상황이 여러분에게 어떤 영향을 미쳤는지가 중요하다는 말이다. 헨리 데이비드 소로의 『월든』은 그가 월든 호수에서 2년 동안 뭘 하고 지냈는지에 관한 이야기가 아니라, 그가 그곳에서 지내며 고찰했던 것을 기록한 이야기다.

4
즐거웠던 순간들

전쟁이 끝난 뒤 고향으로 돌아온 나는 『뉴욕 헤럴드 트리뷴』에서 13년간 기자 생활을 했고, 그 중 10년은 공연문화계를 취재했다. 내가 이쪽 업계에 발을 들이게 된 계기는 조지 코니시 편집국장 덕분이었다. 1948년 어느 날, 편집국장은 나를 사무실로 부르더니 공연문화부 편집장 ─ 영화 「34번가의 기적」에서 산타클로스를 연기했던 에드먼드 그웬을 닮은 그 편집장 ─ 이 곧 은퇴를 앞두고 있으며, 일요일판 신문의 공연문화 섹션을 대대적으로 개편할 예정이라고 전했다. 그는 내게 공연문화 편집장 자리에 관심이 있는지 물었다. 그 당시 나는 일요일판 신문의 다른 섹션 편집자를 맡고 있었는데, 저널리즘에 푹 빠진 26살 풋내기 기자답게 그 일에 꽤 만족해 있었다. 그보다 더 큰 일을 해보고 싶은 야망은 없었다.

코니시 국장(나는 그를 항상 코니시 국장이라고 불렀다)은 세련된 분위기의 『뉴욕 헤럴드 트리뷴』이 지금처럼 구닥다리 활자와 고루한 서체, 선, 삽화로 장식된 진부한 공연문화 기사를 실어서는 곤란하다고 생각했다. 그는 내가 브로드웨이 뮤지컬 팬이라는 사실과 대학 시절 프린스턴 연극 동아리에서 작사 작곡을 했던 것을 알고 있었다. 그는 내가 뮤지컬을 제외한 다른 공연에 대해서도 잘 아는지 묻지조차 않았다. 그는 내게 공연문화부 편집장을 제안했고, 나는 그 제안을 받아들였다.

『뉴욕 헤럴드 트리뷴』은 웨스트 41번가 230번지에 있었다. 같은 블록에는 야외주차장 세 곳과 주차타워 하나, 대개 어둑어둑한 극장, 이용객이 별로 없는 뉴저지행 버스 터미널, 이발소, 웨이터와 악사들의 턱시도를 판매하는 상점이 있었다. 신문사 건물은 40번가까지 이어져 있었고, 직원들은 이 40번가로 나가는 출입구를 특히 애용했는데, 그 출입구에서 몇 걸음 떨어진 곳에는 '예술가와 작가의 레스토랑'(Artist & Writer's Restaurant)이라는 주점이 하나 있었다. 과거 금주법 시대에 주류 밀매점이던 그곳은 블레이크스(Bleeck's라 쓰고 Blake's라 읽는다)라는 이름으로 더 유명했다. 블레이크스의 널찍한 바는 『뉴욕 헤럴드 트리뷴』 직원들로 늘 붐볐다. 심지어 술 판매가 법적으로 금지되는 선거일에도 블레이크스를 찾는 단골들은 평소와 다름없이 목을 축일 수 있었다. 우리는 주점 안쪽에 있는 방에서 푸른 사기잔에 담긴 술로 낮술을 즐기곤 했다.

참나무로 만든 벽, 갑옷 모형, 제임스 서버의 만화 원본 같은 소품 덕분에 블레이크스는 마치 헤럴드 트리뷴 기자들이 직접 살고 있는 집 같았다. 그곳에 자취를 남겼던 기자들 가운데는 존 오하라, 조지프 미첼, 누널리 존슨처럼 훗날 크게 성공한 사람들도 있었다. 블레이크스는 헤럴드 트리뷴의 아지트라는 인식 때문에 『뉴욕타임스』 기자들은 근처에 있어도 발길을 하지 않았고, 오로지 헤럴드 트리뷴 기자들만 오전 시간, 점심 시간, 오후 시간, 저녁 시간, 인쇄 시간부터 새벽 4시까지 하루 종일 시간을 불문하고 그곳을 들락거리며 열띤 토론을 벌이거나 기사를 고쳐 다듬곤 했다. 내가 여기서 블레이크스를 군이 언급하는 것은 맨해튼 시내에 널리고 널린 주점을 낭만화하려는 의도라기보다——이런 것을 주제로 한 글은 이미 수도 없이 많다——헤럴드 트리뷴을 이야기하면서 우리의 일상과 떼려야 뗄 수 없었던 블레이크스를 빼놓는 것이 일종의 직무 유기처럼 느껴지기 때문이다. 인쇄기가 신문을 찍어내기 시작하면 블레이크스의 벽에서도 진동이 느껴졌고, 기자와 편집장들은 마시던 마티니 잔을 그대로 두고 신문사 건물로 올라가 인쇄된 기사를 검토했다. 그들이 두고 간 술잔은 다시 돌아올 때까지 자리에 그대로 놓여 있었다.

헤럴드 트리뷴의 넓고 너저분한 편집실은 몇 년에 한 번씩 녹색으로 도색하는 바람에 차분한 분위기와는 거리가 멀었다. 다닥다닥 붙어 있는 편집실 책상에는 담뱃불로 검게 그을

린 흔적과 종이컵에서 흘러나온 커피 자국이 남아 있었다. 여름이면 천장 위의 선풍기가 편집실의 공기를 천천히 휘젓곤 했는데, 선풍기에 축 늘어진 검은 줄은 마치 뇌우가 휩쓸고 간 거리의 전깃줄을 보는 듯했다. 편집실 정중앙에는 L. L. 잉글킹 편집장의 자리가 있었다. 텍사스 출신에 덩치가 거대하고 완벽주의자 성격을 가진 그는 마음에 안 드는 기사가 올라오면 팀원들에게 호통을 치곤 했다. 나는 이런 편집실이 그렇게 아름다울 수가 없었다.

내가 새로 맡게 된 공연문화부는 연극, 영화, 음악, 예술, 춤, 라디오 방송 등을 취재하는 분야로, 편집실 한구석에 기자들 자리가 있었다. 나는 그곳에 앉아 있는 기자들의 정체가 늘 궁금하던 참이었다. 좋은 문장이 떠오르길 바라며 타자기를 노려보는 혈색 좋은 연배의 남자(이 사람이 연극 평론기자일까?), 붉은색 터틀넥을 입은 나긋나긋해 보이는 젊은 남자(이 사람이 음악 평론기자일까?), 햇빛을 오래 보지 못한 것마냥 얼굴이 창백한 남자(이 사람이 영화 기자일까?)가 누구일까 궁금했던 것이다. 내가 아는 사람은 무용 평론기자 월터 테리가 유일했다. 그는 나와 마찬가지로 전역한 지 얼마 안 된 참전용사 출신이었다. 그는 한번은 자리에서 일어서 무용 동작을 보여 준 적도 있었다.

내가 공연문화부에 배정된 지 얼마 되지 않아 연극 평론기자가 과한 음주를 하고 연극을 보러갔다가 계단에서 넘어지는 사고를 당하는 바람에 우리는 그를 대신해 월터 커를 새로운 연극 평론기자로 맞았다. 그는 우리들 사이에서 라디오 평론기자 존 크로스비와 음악 평론기자 버질 톰슨 다음으로 높은 존재감을 발휘했다. 당시 최고로 영향력 있는 작곡가였던 버질 톰슨은 폴 볼스 같은 젊은 작곡가들을 파트타임 평론가로 고용했기 때문에, 매주 수요일 오후가 되면 취재거리를 받아가려는 젊은 작곡가들이 공연문화부를 찾곤 했다. 한번은 헤럴드 트리뷴의 미망인 경영자 헬렌 리드 부인이 공연문화부에 왔다가 희한하게 차려입은 작곡가들이 흥분해서 토론을 벌이는 모습을 목격했다. 부인은 그처럼 기이한 종자들에게 월급을 주고 있다는 사실을 믿을 수 없다는 듯 눈을 깜빡였고, 그들이 환영이 아니라는 것을 깨닫고는 얼른 다른 부서로 발걸음을 옮겼다. 얼마 후 폴 볼스는 미국을 떠나 탕헤르로 이주했다. 내 생각에 그는 너저분한 편집실에서 벗어나 정갈한 사막—그의 소설 『극지의 하늘』에 생생하게 묘사되어 있는 그 모습—으로 가고자 했던 것이 아닐까 싶다.

나를 찾는 사람들은 대개 초연이나 개봉을 앞둔 브로드웨이 공연과 할리우드 영화 언론 홍보 관계자들이었다. 그들이 나를 방문하는 목적은 일요일판 신문에 실릴 기사에 대해 상의하고 기사에 삽입할 공연 사진이나 영화 스틸컷을 전달하기 위해서였다. 그 당시 브로드웨이와 할리우드는 돈독한 소규모 사회였고, 특히 할리우드의 경우 6대 메이저 스튜디오인

MGM, 20세기 폭스, 파라마운트, 콜롬비아, 유니버설, 유나이티드 아틀라스가 영화계를 지배하고 있었다. 나는 매년 같은 홍보 관계자들과 어울리게 되었고, 그들과 친구 같은 사이가 되었다. 비록 그들은 내게 홍보를 부탁하고 나는 그 부탁을 들어주는 갑을 관계에 있었으나, 우리는 서로를 존중했고 각자의 맡은 바 소임을 다했다.

그렇게 6년 동안 공연문화부 편집장을 지낸 뒤 나는 데스크를 옮겨 4년간 영화 평론가 일을 맡았다. 영화 평론가의 하루는 매일 오전 영화관에 가는 일로 시작되었다. 공연문화 편집장과 영화 평론가로 있는 10년 동안 나는 300편의 공연문화 기사와 거의 600편에 달하는 영화 평론과 일요일 칼럼을 꾸준히 양산해 냈다. 나는 이 시기를 무척 즐거웠던 나날로 기억하고 있다. 브로드웨이에서 새로운 뮤지컬을 초연하는 날이면 나는 늘 두 장의 통로석 초대권을 제공받았다. 머나먼 도시에서 열리는 각종 영화 행사와 시사회에 초청받기도 하고, 할리우드 황금기의 막바지에 프라이빗 투어로 할리우드 스튜디오를 둘러볼 기회도 얻었다. 또 영화 스크린에서나 보았지 실물로 본 적 없는 영화배우들의 기자회견장에 초대받기도 했다. 언젠가는 아내가 내게 이렇게 물어본 적도 있었다. "게리 쿠퍼는 직접 보니까 어때요?" 알고 보니 그날 행사에서 게리 쿠퍼와 내가 같은 테이블에 앉아 있었던 것이다. 또 사디스 레스토랑에서 점심 식사를 하는데 옆 자리에 시드 카리스가 있었던 적도 있다. 나는 시드 카리스의 얼굴을 잘 알고 있다고 생각했지만, 한 홍보 담당자가 그녀를 소개시켜 주고 나서야 그녀가 시드 카리스라는 것을 알았다.

1959년, 나는 『뉴욕 헤럴드 트리뷴』을 떠나 프리랜서 작가로서의 삶을 시작했다. 하지만 그 이후에도 정기적으로 공연문화계에 대한 기사를 발표했으며, 취재 활동을 통해 공연문화계의 신선하고 재미난 면모를 다양하게 경험했다. 내가 프리랜서로 전향한 지 얼마 되지 않았을 때 『라이프』지의 의뢰로 당시 인기가 급상승 중이던 영화배우 피터 셀러스와 인터뷰를 한 일이 있었다. 연예 활동으로 큰 부와 명예를 거머쥐게 된 그는 런던 북쪽에 있는 마을 치퍼필드에 16세기 대저택과 6만 평이 넘는 하트퍼드셔의 부지, 각종 온실과 창고 건물을 구입했다. 내가 피터 셀러스를 만난 곳은 과거에 소작농들이 영주에게 십일조로 바친 가축을 보관하던 아주 오래된 곳간으로, 그는 곳간 안에 모형 기차가 다닐 수 있도록 150미터가 넘는 기차 레일을 설치하고 있었다.

또 1960년대 초, 『새터데이 이브닝 포스트』에 기사를 싣기 위해 코미디의 대가 우디 앨런을 만나 인터뷰를 한 적도 있다. 내가 발표한 잡지 기사는 당시 클럽에서 스탠드업 코미디를 막 시작했던 우디 앨런을 조명한 첫 번째 장편 기사였다. 그로부터 15년 후 나는 또 한 번 그를 직접 취재해 「나의 스타더스트 메모리스」라는 기사를 썼다. 이 기사를 쓰면서 나는 몹시 즐거웠다. 기사를 쓸 때 즐거움을 느끼는 것은 정말 흔치 않은 경우다. 이것 참 흥미롭다, 색다르다, 까다롭다는 생각이 들긴 해도 즐겁다는 느낌을 받는 일은 참 드물기 때문이다. 혹시 여러분도 나와 같은 느낌을 받게 되거든 그 기분이 사라지기 전에 얼른 컴퓨터 앞에 앉아 글을 쓰기 시작하길 바란다. 의무적으로 써야만 하는 글과 생각만 해도 즐거운 글 가운데 하나를 선택할 수 있다면 즐겁게 쓸 수 있는 글을 꼭 써 보길 권한다. 작가의 기분은 글에 고스란히 드러나기 마련이다. 독자는 작가가 즐거운 마음으로 글을 썼다는 것을 공감해야 한다.

글을 통해 독자와 즐거움을 공유하는 것은 내가 작가로서 추구하는 여러 가지 목표들 가운데 하나다. 아래 이어지는 「나의 스타더스트 메모리스」를 통해 글의 어조와 구성 형식에 대해 살펴보자.

우디 앨런이 신작을 개봉할 때면 나는 늘 그의 초기 영화 「스타더스트 메모리스」(Stardust Memories)를 떠올리곤 한다. 내가 영화에 출연한 계기를 만들어 준 작품이기 때문이다.

때는 1980년, 나는 뉴욕에서 열심히 타자기를 두들기며 글을 쓰고 있었다. 전화기 벨이 울렸고, 나는 별 기대 없이 전화를 받았다. 나 같은 프리랜서 작가들은 대개 안 좋은 소식을 염두에 두고 전화를 받곤 한다.

"빌, 안녕하세요." 수화기에서 젊은 여자의 목소리가 들렸다. "저는 우디 앨런 감독님 사무실의 샌드라예요. 혹시 작가님께서 감독님의 새 영화에 출연할 의향이 있으신지 여쭤보려고 전화 드렸어요."

전화로 이런 제안을 받은 것은 처음이었다. 나는 한 번도 연기를 해본 경험도, 연기를 해보고 싶다는 꿈을 가진 적도 없었다. 하지만 세상에 우디 앨런의 영화에 출연하는 것을 마다할 사람이 누가 있을까? 나는 그가 종종 일반인들에게 영화의 작은 배역을 준다는 것을 알고 있었다. 이번 영화에서 나는 어떤 근사한 배역을 맡게 될까? 나는 적당히 주저하는 티를 내다 곧 출연에 응하겠노라고 대답했다.

"좋습니다." 샌드라가 말했다. "감독님께서 기뻐하실 거예요." 그녀는 다른 담당자가 자세한 사항을 전달해 줄 것이라고 덧붙였다.

30분쯤 후 전화벨이 다시 울렸다. "빌, 안녕하세요." 수화기의 목소리가 말했다. "저는 우디 앨런 감독님 사무실의 스테파니예요." 나는 "빌, 안녕하세요."라는 친근한 말투가 퍽 마음에 들었다. 전화를 건 스테파니는 내게 신체치수를 알려달라고 했다. 신체치수라니! 수화기 너머에서 배우들의 분 냄새가 느껴지는 듯했다. 그녀는 내 재킷 사이즈와 허리 사이즈, 바지 길이, 목둘레를 물었고, 나는 즐거운 마음으로 모두 알려 주었다. 그녀가 무엇을 물어보든 전부 다 알려 줄 태세였다. 나는 무슨 역할 때문에 신체치수가 필요한지 묻고 싶었으나, 그녀는 이 내 전화를 끊었다. 나는 아내에게 전화를 걸어 영화에 출연하게 되었다고 말했다.

다음날, 전화가 또 걸려왔다. "빌, 안녕하세요." 이번에는 또 다른 목소리였다. "저는 우디 앨런 감독님 사무실의 질이예요." 그녀는 금요일 오전 맨해튼 업타운에 있는 스튜디오에서 영화 촬영이 진행될 예정이라고 했다. 그날 9시까지 스튜디오에 가서 의상 담당자를 만나면 된다고 했다. 그리고 그 전에 캐스팅 에이전시에 연락해 사진을 촬영하고 서류 작업을 해야 된다고 설명했다.

나는 그 다음날 센트럴파크 웨스트에 위치한 캐스팅 에이전시를 찾아갔다. 엑스트라 캐스팅 전문이라고 소개한 캐스팅 담당자의 사무실 벽에는 엑스트라처럼 보이는 사람들의 사진이 일렬로 죽 걸려 있었다. 엄청 다양한 사람들을 접해 보았을 그녀는 나를 벽 앞에 세우고 폴라로이드 카메라 렌즈로 내 얼굴을 바라보더니 작은 한숨을 내쉬었다.

"우디 감독님이 어디서 선생님 같은 분을 찾으셨대요?" 그녀가 물었다.

➤ 위의 리드(lead) 문단에는 여러 역할이 있다. 첫 번째는 독자들에게 "저는 여러분의 여행가이드입니다. 지금부터 저와 함께 이곳을 둘러보겠습니다"라고 안내하는 역할이다. 독자들은 앞으로 어떤 이야기가 전개될지, 우디 앨런이 어디서 나를 찾았는

지 그 대답이 제시될 것임을 알 수 있다. 두 번째는 독자들의 관심을 집중시키는 역할이다. 모든 작가에게는 리드를 통해 독자의 관심을 사로잡아 그들이 나머지 글을 전부 읽게끔 하고픈 바람이 있다. 하지만 뭐니 뭐니 해도 리드의 가장 중요한 역할은 작가의 성격과 페르소나를 드러내는 것이다. 위의 리드는 작가를 어수룩한 뜨내기, 어딘가 어리바리한 사람으로 묘사하는데, 이는 해학적 글쓰기나 여행 글쓰기에서 종종 찾아볼 수 있는 수법이다. 독자들은 글을 통해 자기가 작가보다 우월하다는 대단한 만족감을 느낄 수 있다.

내가 일부러 코믹한 효과를 내려고 실제보다 순박한 이미지를 연출해 페르소나를 강조했다고 생각할 수도 있다. 사실 이는 맞는 말이다. 나는 스스로 이 상황을 즐기는 중이다. 글쓰기란 사실 힘들고 외로운 작업이기 때문에, 때때로 나는 스스로를 유쾌하게 만들어 줄 구실이 필요하다. 하지만 글에서 묘사된 가공된 자아가 실제의 나를 어느 정도 대변하는 것도 사실이다. 다시 말하면, 내가 어리바리한 게 사실이었다는 말이다. 샌드라와 스테파니, 질은 내게 평범한 일상을 벗어나 즐거움의 신세계를 경험해 보라고 유혹했다. 수화기를 통해 그녀들과 이야기를 나누다 보니 어린 시절 나보다 키도 훨씬 크고 똑똑한 여자아이들과 어울렸던 일이 생각났다. 가공된 자아 속에도 아주 작은 진실은 숨어 있었다. 내 요지는 곧 여러분을 좀 더 흥미로운 사람으로 가공해도 괜찮다는 말이다. 물론 정도가 지나치면 곤란하다. 독자의 한계를 시험하지 말고, 여러분의 본질을 있는 그대로 남겨두자.

지금부터는 본격적으로 이야기가 전개될 차례다. 내가 우디 앨런과 처음 만나게 된 계기에 대해 이야기할 순서다.

1963년 겨울, 나는 『새터데이 이브닝 포스트』지의 편집장으로부터 전화를 한 통 받았다. 그는 그리니치 빌리지의 한 클럽에서 공연을 하는 신인 코미디언을 취재하고 싶다고 말하고는, 그가 차세대 기대주라는 소문이 자자하다고 설명했다. 하지만 그런 얘기는 누구나 하는 법이었다. 나는 그 신인의 이름이 뭐냐고 물었다. 그의 이름은 우디 앨런이었다. 기대주라는 느낌이 딱히 오지는 않았다. 어쨌든 나는 취재에 동의했고, 그로부터 며칠 후 아내와 함께 빌리지 게이트라는 클럽을 찾았다. 볼품없이 크기만 커다란 클럽은 우울할 정도로 어둡고 텅비어 있었다. 그러던 어느 순간, 경이로운 재즈 피아노 연주가 내 귀에 들려왔다. 어두컴컴한 클럽 안에서 검은 안경을 낀 창백한 남자가 키보드 위에 몸을 한껏 구부리고 이지적이면서도 감성적인 멜로디를 연주하고 있었다. 나는 "코미디 공연은 분명 별로일 거야. 하지만 굉장한 피아니스트를 발견했으니 그걸로 됐어."라고 말했다. 이 피아니스트의 이름은 빌 에반스로, 훗날 당대 가장 영향력 있는 재즈 피아니스트가 된 인물이다.

그런데 무대에 나타난 코미디언도 피아니스트 못지않게 뛰어났다. 살짝 겁을 먹은 듯한, 검은 안경테 너머로 관객들을 쳐다보며 눈을 깜빡이는 27세의 젊은 우디 앨런은 당시 시드 캐서와 유명 코미디 스타들이 출연하는 TV 프로그램 작가로 꽤 명성을 날리고 있었다. 하지만 스탠드업 코미디언으로서의 경력은 초짜에 불과했다. 그가 처음 무대에 서던 날, 그의 매니저는 덜덜 떨고 있던 우디 앨런을 억지로 무대 위로 떠밀었다고 했다.

우디 앨런의 독백은 그의 지난 삶에 대한 이야기였다. 그는 루저나 다름없던 자기 자신의 과거를 속사포 같은 개그로 쏟아냈다. "저는 어렸을 때 안경을 쓴 제 모습이 너무 창피했어요. 그래서 시력검사표 글자를 전부 다 외웠는데, 검사표 글자를 글쎄 논술식으로 물어보더라고요." "2주짜리 캠프에 간 적이 있는데, 그곳에는 다양한 종교적 배경을 가진 청소년들이 있었어요. 다들 종교를 초월해 한마음 한뜻으로 저를 두들겨 팼어요." 단순하면서도 재미없으려야 재미없을 수 없는 우디 앨런의 개그 이면에는 그의 자전적 이야기가 있었다. 그의 개그는 매사 전전긍긍하는 소심한 미국인이라면 누구나 공감할 수 있는 내용이었다. 우디 앨런은 불안의 시대에 살고 있는 사람들을 웃음으로 치료하는 확실한 코미디 장르를 개척했다. 공연에 다녀온 지 며칠 후 나는 그의 삶을 좀 더 자세히 탐구하기 위해 그를 직접 만나 인터뷰했다.

1970년, 나는 예일대에서 글쓰기를 가르치기 위해 뉴헤이븐으로 이사했다. 그 무렵 우디 앨런은 「슬리퍼」,「사랑과 죽음」,「애니 홀」,「인테리어」,「맨해튼」의 감독과 각본을 담당하며 전성기를 누렸다. 뿐만 아니라 『뉴요커』지에 50편 가까이의 글을 기고하며 실력 있는 에세이 작가로 이름을 날렸고, 문학적 해학을 한 단계 끌어올렸다는 평가를 받았다. 그는 자신의 우상이던 S. J. 패럴만의 진정한 후계자가 되었고, 나는 글쓰기 강의에서 그의 작품을 종종 활용하곤 했다.

나는 우디 앨런이 패션의 성지 맨해튼에서 스니커즈 패션을 개척했다는 것을 알고 있었다. 나도 예일대에 있을 때는 거의 스니커즈만 신고 다녔다. 하지만 1979년 뉴욕에 다시 돌아온 뒤로는 스니커즈에 길들여진 습관을 고쳐 보리라 작정했다. 뉴요커에게 스니커즈란 어쩐지 꼴사나워 보였기 때문이다. 하지만 나는 뉴욕을 떠나 있던 10년 동안 뉴욕의 패션 문화가 와해된 것을 까맣게 모르고 있었다. 오랜만에 돌아온 뉴욕 거리에는 속옷만 걸친 듯한 사람들이 활보하고 있었다. 나는 이에 아랑곳하지 않고 재킷과 넥타이를 꿋꿋이 고수했으나, 예전 같았으면 눈살을 찌푸렸을 스니커즈에는 마음을 열었다.

그러던 1980년의 어느 봄날, 나는 매디슨 애비뉴를 걸어가고 있었다. 어느 순간 내 쪽을 향해 걸어오고 있는 한 남자의 스니커즈에 시선이 향했다. 그 스니커즈를 신은 남자도 내가 신은 스니커즈가 눈에 들어오는 모양이었다. 우리가 신은 스니커즈가 서로를 알아보는 것 같았다. 나와 스니커즈를 신은 남자는 걸음을 멈췄다. 그는 우디 앨런이었다. 우리는 길가에 서서 글쓰기에 대해 잠시 이야기를 나눴다. 이야기를 마친 우리는 각자 가던 길을 갔고, 나는 이 일을 곧 잊어 버렸다. 하지만 그로부터 며칠 후 샌드라가 내게 우디 앨런 영화에 출연할 수 있겠냐는 연락을 한 것을 보면, 우디 앨런에게는 우리가 만났던 일이 기억에 남았던 것이 분명하다.

➻ 배경 설명은 이것으로 충분하다. 독자들에게 배경에 대해 충분히 설명했으니 지금부터는 핵심 내러티브 ──내가 영화에 출연한 이야기 ──가 등장할 차례다. 글을 쓸 때 독자들이 각 단계마다 알아야 할 정보가 모두 전달되었는지 유념해야 한다. 이때 필요한 정보를 모두 전달하려면 간혹 장소와 시간의 경계를 넘어야 할 수도 있다. 위의 여섯 문단의 경우, 나는 과거에 일어났던 일을 회상했다. 조물주가 작가들에게 별표(*)라는 도구를 하사한 데는 다 이유가 있다. 글을 논리적 흐름에 따라 여러 섹션으로 구분하고, 섹션과 섹션 사이에 별표나 공백을 넣어보자. 하나의 글을 완성해야 된다는 부담감에서 벗어나 작은 섹션에 집중할 수 있는 동기 부여가 될 것이다. 한 섹션이 완성되거든 다른 섹션을 새롭게 시작하자. 이렇게 하면 큰 어려움 없이 모든 섹션을 완성할 수 있다. 지금부터 이어지는 세 개의 섹션은 온전히 스토리텔링의 기능으로, 이 부분을 쓰는 작업은 결코 어렵거나 힘들지 않았다.

금요일 오전 9시 정각, 영화 스튜디오에 도착한 나는 위층에 있는 의상실에 올라가 내가 입게 될 의상을 전달받았다. 의상은 다름 아닌 천주교 사제의 의복이었다. 나는 대대로 개신교 신앙을 이어온 가문의 사람이지만, 예술 활동을 위해 천주교 사제 역할을 하는 것쯤은 조상들도 이해해 주리라 생각했다. 검은색의 사제 의복과 로만칼라는 내게 꼭 맞았다. 어찌나 경건한 마음이 들던지 성찬식을 행할 수도 있을 것만 같았다. 아래층으로 내려가자 허름한 열차 내부 세트장에 우디 앨런이 서 있었다.

"이 정도면 성령이 충만한 사람 같은가요?" 내가 물었다.

"안경 때문에 성령이 충만해 보이지 않네요." 그가 대답했다. 흠잡을 데 없는 비주얼의 「인테리어」를 감독한 우디 앨런의 눈에는 천주교 사제가 백인 상류층이 쓸 법한 뿔테 안경을 걸친 모습이 거슬렸을 터였다. 그가 소품 담당을 호출하자, 한 여자가 안경이 가득 든 상자를 들고 왔다. 한참을 까다롭게 고르던 그는 퀸즈 노동자 지역에 있는 교구의 사제에게 어울릴 만한 안경 한 쌍을 집어 들었다. 그 안경은 크롬 재질에 안경다리가 두꺼워 상당히 후져 보였다. 나는 거울 속에 비친 내 모습을 바라보았다. 내게 익숙한 인자한 얼굴은 온데간데없고, 하느님의 엄격한 대리인이 나를 응시하고 있었다.

그날은 「스타더스트 메모리스」라는 영화의 오프닝 시퀀스이자 프롤로그를 촬영하는 날이었다. 이 시퀀스의 배경은 초

현실 판타지의 세계다. 두 개의 열차가 나란히 달리고 있는데, 한 열차에는 예쁘고 잘생긴 사람들만 있고 다른 열차에는 못생긴 사람들만 타고 있다. 못생긴 사람들의 열차에 탄 우디 앨런은 간곡한 눈빛으로 다른 쪽 열차에 탄 사람들을 쳐다본다. 다른 쪽 열차에는 흰색 플란넬로 만든 옷을 입고 밀짚모자를 쓴 멀끔한 남자들이 테니스 라켓과 크로켓 맬릿을 들고 있다. 또 흰색 드레스와 크고 화려한 모자로 치장한 여성들이 양산을 빙글빙글 돌리며 하하 호호 웃고 있다.

루저들의 열차에서 벗어나고픈 앨런은 하차 벨을 누르지만 상황은 오히려 더 복잡하게 꼬인다. 그는 승무원을 불러 자기 열차표를 보여 주고 옆에 있는 열차를 가리킨다. 승무원은 무표정한 얼굴로 앨런의 열차표를 살펴본 뒤 그에게 표를 되돌려 준다. 절망에 빠진 그는 못생긴 승객들을 하나하나 살펴보다 그 안에서 구원의 한줄기 빛인 천주교 사제를 발견한다. 바로 내가 화면에 잡히는 순간이다.

오프닝 시퀀스 촬영은 오전 내내 이어졌다. 늘 그렇듯이 완벽한 장면을 연출하기 위해 조명과 음향을 재조정하고, 우디 앨런과 촬영 감독 고든 윌리스가 흡족해할 때까지 재촬영이 이어졌다. 드디어 내가 등장하는 장면을 촬영할 차례가 왔다. 앨런은 자기가 절박한 표정으로 내게 다가오거든 얼굴에 아무런 감정을 드러내지 말라고 지시했다. 연기에 대해 아무것도 아는 바가 없고 오히려 어설픈 연기를 하다가 장면만 망치기 십상인 나 같은 사람에게 더할 나위 없이 완벽한 지시였다. 나는 사진기 앞에 서면 어색한 웃음을 연출하며 얼굴을 일그러트리는 재주가 있기 때문이다. 하지만 아무 감정도 보이지 않는 건 누워서 떡먹기였다. 무표정한 얼굴을 하는 건 누구나 할 수 있는 일이니 말이다. 물론 도움을 요청하는 사람에게는 악몽 같은 얼굴이었을 테지만.

겸손하게 말하자면, 나는 한줄기 희망도 보여 주지 않는 무표정 연기에 성공했다. 열차가 움직이는 것처럼 보이도록 열차 칸을 덜컹거리게 하는 기계장치에 문제가 생겨 촬영 감독이 여러 테이크를 반복해 촬영했지만, 나의 근엄한 연기에는 변함이 없었다. 마침내 내가 등장하는 6초짜리 촬영분이 끝나고, 나는 기쁜 마음으로 성직자 의상을 반납했다. 이제 내가 영화 출연했다고 평생 자랑할 일만 남았다.

하지만 거기서 끝이 아니었다. 몇 달 후, 나는 익숙한 목소리의 전화를 다시 받았다. "빌, 안녕하세요. 우디 앨런 감독님 사무실의 샌드라예요. 촬영을 한 번 더 하셔야 할 것 같아요."

그녀는 못생긴 사람들의 열차가 쓰레기 처리장에 도착하는데, 열차에서 내린 사람들이 드넓은 쓰레기장을 헤집고 다니는 장면이 필요하다고 설명했다. 해당 장면은 이미 지난 가을 뉴저지의 한 쓰레기 처리장에서 촬영한 바 있었으나, 날씨가 너무 추워 배우들의 입김이 화면에 잡혔다고 했다. 재촬영을 원한 앨런은 세계에서 가장 큰 쓰레기 처리장인 뉴욕시 쓰레기장에서 재촬영을 결정했다. 그 쓰레기장은 J. F. 케네디 공항 근처인 자메이카 베이 옆에 있었다. 샌드라는 내가 열차 승객을 연기했으니, 쓰레기 처리장을 배회하는 역할도 같이 해주면 좋겠다고 말했다. 다음 주 화요일 새벽 5시 반 로어 맨해튼의 베시가에서 대절 버스가 출발한다고 했다. 그녀는 내게 참석 가능하냐고 물었다.

"가능합니다." 나는 이렇게 말했다. "그런데 의상은요?"

"걱정마세요." 그녀가 대답했다.

화요일 새벽, 아직 일출 전이라 어두컴컴한 베시가에 커다란 버스 한 대가 서 있는 모습이 눈에 들어왔다. 그처럼 일찍 외출한 건 제2차 세계대전 이후 처음이었다. 못생긴 열차 승객들은 대부분 버스에 탑승해 있었다. 거기 있던 한 엑스트라 배우가 말하길, 엑스트라는 가끔씩 주어지는 일감에 의존도가 높기 때문에 절대 지각을 해서는 안 된다고 했다. 그들의 소망은 엑스트라 신분에서 벗어나 다섯 줄의 대사가 주어지는 소위 '다섯 줄 배우'가 되는 것이었다. 그곳에서 만난 엑스트라 배우들은 대개 쿨하고 쾌활한 성격의 사람들이었다. 하루 종일 촬영을 대기하던 나는 기약 없는 기다림이 일상이던 예전 군대시절이 생각났다.

우리를 태운 버스는 이스트강을 건너 새벽빛이 밝아오는 도로를 달려 파 락어웨이 부근의 한 노인복지센터에 도착했다.

노인복지센터의 레크리에이션 룸에는 엑스트라 의상이 코트 걸이에 쭉 걸려 있었다. 나를 위한 사제 의복과 크롬 안경테가 그곳에 준비되어 있는 것을 보고, '끝날 때까지는 끝난 게 아니다'라는 요기 베라의 말이 야구의 세계는 물론 영화의 세계에서도 통하는 진리구나 싶었다. 그들은 촬영이 완료되기 전까지 영화 의상을 계속 대여해 두고 있었던 것이다. 내가 사제 의복으로 갈아입자 몇몇 엑스트라들이 나를 "신부님"이라 부르며 축성을 해달라고 했다. 어느덧 태양이 완전히 그 모습을 드러냈다.

우리는 버스에 다시 올라 쓰레기 처리장으로 향했다. 넓은 구릉지는 쓰레기로 전부 뒤덮여 있었다. 쓰레기 트럭이 뉴욕 곳곳에서 수거한 쓰레기를 가득 싣고 도착했고, 갈매기들이 날카로운 소리를 내며 주위를 맴돌았다. 이질적이고 황량한 세상의 끝 같은 그곳은 초현실주의 영화 배경으로 이상적인 장소였다. 요전날 이곳에 방문한 우디 앨런은 우리 엑스트라들이 어디에서 촬영하면 좋을지 미리 장소를 물색했다고 했다. 쓰레기가 꽤나 예술적인 형태로 쌓여 있어 그의 미적 감각을 충족시키는 장소였다. 우리는 버스를 타고 그리로 향했다.

하지만 문제가 있었다. 쓰레기가 한자리에 그대로 있지 않는다는 사실을 간과했던 것이다. 전날 완벽한 형태로 쌓여 있던 쓰레기 더미는 새로 도착한 쓰레기 아래 깔리면서 더 이상 이상적인 모습을 연출하지 못했다. 촬영은 쓰레기 더미를 재배치할 때까지 미뤄졌다. 뉴욕시 당국에서 쓰레기 처리장에 촬영 협조를 부탁했는지, 쓰레기를 가득 실은 트럭들이 우리가 있는 언덕을 향해 올라오고 있었다. 쓰레기 트럭을 보고 영감을 받은 앨런은 신이 나서 트럭 운전사들에게 쓰레기를 투척할 곳을 지시했고, 우리 눈앞에는 곧 쓰레기로 만든 높다란 벽이 쌓였다. 각종 폐기물과 7백만 뉴요커들이 먹다 남긴 음식물 냄새가 공기를 가득 채웠고, 한 무더기의 갈매기들이 끼룩거리며 그곳을 배회했다. 앨런은 퍽 흡족해 보였다.

못생긴 사람들의 열차에서 내린 우리 엑스트라의 임무는 넋나간 표정으로 쓰레기장을 그저 배회하는 거였다. 이미 괴상한 장소에 와 있는 우리들에게 그다지 어려울 것 없는 지시였다. 걸을 때마다 축축하고 악취 나는 쓰레기가 발에 채였다. 앨런은 쓰레기로 쌓은 벽이 엑스트라 배우들 뒤에 보이도록 카메라 위치를 잡았다. 우리를 둘러싼 쓰레기 벽은 마치 외딴 절벽 같은 모습을 연출했다.

그렇게 우리는 몇 시간동안 쓰레기장을 거닐었다. 한편으로 보면, 일반 사람들이 쉽게 경험하지 못하는 내 생애 최고로 흥미로운 사건 중 하나였다. 하지만 영화 제작의 관점에서 보면 지루하기 그지없는 일이었다. 하늘은 흐리고, 구름 밖으로 가끔씩 모습을 드러내는 태양은 쓰레기에 얼룩덜룩한 그림자를 남겼다. 앨런과 윌리스 촬영감독은 시퀀스 장면마다 빛의 질과 갈매기의 밀도가 비슷하게 나타나는지 살폈다. 그들은 쓰레기장에 뿔뿔이 흩어진 우리를 롱샷으로 촬영했다가, 다시 가까이 와서 운명을 증오하는 표정이 담긴 우리들의 얼굴을 클로즈업해서 찍었다. 하지만 완벽한 장면을 얻지 못했는지, 점심시간 무렵 휴식시간이 주어졌다.

점심을 먹고 돌아오자 예기치 못한 상황이 벌어졌다. 갈매기들이 모두 사라진 것이었다. 촬영 지점에서 90미터 떨어진 곳에 트럭 여러 대가 새로 수거한 쓰레기를 투척했더니, 갈매기들이 신선한 쓰레기를 먹으려고 자리를 대거 옮겼기 때문이었다. 하지만 오후 촬영분에도 오전과 비슷한 수의 갈매기가 출연해야 했다. 이 사실이 전해졌는지 곧 새로운 쓰레기를 실은 트럭이 우리 쪽으로 도착했고, 갈매기들은 끼룩거리며 우리 쪽으로 또 다시 날아왔다. 촬영이 재개되었고, 늦은 오후 무렵 나의 영화 커리어는 퀸즈의 한 쓰레기장 언덕 위에서 완전히 막을 내렸다.

⟩•• 위의 두 섹션에는 영화감독과 촬영감독의 지시하에 영화를 촬영했던 이틀 동안의 길고 복잡한 기억이 담겨 있다. 하지만 별표(*)의 중요성에 대해 요전에도 이야기했다시피, 하나로 연결되는 내러티브가 아닌 두 개의 독립적인 이야기를 쓴다고 생각했기 때문에 나는 글쓰기의 부담을 크게 느끼지 않았다. 나는 시간 순서에 따라 열차 안에서 촬영했던 첫 번째 이야기를 서술하고 거기서 끝을 맺었다. 그 다음에는 쓰레기장에서 촬영한 두

번째 이야기를 배치하고 내러티브를 전개했다. 아래 이어지는 마지막 섹션은 지금까지의 이야기를 마무리하는 동시에 독립적인 이야기로서의 기능도 갖고 있다. 하고자 하는 이야기가 너무 길다면, 시간적으로나 심적으로 부담 없이 쓸 수 있는 짧은 섹션으로 나눠 보자.

「스타더스트 메모리스」는 그해 9월에 개봉했다. 시사회가 열리기 며칠 전, 내게 전화가 걸려왔다. "빌, 안녕하세요." 수화기의 목소리가 말했다. "저는 우디 앨런 감독님 사무실의 비벌리예요. 내일 저녁 코로넷 극장에서 이번 영화 관계자 분들을 모시고 특별 시사회를 진행하려고 해요. 작가님을 초대하고자 하니 지인 분들과 함께 오세요." 나는 아내와 아이들에게 이 소식을 전했다. 그 다음날 저녁 우리 가족은 내가 출연하는 영화를 보러 코로넷 극장으로 향했다.

극장에 가니 열차 세트장과 쓰레기장에서 못생김을 연기했던 동료 엑스트라들이 눈에 띄었다. 하지만 그때 봤던 엑스트라들 말고도 못생긴 사람들이 극장 곳곳에 널려 있는 게 아닌가! 마치 못생긴 사람들이 그곳 극장에 복제되어 증식한 게 아닌가 싶을 정도였다. 다행스럽게도 곧 영화관 내 불이 꺼지고 영화 상영이 시작되었다. 나는 초조한 마음이 들었다. 내 데뷔작이 과연 성공할까? 하지만 크게 걱정할 필요가 없었다. 기차 안에 앉아 있는 내 표정은 아주 작은 죄를 지은 사람조차 겁을 먹고 도망가게 만들 정도로 근엄했다. 이어 쓰레기장에서 클로즈업된 얼굴에서도 자비라고는 털끝만큼도 찾아볼 수 없었기에, 내심 스스로가 자랑스러웠다. 나는 긴장을 풀고 나머지 영화를 즐겼다.

사실 「스타더스트 메모리스」는 즐겁고 유쾌한 영화와는 거리가 멀었다. 우디 앨런의 극중 역할은 코미디 작가인데, 그는 진정성 있는 예술가로 인정받고 싶어 한다. 그러나 그는 코미디 작가라는 명성에 갇혀 영화제나 각종 공식 석상에서 극성맞은 팬들에게 쫓기는 신세라 그런 상황에 몹시 불만이 많다. 영화는 프롤로그에서와 마찬가지로 인간 군상의 모습을 엄격하게 관찰했다. 앨런을 쫓아다니는 팬들은 영화감독 지망생들인데, 그들의 외모는 쓰레기장을 거니는 승객들만큼이나 못생기게 표현되었다. 나는 이 장면을 보고 나서야 좀 전에 극장에서 본 못생긴 자들이 누구였는지 깨달았다. 캐스팅 담당자가 섭외 하나는 끝내주게 한 모양이다. 영화가 끝나고 시사회 관객들이 3번 애비뉴로 우르르 몰려나가자 그곳을 거닐던 사람들은 이렇게 못생긴 사람들이 한꺼번에 어디에서 나왔나 놀란 듯 걸음을 멈추고 우리를 쳐다보았다.

영화 개봉 이후 과거에 예일대에서 만난 학생들이 내게 연락을 해왔다. 6년 동안 예일대 기숙사에서 학장으로 있었기에 나는 꽤 많은 학생들과 알고 지냈다. 그들은 대학 졸업 이후 내가 그들의 인생에 지체 높은 인물로 다시 등장할 일이 없을 거라 기대했을 것이다. 그러나 「스타더스트 메모리스」를 보러 극장을 찾은 우디 앨런 영화팬들은 안타깝게도 이번에는 사제가 된 나의 모습을 목격해야 했다. 거대한 영화관 화면에서 근엄한 내 얼굴이 비춰지는 순간 그들은 영화관 곳곳에서 헉 소리를 내뱉었다고 했다. 예일대의 아들딸들이 과거 대학생 시절을 떠올리며 깜짝 놀랐던 것이다.

과거의 내 학생들에게 충격적인 모습을 선사했던 것은 유감스럽게 생각한다. 하지만 지나고 돌이켜보니 그보다 더 유감스러운 일이 하나 더 있었다. 그때 이후로 나는 "빌, 안녕하세요"라는 인사를 더 이상 들을 수 없었다.

5
장소에 대한 기억

1954년 5월, 나는 마침내 결혼하고 싶은 여자를 만났다. 칵테일파티의 붐비는 인파 속에서 캐롤라인 프레이저가 내게 세상에서 가장 아름다운 미소를 지어보였다. 키가 크고 금발의 아름다운 외모를 지닌 그녀는 똑똑하고 재미있기까지 했다. 나는 그녀에게 데이트를 신청했고, 우리는 맨해튼 거리를 함께 산책했다. 그렇게 우리 두 사람의 삶이 시작되었다. 미국 중서부 출신의 캐롤라인은 당시 『라이프』 잡지사에서 기자로 일하고 있었다. 한 달 후, 나는 그녀에게 두 가지를 제안했다. 첫째는 나와 결혼해 달라, 둘째는 나와 아프리카 여행을 함께 하자는 제안이었다. 나이아가라 폭포는 너도나도 가는 신혼 여행지이니 우리는 대신 남들이 잘 가지 않는 스탠리 폭포를 가자고 했다. 나는 헤럴드 트리뷴의 코니시 국장을 설득해 아프리카에서 기사를 취재해 오는 조건으로 한 달간의 휴가를 받아냈다(헤럴드 트리뷴에서 자비로 기자를 파견하기에는 비용 부담이 컸다). 특히, 발발 3년째가 된 케냐의 마우마우 폭동에 대한 특집 기사를 쓰겠노라고 약속했다. 신혼여행치고는 색다른 경험이 될 터였다. 내 제안을 들은 캐롤라인은 크게 놀라는 기색을 보이지 않았다――나는 사실 아내가 놀라는 것을 평생 본 적이 없다. 그리하여 그해 10월, 나와 캐롤라인은 결혼식을 올린 뒤 이름도 없는 한 여객선을 타고 리스본으로 떠났다. 그리고 그곳에서 느린 비행기로 갈아타고 콩고로 향했다.

우리 부부가 아프리카를 방문했던 시기는 한 시대의 끝자락으로, 우리가 다녀간 이후 아프리카에는 전무후무한 변화를 야기한 두 번의 혁명이 발발했다. 첫 번째는 아프리카를 점령한 식민지 세력을 몰아낸 민족주의 운동이고, 두 번째는 제트기의 출현이었다. 제트기가 출현한 덕분에 과거 소수의 여행자들만 접근 가능했던 아프리카는 수많은 관광객들로 범람하게 되었다. 물론 캐롤라인과 나는 앞으로 이런 일이 발생하리라고는 꿈에도 생각하지 못했다. 우리가 갔을 때만 해도 아프리카는 여전히 19세기 유럽의 모습을 간직하고 있었고, 유럽인의 야망과 소유욕의 흔적이 곳곳에 남아 있었다. 우리가 여정을 시작한 곳도 이름부터가 '벨기에령' 콩고로, 그곳의 수도 레오폴빌은 벨기에 왕 레오폴의 이름을 본뜬 것이었다. 나는 DC-3 경비행기를 타고 빽빽한 정글을 지나며 과거 빅토리아 시대 사람들이 아프리카에 대해 갖고 있던 이미지를 떠올려 보았다. 내가 아프리카에 처음 매료된 계기는 영국 소설가 헨리 라이더 해거드의 『솔로몬 왕의 동굴』이라는 책이었다. 숙소에 묵기 위해 스탠리빌에 착륙한 나는 이곳이 '가장 어두운 아프리카'의 완벽한 중심이라는 느낌을 받았다. 이곳에 숨으면 그 누구도 나를 찾을 수 없을 것 같았다.

경비행기 터미널인 오두막으로 걸음을 옮기자, 사파리 옷을 입은 작고 통통한 남자가 오두막 문가에 서 있는 모습이 보였다. 뿔테안경 위까지 푹 눌러쓴 피스헬멧과 두터운 콧수염, 턱수염으로 인해 그의 얼굴은 거의 대부분이 가려져 있었다. 우리가 오두막 가까이에 가자 그는 우리를 향해 손을 흔들더니 "안녕하세요, 빌"이라고 말했다. 그는 『뉴욕 헤럴드 트리뷴』의 유머 칼럼니스트 아트 버크월드였다. 그는 "남자라면 반드시 물소를 잡아야 한다 ──그렇지 않으면 자존심을 지킬 수 없다"* 같은 어니스트 헤밍웨이 마초 스타일의 기사를 잡지에 기고하고 있었다. 우리는 푸르쿠아 파 호텔에서 그에게 맥주를 한잔 샀고, 그는 다음날 아침 아프리카 내륙으로 여정을 떠났다. 나는 그날 이후 그가 물소 사냥에 성공했는지 소식을 접하지 못했다.

---

* 헤밍웨이의 단편 「프랜시스 매코머의 짧고 행복한 생애」의 주인공 매코머는 물소 사냥을 통해 진정한 남자로 거듭난다

이튿날 우리는 경비행기를 타고 우숨부라로 향했다. 우숨부라는 벨기에의 보호령이자 와투시족이 살고 있는 아름다운 루안다-우룬디 지역에 있는 소도시로 우리의 여행 목적지 중 하나였다. (루안다-우룬디는 이후 르완다와 부룬디 공화국으로 각각 독립했다.) 우리는 유럽인 기사가 운전하는 차를 빌려 우숨부라를 돌아보자고 생각한 뒤, 파귀다 호텔 로비에 비치된 지도를 꼼꼼하게 살폈다. 대부분의 도로에 위험 사항이 메모되어 있었다. "사자 출현이 골치 아픈 지역", "노쇠한 페리선이 60미터가 넘는 협곡 아래를 지나감", "물소, 표범 출현과 수면병(풍토병), 부실한 다리를 조심할 것." 보아하니 우리가 빌릴 수 있는 차는 1935년 연식의 플리머스가 유일하고, 운전기사도 유럽인은 없다고 했다. 게다가 아프리카인 운전기사가 하는 말이 프랑스어인지 영어인지 분간하기조차 어려웠다. 그날 밤 호텔 바에 앉아 아프리카 밤공기 사이로 루스 에팅의 레코드 음반이 울려 퍼지는 것을 듣고 있는데, 한 벨기에 정착민이 우리 부부에게 이렇게 귀띔했다. "바보들이나 현지인 운전사랑 이곳을 돌아보겠죠." 하지만 우리는 바보가 되기를 자청했다. 우리는 이후 나흘간 키부 호수를 일주하며 전원의 아름다움과 그곳의 멋진 주민들을 눈에 담고, 원주민들의 독특한 프랑스어를 귀에 담았다. 중간에 자동차가 고장나는 바람에 수리도 했다. 키가 2미터가 넘는 장신의 와투시족은 영화 「킹 솔로몬」에서 봤던 모습처럼 기품이 넘쳤다.

우리는 비행기를 타고 다음 행선지인 우간다로 이동했다. 과거 대영제국의 보호령이었던 우간다에는 여전히 영국 식민지의 잔재가 남아 있었다. 우간다의 대표적인 호수만 해도 이름이 빅토리아호와 앨버트호였다. 승무원은 우리에게 『이스트 아프리칸 스탠더드』지를 한 부씩 주면서 "재미난 기사들이 많아요"라고 말했다. 하지만 내가 신문을 읽은 것은 재미난 기사 때문이 아니라 "백인 남성, 마우마우 부두교 행사에서 산채로 매장되다"라는 헤드라인 때문이었다. 기사에 따르면 케냐 정착민이자 키쿠유족과 절친하게 지내는 A. G. A. 리키 박사의 집에 마우마우 조직이 쳐들어와 그의 부인을 살해하고 그를 납치해 생매장했는데, 마우마우의 한 여사제가 말하길 생매장 의식 없이는 무장 봉기에 성공할 수 없다고 했다는 것이다. 달리 설명하면 무장 봉기세력이 주술사의 손아귀에서 놀아나고 있다는 얘기였다.

1954년의 나이로비의 모습은 서부영화 촬영지 같아서, 도심의 잘 닦인 포장도로는 시내를 벗어나면 곧바로 흙길로 이어졌다. 거리에는 스텐 경기관총을 든 영국 병사들이 배치되어 있었고, 뉴 스탠리 호텔은 무기 공장 같은 외관을 하고 있었다. 백인 이민자들이 형성한 케냐의 농업지대인 백인 고원에서 온 영국인 농부들은 탁자 위에 권총을 올려놓고 술을 마셨고, 저녁모임에 나가는 아낙들은 이브닝드레스 속에 권총을 가지고 다녔다. 그럼에도 불구하고 이곳 나이로비는 이자

크 디네센이 소설에서 묘사한 것처럼 백인과 흑인의 주종관계가 뚜렷한 영국 식민지의 땅이었다. 마우마우 무장 봉기를 주도한 조모 케냐타만 해도 키쿠유족의 손으로 케냐에서 백인을 몰아내겠다고 맹세했지만, 그는 정작 옥에 갇혀 있는 신세였다. 하지만 그로부터 10년 후 케냐타는 영국으로부터 독립한 케냐의 초대 대통령이 되었다.

나이로비에 도착한 우리 부부는 관광객답게 먼저 동물보호구역 방문과 차 마시기 일정을 수행했다. 안내 책자부터 굉장히 단호했다. "모든 손님은 영국의 차 문화를 따라야 합니다. 아침 6시 반 호텔 룸보이가 여러분 침대 맡으로 차를 갖다드릴 것입니다." 우리에게 차 문화를 따르고 말고의 선택은 없었다. 우리는 괜찮다고 사양했으나, 그들은 새벽이 되자 굳이 방으로 차를 갖고 왔다. 날이 밝은 후 나는 취재를 위해 영국군 관계자들을 만났다. 그들은 영국군이 마우마우 소탕에 성공해 마우마우가 현재 나이로비에서 쫓겨나 에버데어숲과 케냐산의 은신처에 숨어 있다고 설명했다. 그리고 마우마우 봉기의 최전선을 직접 보고 싶거든 니에리를 방문해 보라고 권했다. 니에리는 트리탑스 호텔이 있는 지역으로, 트리탑스 호텔은 한때 관광객들이 야생동물 사냥을 지켜보던 장소이자 과거 엘리자베스 공주가 왕위 계승 소식을 전해 들은 장소로 유명한 곳이다. 하지만 숲속에 숨어 있던 마우마우가 봉기를 시작한 뒤로는 호텔에 관광객 대신 왕립 아프리카 소총부대가 들어와 경비를 담당하고 있었다.

나는 우리에게 군사지도를 보여 주며 설명한 소령에게 최전선을 둘러볼 수 있는 방법을 물어보았다. "제가 직접 모셔다 드리겠습니다." 그가 말했다. 그날 오후, 그는 우리를 랜드로버에 태우고 최전선으로 향했다. 차의 앞 좌석 가운데는 소총이 한 자루 놓여 있었다. 나는 우리 부부에게도 총이 있어야 할지 물어보았다. "그럼요." 그가 대답했다. "하지만 세상 사람들이 다 총을 갖고 다녀도 기자들만큼은 안 됩니다." 우리를 태운 차는 누군가 잠복해 있을 것만 같은 도로를 지나 북쪽으로 향했다. "이 지점부터는 위험할 수 있습니다." 소령이 말했다. "어디서 이 자들이 갑자기 튀어나올지 모릅니다." 니에리에 도착하자 그는 마우마우가 불을 질러 시커멓게 타 버린 트리탑스 호텔로 우리를 데려갔다. 그들이 호텔에 불을 지른 것은 그곳에 머물렀던 영국인 관광객과 영국 여왕의 흔적을 태워 버리려는 상징적 의미가 있었다. 우리는 뾰족한 대나무 창이 세워진 해자로 둘러싸인 경비초소에서 군인들과 대화를 나눴다. 대화가 끝나자 소령은 우리를 아웃스팬 호텔에 내려 주었다.

아웃스팬 호텔은 마치 게임 도미노처럼 일자로 길게 늘어선 모양을 한 리조트 호텔이었다. 우리가 호텔에 들어서자 프론트를 지키고 있던 영국인 여직원이 우리 부부를 객실로 안내했다. 우리는 열심히 걷고 또 걸어 건물의 맨 가장자리에 있는 객실에 도착했다. "저희 호텔이 마음에 드실 겁니다." 여직원이 말했다. "방에 있는 프랑스풍 문을 열면 아름다운 정원이 보이는데 그 정원에서 에버데어숲이 한눈에 보일 거예요." 하지만 나는 에버데어숲보다는 뾰족한 대나무 창의 해자가 더 보고 싶었다. 나는 여직원에게 객실 전망은 상관없으니 로비 근처 객실로 옮길 수 없냐고 물어보았다. 그녀는 호텔의 다른 객실은 전부 나이로비에 방문하는 군 장교들과 부인들이 예약해 둔 상태라고 했다. "하지만 더 이상 여기에 찾아오는 장교들이 없어요. 사실 객실은 거의 다 비어 있어요."

참나무로 장식된 식당에는 우리 부부 말고는 거의 아무도 없었다. 그나마 있는 사람들도 호텔 손님이 아닌 케냐 정착민들이었다. 나는 그들이 "불쌍한 리키"를 언급하는 것을 듣고 그가 생매장됐다는 소문이 사실이냐고 물었다. "그뿐만이 아니에요." 한 정착민이 대답했다. "듣자 하니 그 마우마우 사제가 백인 두 명, 그것도 이름이 잘 알려진 사람들로 골라서 생매장해야 한다고 했답디다. 아직 추가적인 희생자는 없었어요. 하긴 이 동네에 백인 자체가 더 없잖아요. 작가라든지 그런 유명한 사람들 말이에요."

객실로 돌아온 우리 부부는 1초가 1년 같이 길게 느껴지는 밤을 지내야 했다. 먼저 우리는 객실에 있는 가구의 대부분을 프랑스풍이라는 방문 앞에 갖다 옮겼다. 하지만 바람 때문에 방문이 조금만 흔들려도 누군가가 방문을 여는 게 아닌가 하는 생각이 들었고, 우리는 자정이 한참 지난 뒤에도 여전히 잠들지 못했다. 그 다음 날 아침 면도를 하려고 거울을 들여다 본 나는 하루아침에 폭삭 늙어 버린 얼굴을 마주했다. 우리 부부는 그날 교전지역을 돌아보고 오래전 이곳에 정착해 지금까지 외딴 마을에서 농사를 지으며 살아가는 영국인 가족 몇 사람들과 인터뷰를 한 다음 곧장 나이로비로 돌아왔다. 나는 뉴스탠리 호텔—우리가 투숙한 객실은 최근 비행기 사고를 겪은 헤밍웨이가 위스키를 마시며 휴양하고 갔다는 객실 바로 근처였다—객실에 틀어박혀 마우마우에 대한 기사 다섯 편을 내리 써내려갔다. 기사를 모두 탈고한 뒤, 나는 다시 관광객 모드로 돌아와 캐롤라인과 해변 근처의 몸바사섬으로 떠났다. 나이로비에서 먼 길을 달려온 우리는 인도양에 몸을 담그고 수영을 한껏 즐겼다.

우리는 나일강을 따라 기차와 증기선을 타고 수단을 지난 후 아스완, 룩소르, 카이로를 거쳐 아프리카 대륙을 벗어났다. 엄밀히 말하면 수단의 카르툼에 도착했을 때 이미 식민지 구역은 벗어났다고 봐야 했다. 카르툼은 영화 「포 페더스」에 심취했던 내가 꼭 가 보고 싶었던 도시였다. 영국 빅토리아 시대의 위풍당당함을 잘 표현한 「포 페더스」는 마흐디가 영국군을 무찌르고 고든 장군을 살해하자 키치너 장군이 복수를 위해 그로부터 12년 후인 1897년 카르툼으로 출정을 떠난 이야기다. 카르툼에서 강을 건너 옴두르만에 도착한 우리 부부는 박물관으로 개조해 사용되고 있는 마흐디의 점토집을 구경했다.

박물관의 유리 전시장 안에는 무기, 군복, 훈장, 깃발과 군사용품 등 영국군을 물리쳤던 마흐디 족의 역사 유물이 다양하게 전시되어 있었다. 수단인들은 경건한 태도로 유물을 감상하며 끊임없이 전시실을 오고갔다.

카르툼은 영국인들이 건설한 도시로 정착민들은 몹시 더운 그곳 기후 때문에 두 세대 이상 척박하디 척박한 삶을 꾸려나갔다. 카르툼의 거리는 키치너 장군과 다른 대영제국의 영웅들 이름을 그대로 사용했다. 시내의 한 거대한 광장에는 낙타를 타고 있는 고든 장군의 동상이 있었다. 하지만 수단은 이후 영국 식민지배로부터 독립했다. 케냐나 우간다와는 달리 앵글로-이집트 수단*은 영국인을 수단에서 몰아내겠다는 계획을 현실로 옮긴 것이다. 그래서인지 우리가 영국인을 그나마 많이 볼 수 있었던 곳은 오로지 서점 한 군데뿐이었다. 그들은 매주 서점에 배달되는『런던타임즈』를 사러 온 사람들이었다. 비행기 연착으로 신문 배달이 늦어지자 머리가 희끗희끗한 장교들과 꽃이 달린 모자를 쓴 창백한 피부의 부인들은 초조한 모습으로 펭귄판 고전문고를 이리저리 들춰보거나 아이들에게 그림책을 보여 주며 무료함을 달래고 있었다.

다음날, 우리는 기차역에서 이곳에 작별을 고했다. 카르툼

---

* 이집트 왕국과 영국이 공동 통치하던 수단의 옛 국가

시민의 절반이 기차에 있고 나머지 절반은 그들을 배웅해 주러 나온 것이 아닐까 싶을 정도로 기차역은 심하게 붐볐다. 나이가 지긋한 족장과 부족장들이 기차역 플랫폼에 앉아 매캐한 담배연기를 내뿜으며 콩나물 시루마냥 빽빽한 3등석에 탄 아들과 조카들에게 인사를 건네고 있었다. 지난 20년 동안 수단에 거주했던 한 부부를 배웅하러 나온 몇 명의 영국인들도 눈에 띄었다. 영국인 부부가 기차에 오르자 흰 피부의 영국인들은 서로를 포옹하며 「올드 랭 사인」*을 열창했다. 캐롤라인과 나는 그렇게 아프리카 대륙을, 식민주의의 꿈이 하나둘 무너지고 있는 대륙을 뒤로하고 떠났다. 우리가 그곳을 떠난 지 몇 년 후, 낙타를 타고 있는 고든 장군의 동상은 허물어졌다. 마흐디 세력이 수단을 완전히 정복한 것이다.

위의 이야기는 1957년에 출간된 내 처녀작 『당신과 함께한 도시』에 발표되었다. 책에 실린 이야기는 위의 내용보다 훨씬 더 방대했다. 현지인과 함께 루안다-우룬디 지역을 차로 돌아본 이야기에만 한 챕터를 할애했고, 나일강을 따라 룩소르에 갔을 때의 이야기와 왕가의 계곡에 있는 하트셉수트 여왕의 장제전에서 세실 B. 데밀 감독의 「십계」 촬영을 구경했던 이야

기도 한 챕터를 차지했다. 책의 뒷부분에는 아프리카 이후 버마, 태국, 캄보디아, 홍콩을 방문했던 여행기도 실려 있다. 『뉴요커』의 삽화가인 로버트 데이가 여행 중 당황해하는 캐롤라인과 나의 모습을 유쾌한 삽화로 그려 주었다. 나는 이 책이 참 훌륭하다고 생각했다.

그러나 지금 보면 그렇게 훌륭한 책은 아니었던 것 같다. 『당신과 함께한 도시』는 이제 한물간 스타일의 여행기다. 영국 빅토리아 시대에 처음 등장한 여행기 장르는 1920년대와 1930년대 에벌린 워 같은 작가들에 의해 크게 유행했다. 여행기는 사실 저널리즘 글쓰기가 아닌, 가벼운 여행책이나 코미디 소설 같은 해학적 글쓰기에 기반을 둔 장르다. 작가들은 여행책과 코미디 소설을 종종 혼용해 사용하곤 했다. 가령, 에벌린 워는 1932년 『그들은 아직도 춤을 추고 있었지』라는 여행기에서 에티오피아의 황제 하일레 셀라시에의 성대한 대관식을 보러 가서 겪었던 황당한 일을 익살맞게 이야기했다. 그로부터 몇 년 후, 그는 에티오피아에서의 일을 되살려 런던 신문사의 한 특파원이 아프리카 봉건국가로 파견을 떠나 전쟁을 취재하는 이야기를 그린 해학적 소설 『특종』을 발표했다.

이 같은 여행기는 대개 지역 원주민을 재미난 소도구쯤으로 활용하는 것이 일반적인 관례였다. 서구 출신의 작가와 여행객에게 골칫거리를 주는 어딘가 모자라고 기이한 존재로 간주했던 것이다. 여행기를 쓴 작가들은 그런 '원주민들' 때문에 황당한 상황을 겪거나 위험에 봉착하는 것으로 그려진다. 제2차 세계대전 이후 『서쪽으로 떠나자!』와 『페렐만 가족 이야기』 등 해학적인 여행기를 전문적으로 쓴 미국 작가 S. J. 페렐만은 이런 여행기의 특성을 가장 대표적으로 활용한 작가였다. 그는 매사 불만이 많은 여자 관광객들과 남아프리카 사파리를 여행했던 사건, 불결하기 그지없는 아랍 돛단배를 타고 몸바사에서 잔지바르까지 이동했던 사건을 『뉴요커』지에 동아프리카 여행기 시리즈로 발표했다.

어렸을 때부터 페렐만의 팬이었던 나는 그의 글쓰기 스타일에 영향을 받아 『당신과 함께한 도시』를 썼다. 나는 여행기를 읽는 독자를 즐겁게 하는 것이 작가의 첫 번째 의무라고 생각해 외국 문화를 이해하고 설명하는 것을 최우선순위로 삼지 않았다. 하지만 지금의 나는 완전 반대의 우선순위를 갖고 있다. 아래 이야기는 나의 과거 글쓰기 방식을 보여 주고자 『당신과 함께한 도시』에서 발췌한 것으로, 상당히 전형적인 태도와 스타일이 드러나 있다. 이야기는 우리 부부가 탄 비행기가 카르툼에 착륙을 준비하는 시점에서 시작되는데, 나는 그전까지 영화 「포 페더스」의 줄거리와 카르툼이 나 같은 영화광에게 얼마나 매력적인 도시인지 장장 두 페이지에 걸쳐 캐롤라인에게 ─실은 그녀는 다 알고 있는 내용이다─ 설명했다.

캐롤라인이 창문 너머를 바라보며 말했다. "지금 사막 한가운데로 착륙하고 있어요. 세상천지 모래뿐이에요."

"그래서 사람들이 신기루라 하는 거지." 내가 말했다. "전부 다 모래 같아 보이지만 사실은 저기 카르툼이 있거든."

"그랬으면 좋겠네요." 그녀가 말했다. "키치너 장군이 아무것도 없는 허허벌판에 갔을 리는 없으니까요."

비행기 내 다른 승객들이 몸을 뒤척이기 시작했다.

"봐, 다른 사람들도 다 여기서 내릴 거야. 다들 카르툼에 관심이 지대하다고." 내가 말했다.

"이 사람들은 뭐하는 사람들일까요?"

"역사가, 학자, 군인들이 아닐까 싶네."

비행기가 착륙하자 우리는 밖으로 나갔다. 뜨거운 용광로에서 나오는 듯한 공기가 우리를 반겼다.

"날씨 한번 끝내주네요." 캐롤라인이 말했다.

사막에서 불어온 모래가 눈에 들어갔다. "안으로 들어가 세관 신고를 해야겠어." 내가 말했다. 우리는 들판 가장자리에 있는 오두막으로 갔다. 세관 담당자는 군복을 입고 페즈 모자를 머리에 쓴 꺽다리 같은 수단인이었다. 그는 옆구리에 권총 한 자루를 차고 날카로운 작은 칼로 손톱을 다듬고 있었다. 그는 짜증난다는 눈빛으로 우리 둘을 바라보았다.

우리는 그에게 여권을 보여 주었다. 그는 마치 희귀한 우표를 발견한 우표 수집가처럼 흥미로운 눈초리로 우리의 여권을 살폈다.

"혹시 여기 온 미국인은 우리가 처음일까요?"

"우리가 여기 온 첫 외국인일지도 몰라." 내가 말했다. 나는 비행기 활주로를 가리켰다. 비행기에서 내렸던 승객들이 잠시 기지개를 켠 뒤 다시 비행기로 돌아가고 있었다.

"역사가, 학자, 군인들이 다 돌아가네요" 캐롤라인이 말했다.

"홀룸 블로가!" 세관 담당자가 외쳤다. 그는 자기가 우리를 마음대로 휘두를 수 있는 상황이 만족스러운 모양이었다. 그는 영어를 거의 못했으나, 눈치를 보아하니 우리더러 입국료를 내라는 말 같았다. 나는 수단 화폐가 한 푼도 없어서 대신 동아프리카 실링을 탁자 위에 가득 늘어놓고 내가 곤경에 처해 있다는 것을 간접적으로 전달했다. 그는 내게 기분 나쁜 미소를 지어보였다.

"돈 없으면 여권을 가져간다." 그가 말했다.

"여권은 가져가면 안 되지." 나는 그에게서 여권을 낚아챘다.

그는 대답 대신 탁자 위에 권총을 올려놓았다. 그는 권총의 노리쇠를 탁 당기더니……

지금의 나라면 이처럼 조롱 가득한 시선 ─ 가벼운 말투, 끊임없이 등장하는 개그 요소, 수단인을 얕보는 인종차별주의적 시선(왜 그가 굳이 영어를 잘해야 된다고 생각했을까?), 그가 일부러 우리를 골탕 먹이는 게 아닐까 하는 의심 ─으로 글을 쓰지 않았을 것이다. 하지만 뭐니 뭐니 해도 윗글의 가장 큰 문제점은 나의 조롱어린 시선이 사실도 아니었다는 점이다. 우리가 카르툼에 도착했다는 것, 카르툼에 내린 승객이 몇 없었다는 것, 세관을 통과하는 데 어려움이 있었다는 것만이 사실이다. 나와 캐롤라인은 실제로 저런 '대화'를 나누지도 않았다. 윗글은 세관 담당자를 앞뒤 꽉 막힌 공무원으로, 또 우리 부부를 성가신 여행자로 묘사하고 있다. 나는 아프리카 사람들을 보다 객관적인 시각으로 그렸어야 했다. 케냐에서 우리를 안내했던 백인 정착민에 대한 이야기도 작은 칼로 손톱을 다듬는 세관 담당자만큼이나 고정관념에서 크게 어긋나지 않았다. 백인들은 하나같이 플래그쇼나 그림슬리-해리스 같은 이름이었고, 일란성 쌍둥이들마냥 특징도 거의 다 똑같게 그려졌다.

『당신과 함께한 도시』는 1957년 출판 당시 상당한 호평을 받았다. 그 누구도 비현실적이라거나 고깝다는 이유로 내 이야기를 비판하지 않았다. 내 책은 서구 독자들에게 이미 익숙한 여행기의 또 다른 신간일 뿐이었다. 그러던 어느 날, 이런 여행기는 순식간에 자취를 감췄다. 영국의 식민주의 권력이 완전히 저물고, 사람들은 지역 토착민의 문화적 가치를 이해하기 시작했다. 사람들은 더 이상 토착민을 '원주민'이라고 부르거나 '별난 사람들'로 인식하지 않았다. 여행기 작가들은 토착민을 이해하기 위해 전보다 더 많은 노력을 기울여야 했다. 사실 지금까지 별 노력을 기울이지 않았던 것이 문제라면 문제였다.

나는 이후 객관적인 시각에서 여행기를 쓸 만한 기회가 많았다. 결혼하자마자 아프리카로 여행을 떠난 우리 부부는 이후에도 수많은 여행을 함께했다. 딸 에이미와 아들 존이 태어난 후에는 아이들과 함께 여행을 다녔다. 어떤 해는 스페인의 작은 마을에서 한 달 동안 집을 빌려 여행한 적도 있고, 또 다른 해는 이탈리아의 작은 마을에서 살기도 했다. 이후에는 다시 캐롤라인과 나 둘이서만 다녔다. 우리는 팀북투에서 낙타 행렬을 지켜보기도 하고, 예멘과 페트라, 발리와 브라질, 터키와 모로코, 하노이와 라오스, 런던, 파리, 로마, 시칠리아, 두브로브니크, 그리스의 작은 섬으로 여행을 떠났다. 우리가 여행했던 지역은 훗날 책, 그림, 음악, 영화를 통해 우리 삶에 끊임없는 반향을 남겼다. 우리가 가장 좋아하는 영화 가운데 말리와 부르키나 파소가 배경인 영화도 있다.

이후 나는 잡지에 여행기를 기고하며 외국 문화에 선입견을 갖지 않고 글을 쓰는 법을 터득했다. 요즈음 나는 여행하는 장소의 고유한 의미를 발견하기 위해 노력한다. 나의 기대감이나 희망사항이 투영된 모습이 아닌, 있는 그대로의 모습과 앞으로의 모습을 보려 한다는 말이다. 여행기는 추리소설과 유사한 점이 많다. 여행기와 추리소설 모두 세밀한 디테일이 모여 하나의 이야기를 만든다. 나는 독자들이 내 여행기를 읽기 전에 몰랐을 흥미로운 정보를 내러티브로 만들어 들려주는 일에서 작가로서의 즐거움을 느낀다. 물론, 그 디테일은 작가인 내게도 흥미로운 것이어야 한다. 작가는 어떤 사실을 그저 단순히 관찰하고 전달하기만 해서는 안 된다. 작가와 여행지 사이에는 개인적인 유대관계가 있어야 한다.

아래 이야기는 내가 박물관의 스폰서십으로 아라비아 반도를 다녀온 후 발표한 기사의 일부다. 기사의 스타일은 매우 개인적이다. 이 기사는 일반적인 여행기가 아닌 나만의 여행기다. 단, 아래 발췌한 부분은 기자로서의 본분에 충실하게 새로운 정보를 전달하고 있다.

"고대 사람들의 향기에 대한 집착은 오늘날 우리가 이해하기 어려울 정도입니다." 우리를 태운 배가 오만 해안가를 지날 무렵 데이비드 소렌 교수가 이렇게 말했다. 그는 이집트인이 미이라를 만들 때 사용한 유향이 과거 향신료 교역에서 가장 인기 있는 품목이었다고 설명했다. 그리고 이러한 교역이 초기 페니키아 시대에서 시작해 아우구스투스 시대 "요리의 황금기"에 활짝 꽃피웠고, 이때 로마 황제들은 중국이나 몰루카 제도 같은 먼 지역에서 시나몬, 정향 같은 향신료를 들여오기 위해 교역로를 개척했다고 말했다. "지금 여러분은 과거의 그 교역로를 지나고 계십니다." 소렌 교수는 상인들이 유향을 싣고 오만에서 출발해 예멘과 페트라를 거쳐 아라비아 반도를 이동했다고 설명했다. 지금은 이름조차 잊힌 많은 왕국들이 당시 교역료 통제로 짭짤한 수입을 올렸다고 했다.

나는 유향이 무엇인지 유향의 원료는 무엇인지 궁금했는데, 어렴풋하게나마 아주 어렸을 때 아기 예수의 탄생 이야기에서 들어 본 단어 같다는 생각이 들었다. 그 다음날, 살랄라 부근을 지나던 나는 드디어 궁금증을 해소할 수 있었다. 우리는 유향나무 부근에 왔을 때 버스에서 내려 나무를 자세히 살펴보았다. 대럴 프로스트 교수는 낙타들이 뜯어 먹은 바람에 나무가 들쭉날쭉해졌다고 말했지만, 그래도 우리는 유향나무의 모습을 제대로 감상할 수 있었다. 우리는 둥글게 말린 나무껍질과 진액을 만져 보며 어릴 적 추억을 생각했다. 그날 저녁 배에 다시 돌아갔을 때, 프로스트 교수는 유향나무 껍질이 소용돌이 모양으로 둥글게 말리는 이유는 나무가 수분 증발을 방지하기 위해서라고 했다. 낙타에게 뜯어 먹히지 않기 위한 방어 수단은 그보다 조악했다. "낙타는 보기에 굉장히 이국적이죠. 하지만 생태학적으로 보면 낙타는 그저 덩치 큰 염소나 다름없어요." 프로스트 교수가 말했다.

아래의 또 다른 이야기는 내가 미국 재즈의 음악적 기원을 취재하기 위해 브라질 바이아주 살바도르에 취재차 머물렀을 때의 일이다. 내가 이 이야기를 인용하는 이유는 세상 모든 곳에는 독특한 그만의 특징이 있으며, 작가는 글을 읽는 독자에게 그 특징을 알려 줄 의무가 있음을 이야기하기 위해서다. 그런 의무가 없다면, 뭐 하러 여행기를 쓰겠는가? 아래 이어지는 두 문단의 글은 살바도르의 주요 특징을 효과적으로 포착해 전달하고 있다.

당신이 만약 길을 걸을 때 둥근 조약돌을 발로 밟는 느낌을 좋아한다면, 가파른 오르막길과 내리막길이 끊임없이 이어지는 거리를 좋아한다면, 또 길모퉁이를 막 돌았을 때 하늘색 바로크 교회가 눈앞에 나타나는 모습을 보고 싶다면, 250년 전에 지어진 현관문에 매달린 새장에서 새들이 지저귀는 소리를 듣고 싶다면, 살바도르는 당신을 위한 도시다. 살바도르는 작가들이 소위 '구세계의 매력'이라고 부를 만한 모든 요소들을 다 가지고 있다. 하지만 구세계의 매력은 사실 다른 오래된 도시에도 다 있다. 살바도르의 진짜 매력은 다른 데 있다. 내가 살바도르에 매료된 것은 이곳이 아프리카 도시 같았기 때문이었다. 이곳에는 검고, 강인하고, 잘생긴 얼굴의 아프리카 흑인들이 살고 있었다.

흑인들은 아프리카풍의 무늬가 염색된 직물로 만든 옷을 입고, 아프리카 음악에 맞춰 걸음을 걸었다. 그들이 듣고 있던 음악이 내 귀에도 들렸다. 한 소년이 베림바우를 연주하고 있었다. 베림바우는 기다란 활 끝에 조롱박이 매달려 있고 활의 양 끝에 가는 현이 매달린 악기다. 연주자는 작은 돌로 이 현을 울리거나, 조롱박을 자기 배 쪽으로 당기거나 밀어냄으로써 자기 몸을 울림통처럼 사용해 음색을 변화시킨다. 세상에 이렇게 단순한 악기가 또 있을까 싶지만, 베림바우의 들쭉날쭉한 리듬은 온몸에 착착 감긴다. 특히 다른 악기들과 함께 연주하면 그렇게 매력적일 수가 없다.

마지막으로 내가 에게해 여행을 다녀와 쓴 이야기를 소개하겠다. 이 이야기에는 다양한 기능이 있다. 전반부에서는 다양한 이동수단에 대한 정보를 전달하고 크루즈 여행의 장점에 대해 설명한다. 후반부로 가면 어렸을 때 학교에서 들어봤음 직한 이름과 각종 단어를 나열함으로써 과거를 회상함과 동시에 독자들의 공감을 형성한다. 독자들은 글을 읽으면서 어릴 적 교실 앞에 놓여 있던 칠판, 분필, 칠판지우개, 지도의 모습을 생생하게 떠올리게 된다. 어떤 장소에 대한 글을 쓸 경우, 어떻게 독자의 공감을 얻을 수 있을지 고민해 보자. 강렬한 옛날 기억을 소환한 독자들은 무의식적으로 여러분의 글에 공감하게 된다.

크루즈는 마법의 양탄자와도 같은 여행 수단이었다. 크루즈가 없었더라면 배와 버스를 갈아타고, 자동차를 빌리고, 세관을 통과하고, 무거운 가방을 끌고, 호텔 객실을 찾고, 여행 가이드를 고용하고, 짐을 쌌다 풀었다 반복하고, 환승 교통편을 놓치지는 않을까 걱정했을 테지만 크루즈를 타니 이 모든 걱정 없이 수많은 유적지를 빠르게 돌아볼 수 있었다. 그동안 가기 어려웠던 산간벽지에 있는 장소도 크루즈 덕분에 쉽게 둘러볼 수 있었다. 나는 편하게 크루즈를 타고 고대 그리스가 눈앞을 스쳐가는 모습을 감상했다. 크루즈는 무척 빠르게 움직였다. 강사들 몇 명이 슬라이드를 보여 주는 동안 그리스 문명의 흥망성쇠가 순식간에 흘러갔다. 키클라데스, 미노아, 미케네, 이오니아, 아테네, 마케도니아, 로마, 크리스천, 사라센, 셀주크, 오토만 문명이 빠르게 나타났다 빠르게 사라졌다. 권력은 도깨비불처럼 빛났다가 강력한 제국들과 함께 먼지처럼 사라졌다. 스토아학파, 아키트레이브, 프로필레아, 메토프* 등 학교 졸업 이후 한 번도 들어본 적 없는 단어들이 강사의 입에서 쏟아져 나왔다. 그들은 도리아식 신전의 에키누스 굵기를 보면 신전이 지어진 연도를 알 수 있으며, 아르카익의 미소와 호로 바쿠이** 가 무엇인지에 대해서도 설명했다. 비트루비우스, 파우사니아스, 폴뤼크라테스, 피타고라스 등 오래전에 잊은 이름들도 하나둘씩 들려왔다. 학교 다닐 때 피타고라스의 정리를 공부한 이후 피타고라스라는 이름은 생각해 본 적도 없었다. 그랬던 우리가 지금 사모스섬의 피타고리안에 도착했다. 우리는 이곳에 도착하고 나서야 피타고라스가 사모스섬 출신의 많은 위인들 가운데 하나라는 것을

---

* 아키트레이브는 수평의 대들보를 뜻하는 고전 건축용어, 프로필레아는 아크로폴리스 신전 입구, 메토프는 도리아 건축에서 지붕 밑 장식을 뜻하는 말
** horror vacui, 공백에 대한 공포

알았다. 이솝과 아나크레온 말고도, 사모스섬이 배출한 훌륭한 인물은 수도 없이 많았다.

그러나 궁극적으로 어떤 장소가 우리 기억 속에 영원히 남을 수 있는 것은 그곳에서 만난 사람들이 있기 때문이다. 여행했던 장소에서 기억나는 사람들에 대해, 또 그들과 어떤 관계를 맺었는지에 대해 이야기해 보자. 이제 다음 장으로 넘어가 캐롤라인과 나의 기억 속에 지금까지도 생생하게 남아 있는, 머나먼 나라에서 만났던 사람들에 대해 이야기해 보겠다.

6
인물에 대한 기억

1955년, 나는 『뉴욕 헤럴드 트리뷴』에 「진홍의 평원」이라는 영국 영화 평론을 기고했다. 제2차 세계대전이 배경인 이 영화에는 그레고리 펙이 조종사로 등장하는데, 그는 버마(미얀마의 전 이름)에 불시착한 뒤 전투 후유증으로 불안 상태를 보이다 한 버마 여인의 간호 덕분에 정상으로 되돌아온다. 영화에서 버마 여인으로 분한 버마 여배우 윈민탄(Win Min Than)은 우아하고 부드러운 캐릭터를 훌륭하게 연기했다. 외모도 무척 빼어났다. 그녀의 이름은 버마어로 '백만 배의 아름다움'이라는 뜻이었다.

영화 제작자는 윈민탄을 영화 홍보차 뉴욕으로 초청했고, 영화사의 홍보담당자는 내게 그녀와 점심 식사를 함께 하면 어떻겠냐고 제안했다. 나는 보통 영화배우들과 직접적인 대면을 피했다. 배우들과 대화를 나누는 것은 기차로 수단을 여행하는 것만큼이나 지루했기 때문이었다. 하지만 나는 동남아에 관심이 퍽 많았던지라 그의 제안을 받아들였고, 캐롤라인과 함께 맨해튼의 사르디 레스토랑에 점심 식사를 하러 갔다. 윈 민탄은 정감 있고 너그러운 사람이었다. 점심 식사가 끝날 무렵 그녀는 우리 부부가 언젠가 랑군에 올 일이 생기면 자기에게 꼭 연락하라고 했다. 나는 그러마고 대답했지만 그 말에 크게 신경을 쓰지는 않았다. 나는 분명 그녀도 그랬으리라 생각한다.

그로부터 몇 달 후, 나는 캐롤라인에게 올해 어디로 휴가를 가고 싶은지 물었다. 아프리카를 다녀온 지 얼마 안 되었으니 나는 그녀가 버뮤다 같은 일반적인 휴양지를 가고 싶어 하지 않을까 싶었다. 그러나 그녀의 대답은 의외였다. "버마에 가보고 싶어요." 우리는 윈에게 편지를 보냈고, 그녀로부터 환영의 답장을 받았다. 버마 영사관에 연락했더니 관광 비자를 받으면 최대 5일까지 버마에서 체류가 가능하다고 했다. 우리는 랑군에서 시작해 태국, 캄보디아, 홍콩으로 이어지는 한 달간의 여행 일정을 계획했다.

우리는 버마에 5일 동안 있으면서 버마인들에게 애정을 느끼게 됐다. 버마인들에게는 타고난 상냥함이 있었다. 여행 두 번째 날, 윈은 우리 부부를 저녁식사에 초대했다. 나이가 많은 사업가와 결혼한 그녀는 부유한 지역에 거주하고 있었다. 윈

부부의 친구들은 모두 영어를 할 줄 알고, 정감어린 유머 감각을 갖춘 사람들이었다. 저녁식사가 끝나자 남자들은 1층에 남아 따뜻하게 데운 양주를 마셨고, 부인들은 위층으로 올라가 큰 침대에 둘러앉아 담소를 나누며 전통 잎담배 체룻을 피웠다. 이후 우리 부부를 위한 특별 이벤트로 꼭두각시 인형극이 준비되었다. 인형 조종사들이 정성스럽게 조각된 인형을 조심스럽게 손에 쥐고 있는 모습이 보였다. 인형극이 끝난 뒤 윈의 남편은 내게 인형 조종사들이 인형 옷을 벗기는 모습을 보여주었다. 인형 조각가들이 사람의 신체적 특징을 얼마나 자세히 반영했는지 보여 주고 싶은 모양이었다.

며칠 후, 윈은 자기 집에 있는 정원 테라스에서 차를 함께 하자고 권했다. 이번에는 특별 이벤트가 뭔지 미리 말해 주지 않았다. 차를 마시는데 갑자기 나이가 좀 들어 보이는 한 버마 여인과 무거운 바구니를 조심스레 들고 오는 두 명의 남자가 정원에 나타났다. 가끔 바구니 모양을 보면 그 안에 뭐가 들어 있는지 짐작할 수 있는 경우가 있다. 보아하니 이 바구니에는 위험한 것이 들어 있다는 느낌이 왔다. 여인이 바구니 뚜껑을 열자, 바구니 안에서 거대한 비단구렁이 한 마리가 스르륵 기어나와 잔디 위에 똬리를 틀었다. 우리가 앉아 있는 자리에서 그리 멀지 않은 곳이었다. 여인은 비단구렁이 머리를 자기 입에 집어넣는 등 여러 묘기를 선보이며 구렁이를 가지고 놀았다. 하지만 나는 묘기를 즐길 정신이 없었다. 나는 저 여인이 어떻게 구렁이를 다시 바구니에 집어넣을지만 생각했다. 윈은 우리에게 차와 케이크를 대접하며 수다를 이어나갔다. 하지만 캐롤라인의 시선은 비단구렁이와 바구니에서 떠날 줄을 몰랐다. 그녀는 구렁이와 바구니의 거리를 계산하고 있었다. 하지만 여인은 아무것도 급할 것이 없어 보였다. 뱀의 춤곡은 끊임없이 이어졌다. 드디어 여인이 비단구렁이를 불러들이자, 구렁이가 바구니 안으로 스르륵 다시 들어갔다. 랑군의 티타임이란 이런 것이었다.

내게 있어 글쓰기란 흥미로운 삶과 지속적인 배움을 통해 세상을 바라보는 수단이다. 하지만 작가의 입장에서 내가 무엇보다 중시하는 것은 윈민탄처럼 특정 장소에 생명력을 불어넣는 사람들의 존재다. 나는 1956년 캐롤라인과 세 번째 여행을 계획할 무렵 이의 중요성을 터득하게 되었다. 지금까지 가봤던 여행지와는 완전히 다른 곳에 가 보고 싶다고 생각한 우리 부부는 '남태평양'이라는 마음의 소리를 들었다. 남태평양 군도는 그 어떤 대륙이나 문화권에도 속하지 않은 완전히 독립된 지역일 뿐만 아니라, 세상에 존재하는 마지막 지상낙원이라는 이미지 덕분에 문명의 소용돌이에서 벗어나고픈 수많은 자유로운 영혼들을 매료시킨 장소였다. 나는 허먼 멜빌, 조지프 콘래드, 로버트 루이스 스티븐슨, 헨리 애덤스, 잭 런던, 루퍼트 브룩, 피에르 로티, 서머싯 몸, 찰스 노드호프, 제임스 노먼 홀 등 남태평양의 환상을 만들어 낸 많은 작가들을 떠올렸다. 또 푸른 라군과 폴리네시아 여인들을 그린 고갱의 그림, 영화 「바운티호의 반란」, 연극 「레인」, 노래 「발리 하이」, 야자 나무 잎이 무역풍 바람에 흔들리는 열대의 무인도 같은 이미지도 떠올렸다. 남태평양에 난입해 이곳의 꿈을 짓밟아 버린 백인 탐험가, 식민주의자, 무역상, 선교사, 관광객들도 떠올렸다. 그들 역시 나름대로 남태평양의 환상을 만들어 낸 사람들이었다. 하지만 이런 모든 것에도 불구하고 우리는 남태평양에 대해 사실 아무것도 아는 게 없었다. 주변에는 남태평양에 대해 물어볼 관광 가이드도, 남태평양에 다녀온 친구도 없었다. 우리 이전의 수많은 여행자들이 그러했듯 우리가 직접 부딪혀 보는 수밖에 없었다.

지도책을 보니 망망대해 위의 작은 점들로 표시되어 있는 타히티와 사모아는 상상하기도 어려울 정도로 머나먼 곳에 있는 것 같았다. 그곳에 가려면 피지에서 가끔 출발하는 비행기 편을 이용하는 방법밖에 없었다. 우리는 타히티에 도착하고 나서야 다음 비행기 편이 2주 후에 있다는 사실을 알았다. 이곳을 다 돌아보려면 총 8주가 필요했다. 나는 또다시 조지 코니시 국장에게 휴가를 한 달 연장해 달라고 부탁하고, 그 대신 시리즈 기사를 기고하겠다고 약속했다. 우리 신문사는 남태평양에 대해 취재한 적이 없었다. 내 기억에 의하면 제2차 세계대전 이후 남태평양에 특파원을 한명도 파견한 적이 없었다.

내 연락을 받은 코니시 국장은 평소와는 좀 다른 반응을 보였다. 그는 원래 누가 부탁을 하면 확답을 하지 않고 시간을 끌기로 유명했다. 앨라배마주 디모폴리스 출신의 교양 있는 인물인 코니시 국장은 재정난에 허덕이는 헤럴드 트리뷴에서 오랫동안 국장 자리를 지켰는데, 그가 경영진의 잦은 교체에도 불구하고 끝까지 살아남을 수 있었던 것은 그의 외교적 지연술이 거의 예술의 경지에 이르렀기 때문이었다. 그의 사무실에는 편집장과 기자들이 하루 종일 들락거리며 예산을 좀 더 요구하거나, 직원을 충원하자고 조르거나, 지면을 더 할애하게 해달라고 부탁하곤 했다. 그러면 코니시 국장은 정중한 태도로 그들의 이야기를 경청하며 노트에 메모를 했는데, 그 메모 글씨가 어찌나 작고 흐릿한지 그날 저녁이면 다 지워져 아무것도 안 보일 정도였다. 그는 원예 담당기자 잭 존스턴을 만나면 멀칭*의 중요성을 이해한다, 음악 평론기자 버질 톰슨을 만나면 자기도 모차르트를 참 좋아한다고 말했기 때문에, 그들은 자신의 요구가 관철되었다는 흐뭇한 마음으로 코니시 국장의 사무실을 나섰다. 하지만 사무실에서 나와 다른 동료들과 이야기를 나눠 보고 나서야 국장이 아무것도 약속한 바가 없다는 사실을 뒤늦게 깨닫곤 했다. 코니시 국장은 종종 불만을 제기하는 사람이 지레 포기하거나, 신문사를 나가거나, 아

---

* mulching, 농작물을 재배할 때 경지 토양의 표면을 덮어 주는 일

니면 명을 다할 때까지 기다리는 식으로 불만을 해결했다.

그런 그에게 내가 캐롤라인과 남태평양을 두 달 동안 여행하고 싶다고 하자, 그는 그냥 나를 보내 주는 게 속 편할거라 생각했던 것 같다. 그는 내가 신문사에서 잘릴 위험을 감수하면서까지 운을 시험하고 있다는 것을 눈치챘다. 그가 피지, 타히티, 사모아에 대한 기사를 내주지 않으면, 나는 또 다른 기삿거리를 얼마든지 들고 올 사람이었다. 또한, 코니시 국장은 남태평양 문학에 대한 기사가 『헤럴드 트리뷴』의 책벌레 독자들에게 좋은 읽을거리가 되리라는 것을 잘 알고 있었다. 로버트 루이스 스티븐슨 소설이나 블라이 함장, 에이해브 함장의 모험을 추억하게 하는 기사는 『헤럴드 트리뷴』 판매 부수를 높이고, 간당간당하는 신문사의 생명 연장에 도움이 될 터였다.

남태평양 여행 정보를 찾던 나는 존 휴스턴 감독이 영화 촬영지를 물색하기 위해 남태평양에 다녀왔다는 것을 기억하고, 그에게 편지를 보내 혹시 조언할 만한 사항이 있는지 물어보았다. 나는 전에 영화 일로 그를 몇 번 만난 적이 있었고, 가장 최근에는 고래잡이 마을 뉴베드퍼드에서 열린 영화 「모비딕」 시사회에서 그를 만났었다. 그는 어디에 있었는지 한참동안 내 편지에 답장이 없다가, 우리가 여행을 떠나기 직전 전보를 보내 하와이 호놀룰루에 경유하게 되면 그곳에서 식당을 운영하고 있는 돈 비치코머를 찾아가 보라고 했다. 우리는 그가 보낸 전보를 부적처럼 소중히 간직하고 남태평양으로 떠났다.

돈 비치코머의 원래 (또는 추정되는) 이름은 돈 비치로, 우리는 그가 운영하는 폴리네시아풍의 식당에서 그를 만났다. 그는 버드나무로 만든 높다란 의자에 앉아 있었는데, 그곳이 그의 사무실인 듯했다. 그는 휴스턴 감독의 전보를 살펴보더니 몇몇 이름을 말해 주었다. 나는 그때서야 남태평양이라는 넓디넓은 지역이 사실은 작은 세상이며, 서로가 서로를 모르는 사람이 없고, 여행객에게 추천해 줄 만한 사람은 비교적 소수라는 것을 깨달았다. 그는 피지에 가면 트레버 위더스를 만나 '블루 라군 크루즈'를 타고 야사와 군도에 가보라고 했다. 또 피지의 수바 근처에 가면 비행기 조종사 해럴드 게티에게 연락해 보라고 권했다. 해럴드 게티는 1931년 윌리 포스트와 함께 세계 일주 비행에 성공해 명성을 얻은 위인이었다. 또 사모아에 가면 애기 그레이의 호텔에 묵으라고 했다. 사모아에 가는 여행객은 다 그 호텔에 묵는다는 것이다. 타히티에 가면 작가 제임스 노먼 홀의 미망인 사라 홀을 만나 보라고도 했다.

추천받은 사람들을 모두 만나 보고 싶어진 나는 이들에게 편지를 보냈다. 우리 부부는 돈 비치코머에게 과일을 대접해 줘 고맙다고 말하고, 향기로운 하와이의 밤거리로 걸어 나왔다. 나는 이미 남태평양 섬에 도착한 기분이었다. 나는 어서 남태평양에 가고 싶었다.

1788년 타히티 섬에 도착한 바운티호 선원들은 그곳에서 5

개월을 머물렀다. 그로부터 168년 뒤 태즈먼 엠파이어 에어웨이를 타고 타히티의 수도 파페에테에 도착한 우리 부부는 타히티로부터 바운티호의 선원들만큼이나 따뜻한 환영을 받았다. 우리가 머물게 될 '르 트로피77' 호텔에는 이런 안내문이 붙어 있었다. '손님들의 편의를 위해 호텔 바는 매일 오전 9시부터 영업합니다.' 최근 프랑스 정부는 책 수입에 30%의 관세를 붙이고, 맥주는 무관세를 적용하겠다고 발표한 바 있었다. 휴가지에서 독서 따위를 하려거든 남태평양이 아닌 다른 곳에 가라는 얘기였다.

파페에테에는 물결 모양의 양철 지붕을 덧댄 낡은 목조건물이 드문드문 들어서 있었다. 이곳 사람들의 주요 하루일과는 바닷가에서 유유자적 시간을 보내는 일이었다. 우리 부부도 매일같이 바닷가에 나가 오늘은 어떤 배가 들어왔는지 구경하고, 뱃사람들의 바다 이야기 —— 소위 "모험담" —— 를 듣곤 했다. 남태평양은 섬과 섬 사이의 교역에 크게 의존했기 때문에, 사람들은 모든 배의 입출을 꼼꼼하게 관리했다. 험한 바다 날씨에 좁은 산호초 사이를 성공적으로 빠져나온 사람들의 이야기, 그곳에서 난파한 사람들의 이야기 등 극적인 모험담이 들려오는 경우도 있었다. 사람들은 이야기만 듣고서도 "지금쯤 라이아테아섬에 있겠군"이라 말하며 산호초의 정확한 위치와 난파 상황을 짚어내곤 했다. 파페에테는 미국 동부 뉴잉글랜드처럼 서민적인 분위기가 있는 곳이라, 우리는 여기 온지 며칠 만에 많은 친구들을 사귈 수 있었다.

나는 이곳에 정박하는 배와 배가 있었던 섬의 이름——마르케사스의 누쿠히바, 라로통가와 푸카푸카, 투아모투의 이사벨로즈——이 낭랑하게 발음되는 소리가 참 좋았다. 하지만 그외에 프랑스 칸에서 온 고급 요트나 홀로 세계를 일주하는 비행기 조종사들도 있었다. 하루는 그레고리 펙 주연의 「하이 앤드 마이티」의 원작 소설을 쓴 어니스트 K. 간이 개인 보트를 타고 이곳에 도착했다. 키가 크고 마른 외모가 왠지 그레고리펙을 닮은 쾌활한 성격의 남자로, 나는 그가 왔다는 소식에 무척 반가웠다. 나는 이곳이 그에게 완벽한 여행지라고 생각했다. 타히티는 모든 사람들이 꿈꾸는 환상의 섬이자, 어니스트간은 진취적인 그의 소설 주인공의 꿈을 실제로 살아가는, 작가이자 모험가의 삶을 동시에 추구하는 요즘 세상에 찾아보기힘든 문학인이었기 때문이다.

우리 부부는 해안가에서 멀리 떨어진 남쪽에서 에릭 드 비숍이라는 한 프랑스 탐험가와 선원 네 명을 만났다. 그들은 대나무로 만든 12미터의 뗏목을 타고 남미까지 1만 6천 킬로미터의 항해를 떠날 거라고 했다. 드 비숍은 1930년대 중반 쌍봉선을 타고 2년 동안 아프리카 희망봉을 거쳐 하와이에서 프랑스 마르세유까지 항해해 유명해진 인물로, 당시 그의 나이는 65세였다. 하지만 우리를 만나기 위해 뗏목 '타히티 뉘'에서 걸어 내려오는 그의 모습에서 관절염 따위의 증상은 전혀 찾아볼 수 없었다. 그는 작지만 강단 있는 사람으로, 타인을 꿰뚫어보는 푸른 눈을 갖고 있었다. 그의 눈빛에서는 진정한 믿음이 엿보였고, 나는 그가 한 번 마음먹으면 이루지 못할 것이 없는 인물이라는 생각이 들었다.

그는 과거 오세아니아섬에 정착한 사람들이 지금의 폴리네시아인이 아니라, 기원전 300년경 태평양을 탐험한 초기 민족, 즉 마르케사 군도와 타히티 주변의 섬, 이스터섬에 거주하며 석상을 세우고 지금은 '실종되어 버린' 바로 그 민족이라는 가설을 세웠다. 그는 이번 항해의 목적이 그 가설을 증명하기 위해서라고 했다. 그와 선원들은 먼저 남쪽으로 항해를 하다가 약 위도 35도에서 서풍을 만나면 서풍을 따라 칠레 발파라이소로 갈 계획이라고 했다. 그는 과거 태평양을 탐험했던 민족도 같은 서풍을 따라 갔을 것으로 추정되며, 그들이 지나는 위도 35도 지역은 사람 발길이 가장 드문 오세아니아 지역이라고 했다. 약 3, 4개월 후 여기서 약 8,000킬로미터 떨어진 발파라이소에 도착하면, 그 다음에는 해안선을 따라 북쪽으로 이동해 페루 카야오로 갔다가, 훔볼트해류와 적도해류를 타고 타히티로 돌아올 거라고 했다.

"남미에서 타히티로 돌아오는 건 누워서 떡 먹기죠." 드 비숍이 비웃듯 말했다. 이는 토르 헤위에르달이라는 탐험가가 10여 년 전 뗏목 콘-티키 호를 타고 항해한 일을 빗댄 것으로, 헤위에르달은 항해 후 폴리네시아인이 아시아 대륙이 아닌 남미에서 기원했다고 주장했다. "페루 앞바다에 나무토막을 던져 놓으면 알아서 해류를 타고 타히티로 올 거요." 드 비숍이 말했다. 파페에테에 사는 폴리네시아인의 대부분은 헤위에르달의 주장이 근거가 빈약하다고 생각했으며, 그가 실제 항해를 통해 아무것도 증명해 내지 못했다고 비판했다. (그의 주장은 실제로 신빙성 없는 이야기로 치부되었다.) 일주일 후, 드 비숍 탐험대가 바다로 떠나는 날 타히티 주민의 절반이 해안가에 나와 그들이 떠나는 모습을 지켜보았다. 경건한 의식이 개최되었고, 한 사제가 '타히티 뉘'를 축복했으며, 폴리네시아 소년들은 카누를 타고 라군까지 나가 '타히티 뉘'를 배웅했다. 이곳은 마치 16,000킬로미터의 대장정을 나서는 다섯 남자들의 고향 같았다. 우리는 뗏목이 까닥까닥 움직이며 산호섬 사이를 지나다 태평양 바람을 맞아 돛이 부풀어 오르는 모습을 지켜보았다. 뗏목은 곧 수평선 너머로 사라졌다.

에릭 드 비숍은 내가 남태평양에서 기대했던 모든 것을 생생하게 보여 주었다. 나는 그의 푸른 눈과, 그가 탄 뗏목이 점점 작아지며 수평선 너머로 사라지던 모습이 아직도 눈에 선하다. 나는 뉴욕으로 돌아온 후 그의 항해 소식이 궁금해 신문을 계속 살펴보았다. 그러던 어느 날, 그의 소식을 드디어 지면에서 접할 수 있었다. 신문 기사에 따르면 '타히티 뉘'는 파페에테를 떠난 지 6개월 반 후, 칠레 해안가 근처의 후안페르난데스 제도에서 거센 폭풍을 만나 난파되었다고 했다. 드 비숍과 그의 선원들은 한 칠레 화물선박에 의해 구조되었다. 그들은 비록 목적지까지 닿지 못했지만, 오세아니아 정착 민족의 기원과 서풍에 대한 그들의 가설이 옳다는 것을 증명했다. 드 비숍을 태운 뗏목은 쿡 제도의 산호초에 좌초되어 침몰했고, 드 비숍은 그렇게 생을 마감했다.

제임스 노먼 홀은 타히티에 거주한 미국인 가운데 가장 유명한 인물이었다. 그의 장례식은 우리가 타히티에 오기 5년 전인 1951년에 치러졌는데, 사람들은 여전히 그의 장례식을 애틋하게 기억하고 있었다. 아이오와주 작은 시골마을 출신인 홀은 남태평양에 대한 소설을 집필하기 위해 1920년 찰스 노드호프와 함께 타히티를 처음 방문했다. 홀과 노드호프는 모두 제1차 세계대전 당시 프랑스 육군에 소속된 미국 지원병으로 라파예트 비행중대에서 조종사로 복무한 경험이 있었다. 두 사람은 이후 라파예트 비행중대에 대한 이야기를 공동 집필하며 친구가 되었다.

1926년, 베르사유 근처의 블레리오 항공학교에서 비행기 조종을 공부하던 제임스 노먼 홀에게 일생일대의 사건이 찾아왔다. 악천후로 인해 학교 수업이 취소된 어느 날, 그는 시집을 사기 위해 파리에 갔다. 서점에 가자 책 한 권이 눈에 띄었다. 1831년도에 출판된 책 『바운티호의 반란』으로, 과거 해군성 비서관이었던 존 배로 경이 쓴 책이었다. 책에는 타히티섬에 도착해 빵나무 묘목을 싣고 서인도 제도로 항해하는 블라이 함장의 이야기와 선원들의 반란 사건이 사실적으로 기록돼 있었다. 책 내용에 매료된 홀은 그 자리에서 책을 구입했고, 이후 군 소지품과 함께 책을 보관해 두었다.

1920년대 말, 각자 가정을 꾸리게 된 홀과 노드호프는 타히티에 집을 짓고 살면서 여러 권의 저서를 썼다. 하지만 그들이 인정해야 했던 현실이 있었다. 두 사람 모두 작가로서의 커리어가 정체되어 있다는 사실이었다. 그들에게 또 한 번 공동 집필이 필요한 타이밍이었다. 홀은 노드호프에게 혹시 바운티호의 반란에 대해 아느냐고 물어보았다. 노드호프는 당연히 알고 있으나, 바운티호의 반란을 다룬 책은 이미 많지 않느냐고 반문했다. 홀은 배로의 책을 제외하고는 본 적이 없다고 했다. 노드호프가 그 책을 읽어 보고 싶다고 하자, 홀은 선반 위에 있던 책을 꺼냈다.

하룻밤 만에 책을 독파한 노드호프는 ── 홀의 회상에 의하면 ── "전율에 차서" 그를 찾아왔다. 그는 두 사람이 각자의 장점을 발휘해 멋진 이야기를 쓸 수 있겠다고 말했다. 홀은 바운티호의 반란이 반란 사건뿐만 아니라 블라이 함장과 선원 18명이 갑판도 없는 배를 타고 4,800킬로미터를 항해한 이야기, 플레처 크리스천과 반란자들이 핏케언섬을 탐험하는 이야기 등 총 세 개의 이야기로 구성되어 있다고 지적했다. 홀과 노드호프는 이 이야기가 지난 100년 동안 전혀 다뤄지지 않은 신선한 소재임을 확인하고, 『바운티호의 반란』, 『바다와 싸우는 사나이들』, 『핏케언섬』 3부작을 완성했다. 이 3부작은 1930년대를 풍미하는 최고의 상업도서로 큰 인기를 누렸다. 또 찰스 로튼이 블라이 함장으로, 클라크 게이블이 플레처 크리스천으로 분해 명연기를 선보인 동명의 영화로 제작되어 시대의 명작으로 남았다.

캐롤라인과 나는 파페에테에서 약 16킬로미터 벗어난 아뤼에에서 홀의 미망인을 만났다. 그녀가 살고 있는 집은 과거에 홀 부부가 함께 지었던 자유로운 형태의 목조건물로, 차양이 드리워진 베란다가 딸려 있고 밝은 열대 나뭇잎으로 둘러싸여 있었다. 사라 홀은 보기 드물게 유쾌한 사람이었다. 매력적인 외모에 명랑해 보이는 푸른 눈을 가진 홀 부인은 영국인 함장의 딸이었다. 홀 부인의 증조모는 리치몬드라는 영국 함장과 결혼한 타히티 사람으로, 부인에게는 미미하나마 폴리네시아인의 피가 흐르고 있었다. 하지만 부인은 어렸을 때 프랑스어를 주로 사용했던 탓에 영어에 프랑스 억양이 묻어 있었는데, 홀은 그 억양이 매력 있다고 생각해 굳이 고치려들지 않았다.

홀의 흔적은 여전히 집안 곳곳에 남아 있었다. 현관 모자걸이에는 그의 모자가 걸려 있고, 그가 보유했던 수천 권의 장서들은 책 선반은 물론 부엌에까지 어지러이 널려 있었다. 하지만 수많은 책들 가운데 무엇보다 내 눈에 띄었던 것은 그의 집필실에 있는 참고 문헌이었다. 집필실은 그가 살아생전에 사용하던 그대로 보존되어 있었다. 책상 위에는 잉크 얼룩이 묻은 압지가, 책상 뒤에는 기우뚱한 의자가, 그 옆에 놓인 테이블에는 오래된 타자기 한 대와 다 해어진 지도책 한 권이 손닿을 만한 거리에 놓여 있었다. 책장에는 조지프 콘래드의 책 27권이 가지런히 진열되어 있었는데, 홀에게 조지프 콘래드는 우상과도 같아서 홀은 그의 이름을 따 아들 이름을 지었다. (아들인 콘래드 홀은 훗날 할리우드 영화 촬영기사로 이름을 널리 알렸으며, 영화 「내일을 향해 쏴라」로 아카데미 촬영상을 수상했다.) 그중에서도 『로드 짐』은 하도 들춰보아 책장이 너덜너덜해졌을 정도였다. "그이가 그 책은 아주 여러 번 읽었어요." 사라 홀 부인이 말했다. "한번은 내가 이렇게 말했죠. 지금쯤 다 외우고도 남지 않았냐고요."

책장에는 콘래드의 책 말고도 로버트 루이스 스티븐슨 전집, 12권짜리 벤저민 프랭클린 시리즈, 9권짜리 토머스 제퍼슨 시리즈, 워싱턴 어빙, 헨리 데이비드 소로, 랄프 왈도 에머슨, 너새니얼 호손, 마크 트웨인, 윌리엄 새커리, 월터 스콧 경 전집이 있었다. 제임스 서버, 존 스타인벡, 싱클레어 루이스, 사라 오른 주잇, 홀이 특히 숭상했던 윌라 캐더까지 근대 미국문학을 대표하는 작가들의 책도 다양하게 있었다. 책장 한쪽 면은 해군 역사에 대한 책으로 가득 채워져 있었다. 존 메이스필드의 『블라이 함장의 일생』, 『바운티호 반란 재판』, 『넬슨 시대 선원들의 삶』, 로버트 사우디의 『영국인 선원들』, 『해군 연대기』12권, 1758년부터 1827년까지의 영국『애뉴얼 레지스터』 69권 이외에도 수십 권의 책이 있었다. 책에는 책갈피가 여기 저기 꽂혀 있고, 책장 여백에는 그가 쓴 메모가 남아 있었다.

"남편이 책을 읽는 데 시간을 너무 많이 보내서 제가 책에 질투가 날 정도였죠." 사라 홀 부인이 말했다. "한번은 남편이 물어보더군요. 자기가 죽고 나면 이 책을 다 어떻게 할 거냐고 요. 도서관에 기증할 생각이냐 물어보기에 이렇게 대답했죠. 이 책이 없는 집은 더 이상 내 집이 아니라고요."

나는 집안 곳곳에서 홀의 감상적인 면모를 찾아볼 수 있었 다. 눈 돌리는 데마다 그의 가족, 친구, 라파예트 비행중대 동 료들의 사진이 놓여 있었다. 하지만 그가 프랑스 정부로부터 받은 무공 십자훈장, 레지옹 도뇌르 훈장, 미국에서 받은 퍼플 하트 훈장이라든가 독일에 전쟁포로로 있었을 때 소지했던 수 첩달력 같은 군대시절 물건들은 그 어디에서도 찾아볼 수 없 었다.

"제가 훈장을 진열해 두면 좋겠다고 했지만 남편이 별로 반 기지 않더군요." 사라 홀 부인이 말했다.

홀은 죽은 뒤 그가 살던 집 뒷산 언덕에 묻혔다. 그의 무덤이 내려다보고 있는 푸른 만은 사무엘 윌리스 함장이 타히티를 발견한 곳이자, 제임스 쿡 선장이 금성의 이동을 관측하던 곳 이자, 바운티호의 블라이 함장이 닻을 내린 곳이기도 했다. 그 의 무덤은 그가 살아생전 수많은 독자들에게 생생하게 묘사한

방대한 역사의 현장을 굽어보고 있었다. 그의 묘비에는 그가
초기에 썼던 시가 새겨져 있었다.

북녘을 바라보라, 이방인이여,
저 언덕 너머를 바라보라.
지금까지 여행하며 가 보았던 장소 중
이보다 더 아름다운 곳이 있었는가?

제임스 노먼 홀의 숨결이 타히티에 그대로 남아 있었다면,
서사모아의 수도 아피아에는 로버트 루이스 스티븐슨의 흔
적이 있었다. (우리는 돈 비치코머가 추천한 애기 그레이의 호텔에
서 3주 동안 묵었다). 스티븐슨의 집 '베일리마'는 푸른 지붕을
얹은 흰색 목조건물로, 태평양 바다를 멀리서 조망할 수 있는
여러 개의 베란다가 있었다. 그는 1890년 44세의 나이로 세
상을 떠나기 전까지 4년 동안 이 집에서 대가족과 함께 말년
을 보냈다. 사모아인은 그를 이야기꾼이라는 뜻인 '투시탈라
(Tusitala)'라는 애칭으로 불렀으며, 그의 유령이 아직도 그 집
에 살고 있다고 믿었다. 하지만 나는 그곳이 그저 평온하게만
느껴졌다. 그 집을 현재 공관으로 사용하고 있는 뉴질랜드 고
등판무관 G. R. 파울스도 나와 같은 생각이었다.

"저는 부인과 함께 이 집에서 8년째 살고 있습니다." 그가
우리에게 말했다. "하인들이 모두 자러 가면 저희 부부만 이곳

에서 밤을 보냅니다. 하지만 단 한 번도 어둠 속에서 깜짝 놀라 '방금 저게 뭐였지?'라고 생각한 적은 없습니다. 왜 가끔 그럴 때가 있잖아요." 나는 『보물섬』, 『납치』, 『지킬 박사와 하이드』 같은 스티븐슨의 소설을 밤늦게까지 읽다가 뭔가에 놀라 '방금 저게 뭐였지?'라고 생각했을 어린 소년들이 생각났다.

내가 여러분에게 제임스 노먼 홀과 로버트 루이스 스티븐슨 이야기를 한 것은 여행기에 등장시킬 흥미로운 인물을 생각할 때 고인이 된 자들을 간과하지 말라고 이야기하고 싶어서다. 그들은 종종 그들이 살았던 공간에 큰 존재감을 남긴다. 우리 가 타히티에서 사라 홀 부인을, 사모아에서 G. R. 파울스를 만 났던 것처럼, 여러분도 운이 좋다면 고인의 지인이나 그들의 기억을 간직하고 있는 사람을 만날지도 모른다. 여러분이 새 로운 이야기를 재구성할 수 있는 고인의 유품을 발견할 수도 있다. 모자걸이에 걸려 있는 모자, 오래된 타자기, 책갈피가 꽂 혀 있는 책처럼 말이다. ("그는 이 페이지를 왜 표시해 두었을까?")

그럼에도 불구하고, 사실 가장 이상적인 것은 지금 살아 있 는 사람들과 역사적인 순간을 함께 하는 것이다. 아래 이어지 는 내용은 우리 부부의 마지막 여행 기록으로, 타히티를 여행 했을 때로부터 정확히 40년 후인 1996년 베트남 하노이를 방 문했을 때의 이야기다. 캐롤라인과 나는 라오스 옛 수도인 루 앙프라방을 가겠다는 오랜 열망을 실현하기 위해 라오스 여행을 떠났는데, 라오스에 가기 전 하노이를 경유했다. 당시 하노이는 서구 관광객을 받기 시작한지 얼마 되지 않았기 때문에, 우리는 하노이에서 뭘 해야 할지 아무런 감이 없었다.

우리는 하노이의 활력 있는 모습에 매료되었다. 도로에 늘어선 가로수 아래로 분주하게 움직이는 사람들 ——걸어 다니는 사람부터 자전거를 탄 사람, 스쿠터를 탄 사람, 자전거 택시를 탄 사람 —— 의 물결이 끝없이 이어졌다. 하노이의 구시가지를 방문한 우리는 물건을 팔고 사고, 길거리에서 음식을 요리하고, 아이들을 돌보는 하노이 남녀들의 일상적인 모습에서 경이로운 아름다움을 발견했다. 이렇게 온순한 사람들이 지난 수년 동안 미국의 숙적이었다는 사실을 믿을 수가 없었다.

우리는 베트남에서 가장 영향력 있는 예술 평론가이자 작가, 시인, 미국 문학과 러시아 문학 번역가로 활동하고 있는 즈엉뜨엉쩐이라는 현지인을 소개받았다. 그가 운영하는 갤러리에는 많은 예술가, 작가, 음악가, 무용가, 영화인들이 모인다고 했다. 나는 그의 갤러리에 전화를 걸어 혹시 우리와 만날 수 있을지 물어보았다. 그는 무척 기쁘겠다고 대답했다. 우리 부부는 비좁은 자전거 택시 안에 몸을 구겨 넣고 하노이의 거리를 달렸다. 택시 기사가 한 건물 앞에 우리를 내려 주었는데, 그 건물이 너무도 작고 보잘것없어 우리는 기사가 주소를 잘못 찾아왔다고 생각했다. 그러자 기사는 '마이 갤러리'라고 써져 있는 작은 화살표를 가리켰다. 화살표를 따라 좁은 골목길을 내려가자 길 뒤쪽에 아까보다 조금 큰 건물 하나가 보였다. 예술가, 작가, 음악가, 무용가, 영화인들이 많이 들어갈 수 있을 것 같지는 않았다. 하지만 안으로 들어가자 사람들로 북적이는 갤러리가 나타났다. 사람들은 벽에 걸린 그림을 감상하고, 서랍장에 보관된 그림을 살펴보고, 예술을 주제로 대화를 나누고 있었다. 우리가 뜨엉쩐의 자녀들과 인사를 주고받는 동안, 다른 방에서 그림을 설명하고 있던 그가 우리가 있는 방으로 왔다. 검은 머리에 뿔테 안경을 쓴 그는 탄탄한 체격의 소유자로, 적어도 63세 이상일 것 같아 보였다. 지적이면서도 장난기 어린 그의 표정에서는 학자 같은 분위기가 묻어났다. 그가 우리를 구석에 있는 낮은 테이블로 안내하자 그의 부인이 우리에게 차를 가져왔다. 우리 네 사람은 테이블에 앉아 이야기를 나눴다.

우리가 대화를 나누는 동안 내 머릿속에는 베트남전쟁이 맴돌았다. 우리가 하노이에 있는 동안 베트남전쟁에 대해 언급한 사람은 아무도 없었지만, 나는 베트남전쟁에 대한 생각을 단 한순간도 떨칠 수 없었다. '하노이'라는 말 자체가 꽤 오랫동안 정치적인 단어였기 때문에, 나는 내가 하노이를 직접 둘러보고 이곳에 친밀감을 느끼게 될 거라고 예상하지 못했다. 그랬던 나와 캐롤라인이 지금은 하노이의 한 미술 갤러리에서 우리 연배의 베트남인과 대화를 나누고 있었다. 심지어 우리들 사이에는 글쓰기, 문화, 예술에 삶을 바쳤다는 공통점도 존재했다. 베트남전쟁은 이제 과거의 일이 된 것일까?

뜨엉쩐은 하노이에 당시 60개 이상의 미술 갤러리가 있다고 했다. 그는 하노이의 예술가들이 획기적이고 훌륭한 작품 활동을 하고 있으며 일부는 유럽의 사조를 따르기도 하고, 일부는 스스로의 예술적 비전을 추구한다고 설명했다. 그는 최근 견문을 넓히기 위해 미국 여행을 다녀왔다고 했다. 그는 뉴욕 현대미술관의 몬드리안 전시와 워싱턴 국립미술관의 페르메이르 전시를 특히 감명 깊게 보았다고 말했다.

우리는 계속해서 차를 마시며 하노이와 뉴욕의 예술에 대해 대화를 이어 갔다. 대화는 중단과 이어짐을 반복했다. 예술에 대한 사랑이라는 유일한 연결고리 덕분에 우리들의 대화는 끊기지 않을 수 있었다.

뜨엉쩐은 워싱턴에 갔었을 때 베트남 참전용사 추모비를 보러 갔다고 했다. 나는 '결국 베트남전쟁 얘기가 나왔군'이라고 생각했다. 그는 그 추모비를 설계한 사람이 마야 린이라는 중국계 미국인이라는 사실이 꽤 흥미로웠다고 했다. 우리는 뜨엉쩐에게 우리가 마야 린과 개인적으로 아는 사이라고 말했다. 뉴욕에서 화가로 활동하고 있는 아들 존이 예일대에서 마야 린과 아는 사이기도 했고, 나도 개인적으로 앨라배마주 몽고메리에 있는 그녀의 작품 '시민인권 기념비'에 대해 취재하기 위해 그녀를 인터뷰한 적이 있었다. 마야 린 이야기로 대화 분위기는 조금 편해진 듯했다.

뜨엉쩐이 말했다. "베트남 추모비를 보러 갔을 때, 제가 시 한 편을 벽에 남겨 두고 왔습니다. 한 번 보시겠습니까?"

우리는 그 시를 꼭 보고 싶다고 했다. 그는 자리에서 일어나 책상으로 가더니 종이에 타이핑된 시 한 편을 가져와 캐롤라인에게 건네주었다. 캐롤라인은 그 시를 오랫동안 바라보았다. 그녀의 눈에 눈물이 맺혔고, 그녀는 아무런 말도 하지 않았다. 그녀로부터 시를 건네받아 읽은 나 역시 아무런 말을 할 수 없었다.

마음을 추스른 후, 나는 우리가 그 시를 간직해도 될지 물어보고, 그에게 필사를 부탁했다. 그의 시는 다음과 같았다.

베트남 참전용사 추모비에서

내가 이곳에 온 것은
나는 당신들을 몰랐고
당신들도 나를 몰랐기에

내가 이곳에 온 것은
당신들이 어머니와
아버지와 약혼녀를 고국에 두고 왔고
나는 아내와 아이들을 고국에 두고 왔기에

내가 이곳에 온 것은

사랑이 원한보다 위대하며

바다를 건널 수도 있기에

내가 이곳에 온 것은

당신들은 고향에 돌아오지 못했지만

나는 돌아왔기에

즈엉뜨엉, 워싱턴 DC에서, 1995년 11월 21일

7
기억의 회고

내가 쓴 저서 『춘계훈련』이 잉태된 계기는 1982년 플로리다 윈터헤이븐에서 관람했던 보스턴 레드삭스의 스프링 트레이닝 캠프로, 당시에는 그때 이야기가 책으로 발전하리라고까지 예상하지 못했다. 나는 그랜드스탠드 좌석에 앉아 영감들에게 잔뜩 둘러싸여 한가롭게 야구경기를 관람하고 있었다. 햇볕은 따뜻하고, 잔디는 푸르고, 새로운 시즌의 기운이 한가득 느껴졌다. 야구 배트가 공을 맞추는 소리, 글러브로 야구공을 잡는 소리, 선수와 코치들이 내야에서 대화를 나누는 소리가 들렸다. 모두 작년 10월 월드시리즈가 막을 내린 이후 미국 땅에서 자취를 감췄던 소리들이었다.

예로부터 미국인들은 스프링 캠프를 관람하기 위해 먼 길을 나서길 마다하지 않았고, 나 역시 그들 중 하나였다. 1920년대 무렵부터 매년 겨울이 되면 미국의 수많은 가족들은 플로리다로 ── 최근에는 남서부지역으로도 ── 향해 응원하는 야구팀이 시즌을 대비하는 모습을 지켜보고 새로 영입한 선수들을 살펴보았다. 나는 스프링 캠프가 열리는 플로리다 마을 이름을 줄줄 꿰며 자랐다. 레이크랜드! 베로비치! 클리어워터! 브레이든턴!『뉴욕 헤럴드 트리뷴』,『뉴욕타임스』,『뉴욕선』데이트라인(신문 기사를 송고한 지역을 표시한 부분)에 등장하는 낭만적인 이름들 가운데 매년 봄마다 겨울잠에서 깨어난 "그레이프프루트 리그"*의 이름이 눈에 띄면 세상에 그렇게 반가울 수가 없었다. 이는 추운 북쪽 지역에 사는 야구팬들에게 드디어 겨울이 끝났음을 알려 주는 복음과도 같았다.

　나이가 들었다는 것은 머릿속에 야구에 대한 옛날 기억이 많이 축적되어 있다는 의미일지도 모른다. 나 역시 어렸을 때부터 팬이었던 뉴욕 자이언츠의 칼 허벨, 빌 테리, 멜 오트로 수 세대를 거슬러 올라가는 오랜 기억을 갖고 있다. 나는 뉴욕 폴로 그라운즈 구장에서 소년 시절의 상당 부분을 ── 단연코 유익하게 ── 보냈다. 길쭉한 직사각형 모양으로 지어진 폴로 그라운즈는 어두운 색의 낡은 목조 구장이었다. 폴로 그라운즈의 추억 덕분에 나는 보스턴의 펜웨이 파크나 브루클린의

---

* 플로리다에서 스프링 캠프를 여는 메이저리그 팀

이벳필드처럼 반듯한 정사각형 대신 도시의 기존 도로 형태에 따라 지어진 야구장에 애정을 느끼게 되었다. 이벳필드의 좌측 펜스 너머에는 베드포드 애비뉴가 있었는데, 그곳은 라디오로 브루클린 다저스 경기를 청취하는 야구팬들로 늘 북적거렸다. "공이 좌측 펜스로 멀리 날아갑니다 ······ 이제는 ······ 베드포드 애비뉴로 넘어갔습니다!"는 최고이자 최악의 상황을 의미했다.

플로리다 윈터헤이븐에 도착한 순간 나는 조짐이 꽤 좋다고 생각했다. 레드삭스 팀의 경기장에서는 보스턴 홈구장만큼이나 편안한 분위기가 느껴졌다. 짐 라이스는 3루 라인 가까이에서 스트레칭을 하며 몸을 풀고 있었다. 칼 야스트렘스키는 울타리 가까이에서 두 명의 야구팬들과 이야기를 나누고 있었다. 과거 보스턴 레드삭스의 유격수이자 현재는 코치로 활동하고 있는 자니 페스키는 드와이트 에반스와 타격과 수비 연습을 하고 있었다. 다른 코치들은 플로리다 하늘 위로 열심히 공을 날리고 있었다. 여기가 정말 윈터헤이븐이구나! 윈터 헤븐(heaven, 천국)이라는 이름도 어울릴 법한 곳이었다.

나는 핫도그와 맥주를 사서 스탠드에 자리를 잡았다. 왼손잡이 루키 한 명이 마운드에 올라 인트라스쿼드 게임(자체 청백전)을 준비하는 중이었다. 그의 투구폼이 꽤 괜찮아 보였기 때문에, 나는 그가 이번 시즌을 종료하면 이후 빅 리그로 진출하지 않을까 싶었다. 나는 옆자리에 앉은 남자에게 신인 투수의 모습에서 워렌 스판이 보이는 것 같다고 했다. 그러자 그 남자는 그가 프리처 로와 더 비슷해 보인다고 말했다. 남자의 부인은 그가 하베이 하딕스를 빼다 박은 것 같다고 했다. 나이가 지긋한 또 다른 영감은 그가 레프티 그로브를, 좀 젊은 영감은 바이다 블루를 닮은 것 같다고 했다. 우리는 각자 믿고 싶은 대로 생각하는 전형적인 야구 바보들이었다.

➴ 위 내용은 내가 쓴 저서 『춘계훈련』의 첫 번째 챕터에서 인용한 것이다. 책의 도입 부분인 이 챕터에는 여러 가지 기능이 있다. 첫째는 특정 시기와 장소에 대해 설명하는 보고의 기능이다. 둘째는 작가의 정체성에 대해 알려 주는 정보 전달의 기능이다. 모든 글쓰기는 일종의 여행이며, 글은 독자를 그 여행에 초대하는 것에서 시작된다. 이 챕터는 야구를 즐기고 관람했던 내 평생의 삶에 대한 작은 회고록과도 같다. 독자는 이 챕터를 통해 내가 어떤 이유에서 이 책을 쓰게 되었고, 내가 야구에 대해 얼마만큼 알고 있으며, 야구에 대해 내가 어떤 감정을 갖고 있는지 파악하고 책의 저자에 대해 이해할 수 있게 된다.

작가는 자기 자신을 솔직하게 드러낼 줄 알아야 한다. 여러분의 특별한 관심사——자동차나 보트, 말이나 개, 정원 가꾸기나 낚시, 음악이나 춤 등——에 대해 글을 쓸 경우, 여러분이 처음 그 대상에 관심을 갖게 된 계기는 무엇이며 그로 인해 여러분의 삶에 어떤 변화가 생겼는지 도입 부분에서 설명하도록 하자. 우리의 취미나 관심사는 괴짜 같은 면이 있게 마련인데, 이런 괴짜 같은 면이 흥미로운 소재가 될 수 있다. 취미 자체는 흥미로운 소재가 아니다. '낚시'에 대해 사실적으로 쓴 글은 독자를 지루하게 만든다. 사실적인 글은 백과사전에나 필요한 것이다. 여러분의 글은 여러분과 낚시의 관계에 대한 것이어야 한다. 낚시가 여러분의 스포츠나 취미인지, 스트레스 해소를 위한 것인지, 친구와 함께 또는 홀로 즐긴 것인지, 자연을 벗 삼기 위한 경험인지, 정신 수양을 위한 것인지, 먹거리를 잡기 위한 것인지, 그 관계를 설명해야 한다. 여러분의 관심사는 자신을 가장 잘 표현할 수 있는 도구다. 자신의 관심사에 대해 이야기해 보자.

야구 경기가 시작되었다. 하지만 누가 이기고 졌는지는 중요하지 않았다. 중요한 것은 훈련과 감독, 즉 팀이 앞으로 긴 시즌을 버틸 수 있는 힘을 기르는 일이었다. 스포츠 기자 레드 스미스는 "야구는 어린이들의 순수한 경기"라고 했는데, 나는 이 스프링 캠프야말로 레드 스미스의 명언이 완벽하게 들어맞는 시기라고 생각했다. 스프링 캠프가 끝나고 나면 언론에서는 선수들의 계약, 에이전시와 그들의 단점, 몸 상태, 어깨 부상 같은 부수적인 문제에 대해 왈가왈부한다. 그러나 스프링 캠프가 열리는 2월부터 3월까지의 6주만큼은 선수들이 얼마나 야구경기를 잘 하는지가 무엇보다 가장 중요한 시기였다.

스프링 캠프 기간에는 레드삭스 감독인 랠프 후크마저도 인간미 있게 느껴질 정도였다. 더그아웃을 배회하거나 뒤틀린 속을 달래기 위해 위장약을 입에 털어 넣는 등 시즌이 시작되고 나면 흔히 볼 수 있는 스트레스에 찌든 감독의 모습을 이 시기에는 전혀 찾아볼 수 없었다. 연배가 좀 있는 야구팬들은 랠프 후크가 1947년 뉴욕 양키스에 입단했을 때 얼마나 칼 같은 사람이었는지 잘 알고 있었다. 그에게는 심지어 "철의 소령"* 이라는 별명도 있었다. 그랬던 그가 지금은 팬들로부터 올해 레드삭스가 우승할 수 있을 것 같으냐는 질문을 받으며 느긋하게 울타리에 기대서서 사람들과 현재 팀 상황과 우승 확률에 대해 이야기를 나누고 있었다. 그런 그의 모습은 잔디 상태와 잔디 깎는 기계에 대해 이야기하는 동네 아저씨와 별다른 점이 없어 보였다. 스프링 캠프는 철의 소령마저 온순한 사람으로 만드는 힘이 있었다.

그렇게 만족스러운 오후 시간이 지나갔다. 이곳에는 옛날 야구장의 분위기가 그대로 살아 있었다. 마치 1982년이 아닌 1882년으로 돌아가 야구를 보는 듯했다. 이곳에는 관중들의 기분을 지휘하는 오르간 연주자가 없고, 언제 환호해야 할지 알려주는 전자 스코어보드도 없었다. 우리는 정규시즌과 시즌 사이에 완전히 동떨어져 있는 아주 특별한 시간대에 존재했

---

* Iron Major, 랠프 후크는 과거 육군 소령으로 복무한 적이 있었다

다. 이 시기는 선수와 야구팬들 모두가 심신을 새롭게 할 수 있는 기회였다. 동시에 야구팬들의 기억 속에 남아 있는 과거를 돌아보고, 앞으로의 시즌과 미래를 바라보는 시기이기도 했다. 이 모든 것이 가능했던 이유는 기억 때문이었다. 야구가 미국의 살아 있는 역사가 될 수 있었던 것은 기억이 과거와 현재를 잇는 아교 역할을 했기 때문이다.

➤ 이 챕터가 독자 여러분에게 감성적으로 느껴지는 이유는 겉으로 보이는 것보다 더 많은 내용이 글에 담겨 있기 때문이다. 이 챕터의 도입부는 사실 특정 공간과 특정 순간——어느 오후 플로리다 한 작은 마을의 야구장에 갔던 이야기——에 대한 이야기다. 하지만 경기장에 있던 영감쟁이 야구팬들이 1930년대 야구선수인 레프티 그로브 등을 언급하면서 이야기는 플로리다에 국한되지 않고 전반적인 미국에 대한 이야기로 전개되었다. 야구팬이라면 남녀노소를 불문하고 공감대를 형성할 수 있는, 각종 통계 기록과 전설적인 일화를 통해 두고두고 전해 내려오는 미국 야구에 대한 이야기로 발전한 것이다. 이렇게 현재와 과거가 연결될 수 있는 것은 기억이 존재하기 때문이다. 이 이야기는 결국 기억에 대한 것이다. 이 글의 핵심은 기억이다. 여러분이 쓰게 될 회고록은 대부분 어떤 장소에 대한 이야기일 것이다. 여러분은 회고록을 통해 그 장소가 어떻게 생겼는지, 장소의 느낌은 어땠는지 사실적으로 설명해야 한다. 하지만

여러분이 그 장소를 지금도 기억하고 있는 이유는 무엇 때문일까? 그 장소 자체보다는 그 장소가 상징하는 이미지 때문이다. 그 이미지가 어떤 것이었는지 곰곰이 생각해 보자. 어떤 객관적인 사실에 지금까지 누구도 상상하지 못했던 새로운 느낌이나 이미지를 체계적으로 불어넣을 수 있다면 논픽션 장르의 글도 얼마든지 예술이 될 수 있다.

톰 울프의 저서 『올바른 자질』은 미국의 우주여행 계획을 개척한 사람들에 대한 이야기다. 그의 이야기 전달방식은 매우 일관적이다. 그는 사실관계만을 나열하지 않는다. 그의 이야기가 특별한 까닭은 우주비행사들의 성공을 좌우하는 "올바른 자질"이 무엇인지 그가 직접 분석하고 정의한 내용을 전달하기 때문이다. 톰 울프의 책이 우주여행을 소재로 한 다른 어떤 책보다 훌륭한 이유, 그의 책을 예술이라 부를 수 있는 이유가 바로 여기에 있다. 또 그의 책은 독자들에게 미지의 세계를 탐험하려면 어떤 자질이 필요한지 스스로 고민해 볼 수 있는 지적인 메커니즘을 제공한다. 그리고 무엇보다 울프가 주장하는 내용 자체도 꽤 흥미롭다. 그의 의견을 따라가는 것만으로도 얼마든지 재미를 느낄 수 있다.

스프링 캠프라는 평범한 장소에서 기억의 금덩어리를 캐낼 수 있는 사람이 나밖에 없다는 이야기가 아니다. 이는 작가라면 누구나 할 수 있는 일이다. 여러분도 이야기를 쓰다 보면 어느 샌가 심오한 진실을 발견하게 된다. 위의 챕터 역시 처음에는 내가 야구장에서 직접 보고 들은 사실을 그대로 전달하는 것에서 시작됐다. 그러다 옆 좌석에 앉은 영감들이 하는 말을 듣고 우리가 같은 선수를 보면서도 각자의 기억 속에 있는 다른 야구선수를 떠올리고 있음을 발견하고, 내 글의 주제가 기억이라는 것을 그제서야 깨달았다. '기억'은 작가가 활용할 수 있는 가장 강력한 무기 중의 무기다. 내가 기억에 대해 살짝 언급하기만 해도 독자들은 내 글을 통해 그들만의 기억을 떠올리고, 그때부터는 내가 전혀 알 수 없는 독자들만의 기억의 나래가 펼쳐지기 때문이다. 나 역시 기억에 대한 이야기를 통해 나만의 옛 추억을 떠올렸다. 이어지는 내용을 읽어 보자.

1988년, 나는 한 편집자로부터 혹시 야구에 대한 책을 집필할 생각이 없느냐는 제의를 받았다. 지금까지 단 한 번도 생각해 본 적 없는 일이었다. 내가 야구에 대해 쓴 글은 대부분이 소년시절에 대한 회고록이었다. 뿐만 아니라 세상에 널리고 널린 게 야구에 대한 책이기도 했다. 일단 미국 남자들은 야구에 대해 글을 쓰는 것을 마치 통과의례라도 되는 것처럼 여겼다. 사실 야구만큼 미국인들의 정서와 깊게 연관된 스포츠도 없다. 미국인들이 이렇게 야구에 대해 글을 많이 쓰는 이유는 아마도 어렸을 때의 기억을 놓고 싶지 않아서, 또 예로부터 전해 내려오는 이야기에 함께 동참하고픈 마음 때문이 아닐까 싶다. 하지만 이런 치료적 글쓰기에는 나름대로의 문제가 있다. 링 라드너의『나는 신출내기 투수』, 마크 해리스의『드럼을 천천히 울려라』, 로저 칸의『여름의 소년들』같은 명작을 보면 모두 슬픔과 상실의 감정을 이야기하고 있다. 야구의 현실은 우리네 현실과 별다르지 않다. 심지어 여름의 소년들마저 다들 나이를 먹으니까 말이다.

그럼에도 불구하고 나는 야구에 대한 책을 쓰고 싶었다. 내 직업과 흥미가 일치되는 일이었기 때문이다. 하지만 새로운 주제가 대체 뭐가 있을까? 나는 과거의 기억을 더듬어 여러 가지 이미지를 떠올렸다. 어렸을 때 매년 여름이 되면 저녁 7시 정각에 필코 라디오를 WOR 채널에 맞추고 스탠 로맥스*의 라디오 중계를 들었던 일이 생각났다. 우리 가족에게는 저녁 식사보다 중계를 듣는 일이 더 우선이었다. 로맥스는 속사포 같은 말투로 보통 사람들이 한 시간 동안 이야기할 분량을 15분만에 전부 전달하곤 했다. 또 빅리그 껌에 들어 있는 카드를 수집하기 위해 사탕과 시가를 파는 상점을 전전하며 카드를 모았던 일도 생각났다. 옵티모! 라 프리마도라! 가르시아 그란데! 화려한 글씨체로 스테인드글라스 창문에 새겨진 시가 이름들은 내게 상점 안으로 들어와 보라고 손짓했다. 그리고 나는 야구 게임기에 푹 빠져 친구 찰리 윌리스와 시간 가는 줄 모

---

* 미국의 라디오 스포츠 프로그램 진행자

르고 게임을 하며 각자의 스코어를 열심히 기록하던 일도 떠올렸다.

나는 친구들과 함께했던 야구 경기 ─ 나는 친구들을 많이 모아 야구팀 두 개를 만들고 싶어 했던, 찰리 브라운을 닮은 아이였다 ─ 를 회상했다. 함께할 친구가 없었을 때는 18명의 야구선수들이 저 건너편에 있다고 상상하며 집 벽면에 테니스 공을 던지며 놀았던 것도 회상했다. 부모님이 창문 밖으로 내가 노는 모습을 봤다면 전설적인 타자 테드 윌리엄스가 따로 없다고 생각했을지 모른다. 내가 딱 한 번 홈런을 날렸던 일도 생각났다. 제2차 세계대전에 참전했을 때의 일로, 지금까지 누구에게도 이야기한 적 없이 내 기억 속에만 존재하는 사건이다. 낮은 드라이브의 타구가 날아와 배트를 휘둘렀는데, 내가 맞춘 공이 우익수를 지나 나폴리 언덕 저 아래로 내려가는 바람에 나는 베이스를 모두 돌 수 있었다. 나는 야구 경기를 보러 갔던 수많은 경기장, 라디오 중계로 들었던 수많은 야구 경기, 모두 잠든 야심한 시간에 혼자 일어나 지켜보던 수많은 야구 경기를 떠올렸다.

그러나 이 수많은 기억들 가운데 유일하게 계속 생각나는 것이 있었으니 바로 윈터헤이븐에서 레드삭스 스프링 캠프를 구경했던 일이었다. 그곳에는 내가 야구를 좋아하는 이유가 전부 존재했다. 그렇다면 누군가 스프링 캠프를 주제로 책을 낸 적이 있던가? 내 기억에는 없었다. 내가 스프링 캠프에 매력을 느낀 것은 스프링 캠프가 가르침과 배움의 시간이었기 때문이다. 뿐만 아니라, 야구선수와 야구팬들이 스프링 캠프를 통해 서로의 삶에 영향을 주고받는다는 것 역시 매력적이었다. 플로리다의 스프링 캠프만큼 선수와 팬들이 하나의 가치 ──야구라는 미국인들의 공통분모──를 공유하며 끈끈하게 연결되는 장소도 없었다.

나는 메이저리그 야구팀과 스프링 캠프의 배경 장소에 대해 좀 더 자세히 알아보기로 마음먹었다.

*

하지만 어떤 야구팀에 대해 쓸 것인가? 배경은 어디로 할 것인가? 이 두 가지가 사실 가장 중요한 문제였다.

나는 이 두 가지를 어떻게 결정했을까? 내가 결정을 내렸던 과정을 그대로 설명해 보겠다. 아마 여러분이 나중에 회고록을 쓸 때 도움이 될 수 있을 것이다. 장편의 논픽션 글을 쓸 때 글의 소재를 정하는 일은 사람들이 일반적으로 생각하는 것보다 무척 어려운 작업이다. 허먼 멜빌은 '고래잡이'를 주제로 책을 쓰기엔 무리라고 생각해 대신 한 남자와 고래에 대한 책을 썼다. 제인 오스틴 역시 '오만과 편견'을 주제로 책을 쓰기엔 무리라고 생각해 '오만과 편견'에 대해 논하는 한 남녀의 이야기를 그렸다. 나 또한 '야구'를 주제로 책을 쓰기엔 무리라고 생각했다. 내게는 여러 번의 가지치기 작업이 필요했다.

먼저, 나는 야구라는 방대한 주제를 '6주의 스프링 캠프'로 한정했다. 스프링 캠프는 전통적으로 가르침과 배움의 활동에 집중된 기간이다. 나는 이를 주제로 글을 쓰기로 결정했다.

그 다음, 나는 모든 메이저리그 야구팀의 스프링 캠프에 대해 글을 쓸 필요는 없다고 생각했다. 나는 야구팀을 하나만 골라, 그 중에서 도시 하나를 배경으로 하자고 생각했다. 퍽 미국적인 느낌의 글이 될 터였다. 미국 도시를 배경으로, 매년 춘계 훈련을 위해 미국의 또 다른 도시에서 이곳을 찾아오는 야구 선수들의 이야기가 될 것이기 때문이었다.

나는 미국 야구 역사의 한가운데에 있는 야구팀, 즉 지역 연고지와 깊은 역사를 맺고 있는 야구팀에 대해 쓰고 싶었다. 따라서 최근에 새로 '창설'된 팀이나 연고지를 옮긴 팀은 제외해야 했다. 가령 보스턴에서 밀워키, 밀워키에서 다시 애틀랜타로 연고지를 옮긴 브레이브스 같은 팀 말이다. 또 1920년대부터 플로리다에서 전통적으로 스프링 캠프를 실시해 온 팀을 소재로 하고 싶었다. 그 결과 애리조나로 스프링 캠프를 이전한 팀은 대상에서 모두 탈락했다.

윈터헤이븐의 스프링 캠프는 내게 즐거운 추억이었지만, 그렇다고 보스턴 레드삭스에 대한 책을 쓰고 싶지는 않았다. 보스턴 레드삭스는 백인 상류층 위주의, 미국 동부 분위기가 너무 강한 야구팀이었다. 뿐만 아니라 보스턴 레드삭스를 주제로 한 책도 이미 한둘이 아니었다. 매번 실망스러운 성적에도 불구하고 한결같이 충성스러운 팬들의 모습이 작가들에게는 구미가 당기는 소재이기 때문이다. 하지만 나는 이런 자책의 감정을 야구장과 연관 짓고 싶지 않았다.

나는 미시시피 주에 연고지를 둔 오랜 전통의 야구팀 세인트 루이스 카디널스가 가장 좋겠다고 생각했다. 미시시피는 에이브러햄 링컨 대통령부터 남북전쟁, 서부개척, 야구까지 미국 역사의 가장 핵심적인 축이라 할 수 있는 지역 중에 하나다. 하나의 소재에서 여러 가지 이야깃거리를 얻을 수 있으면 그 글은 절반은 다 쓴 거나 마찬가지다. 하지만 카디널스의 스프링 캠프가 열리는 플로리다 세인트 피터스버그는 다른 구단들의 스프링 캠프 장소이기도 했다. 나는 마을 사람들의 팬심이 여러 구단으로 분산된 것을 원치 않았다.

디트로이트도 괜찮은 소재였다. 내가 디트로이트 타이거스를 좋아하기도 했거니와, 타이거스가 스프링 캠프를 개최하는 플로리다의 작은 마을 레이크랜드는 매년 봄 타이거스 선수들의 도착과 함께 활기를 얻곤 했다. 하지만 나는 아메리칸 리그보다는 내셔널 리그가 더 좋았다. 아메리칸 리그보다 유서와 전통이 깊은 내셔널 리그는 지명타자제를 실시하는 아메리칸 리그를 잡종 정도로 취급했다. 그렇다면 필라델피아 필리스는 어떨까? 전통 있는 야구팀이긴 하지만, 스프링 캠프가 열리는 클리어워터는 걸프만에 인접한 곳으로, 모든 것이 해안과 바다를 중심으로 돌아가는 마을이었다. 신시내티 레즈는? 역사가 오래된 팀이지만, 플랜트 시티라는 마을로 스프링 캠프를 옮긴지 얼마 안 된 것이 문제였다. 플랜트 시티라니?

그럼 이제 어디가 남았을까? 나는 목록으로 다시 돌아갔다. 98년의 역사를 지닌 피츠버그 파이어리츠가 남아 있었다. 파이어리츠는 플로리다 브레이든턴에서 스프링 캠프를 차리는 팀으로, 몇 번의 우승 경력도 있었다. 나 또한 브레이든턴과 인연이 깊었다. 디지 딘이 "개스 하우스 갱"* 시절 카디널스에서 활동했을 때, 아니 그 이전부터 많은 메이저리그 팀들이 브레이든턴에서 스프링 캠프를 열었다. 여러 박물관과 문화 유적지로 유명한 옆 도시 사라토사와는 달리, 브레이든턴은 스프링 캠프 외에는 특별한 점도 없었다.

나는 브레이든턴 출신의 예일대 제자에게 전화를 걸어 브레이든턴에 대해 이것저것 물어보았다. 그는 피츠버그 파이어리츠가 20년 넘게 브레이든턴에서 스프링 캠프를 열어 왔으며, 스프링 캠프가 열리는 구장 중 맥크니 필드가 가장 유서 깊은 장소라고 했다. 또 파이어리츠 부스터 클럽이 그곳에서 활발하게 활동하고 있으며, 디지 딘이 한때 그곳에 주유소를 갖고 있었다고 이야기해 주었다. 또 명예의 전당에 오른 현존하는 야구선수 중 가장 나이가 많은 에드 루쉬가 1952년부터 매년

---

* Gas House Gang, 거친 플레이와 경기 후 폭음 등으로 1930년대 초 카디널스에 붙여진 별명

브레이든턴에서 겨울을 보낸다고 했다.

나는 묻고 싶은 게 하나 더 있었다. 맥크니 필드는 정확히 어디에 있을까? 최근 많은 메이저리그 팀들이 도심에서 멀리 떨어진 허허벌판에 최신 '시설'을 짓고 있었다. 가령 뉴욕 메츠가 플로리다 해안가 포트 세인트 루시에 지은 야구장의 경우, 사람이 사는 인근 마을과 너무도 멀리 떨어져 있어 야구장 근처 숙소는 물론 야구장으로 가는 도로조차 없는 실정이었다.

"맥크니 필드는 시내에 있어요." 그 학생이 대답했다.

"어떤 동네에 있는데?" 내가 물었다.

"학장님께서 좋아하실 동네예요." 그가 말했다. "근처에 자동차 정비소가 있거든요." 그는 내가 미국적인 디테일을 좋아한다는 걸 기억하고 있었다.

"완벽하네." 내가 말했다. 브레이든턴과 파이어리츠가 완벽한 소재라는 느낌이 왔다. 이어 수많은 과거 기억들이 하나하나 떠오르기 시작했다. 피츠버그 파이어리츠는 내가 어렸을 때 뉴욕 자이언츠 다음으로 좋아했던 내셔널 리그였다. 파이어리츠가 뉴욕에 온다는 소식이 들리면 나는 폴로 그라운즈에 구경 갈 방법이 없을까 항상 생각했다. 나는 호너스 와그너가 내야수들과 땅볼 연습을 하는 모습을 종종 구경하기도 했다. 1900년부터 1917년까지 선수 생활 평생을 파이어리츠에서 보낸 호너스 와그너는 야구 역사상 최고의 유격수로, 은퇴 이후에는 파이어리츠의 코치가 되었다. 나이가 들어 안짱다리가 된 그의 모습 때문에 그가 한때 사상 최고의 유격수였다는 사실을 믿기 어려웠지만, 나는 그가 최고라 믿어 의심치 않았다. 내게 호너스 와그너는 신적인 존재나 다름없었다.

나는 파이어리츠에 연락해 책을 써도 좋은지 허락을 받은 뒤, 이듬해 2월 브레이든턴으로 향했다. 여러 팀과 도시를 추리고 추린 덕분에 나는 원하는 요건이 모두 충족된 소재를 얻을 수 있었다. 내 이야기는 독자들이 친밀하게 느낄 만큼 그 스케일이 작고 단순했다. 덕분에 나는 다른 많은 작가들처럼 감당하기 어려울 정도로 방대한 주제를 골랐다가 패닉 상태에 빠질 염려를 하지 않아도 되었다. (글쓰기의 공포를 줄이는 방법은 나의 교수 목표 중 하나다.) 맥크니 필드는 오랜 전통이 훌륭하게 보존되어 있었는데, 이는 파이어리츠 부스터 클럽이 매년 스프링 캠프가 열리는 봄철마다 프로그램 판매와 야구장 방석 시트 대여로 자금을 모아 구장 유지 비용을 충당한 덕분이었다. 나는 파이어리츠 부스터 클럽을 내 이야기의 핵심 소재로 등장시켰다. 또, 나는 에드 루쉬가 94세의 나이로 사망하기 6일 전 그를 직접 만나서 인터뷰도 했다. 강렬한 푸른 눈을 가진 그는 거실 한가운데 의자에 꼿꼿이 앉아 과거를 깊이 회상했다. 12경기 연속 3할 이상의 타율을 기록했던 루쉬는 1916년 존 맥그로 감독 아래 자신이 신인 선수였을 때의 일을 이야기해 주었다. 내가 아주 오래 전 야구 역사에 대해서까지 책을 쓸 수 있었던 것은 모두 에드 루쉬 덕분이다.

만약 방대한 주제를 가지고 글을 쓰고자 할 경우 내가 지금까지 했던 것 같은 가지치기 작업이 필요하다. 회고록을 쓰고자 한다면, 일관적인 주제를 전달할 수 있는 내러티브 한 가지만 고르고 나머지는 정리하는 게 좋다. 회고록은 꼭 많은 이야기를 아우를 필요가 없다. 회고록 자체가 한 개인이나 가족, 삶의 일면을 다루는 장르이기 때문이다. 프랭크 매코트의 『안젤라의 재』는 저자가 십대 시절 리머릭 슬럼가를 벗어나 미국에 도착하는 것으로 이야기를 맺는다. 독자들은 저자가 미국에 가기까지의 우여곡절을 따라가는 데 에너지를 다 소진했기 때문에 그의 미국에서의 삶에 대해서는 파악할 여유가 없다. 그래서 매코트도 별도의 회고록 『그렇군요』를 발표해 이후 미국에서의 삶에 대해 이야기했다. 질 커 콘웨이의 『오지의 땅에서』 역시 저자가 척박한 유년기를 보낸 호주를 떠나 미국행 비행기에 오르는 장면에서 끝을 맺는다. 그녀는 이후 미국에서 스미스 대학 학장이 되는 등 많은 업적을 이루었으나, 이는 유년시절과 주제가 완전히 다른 새로운 내용이므로 그녀도 마찬가지로 다른 회고록에서 이를 언급했다.

만약 여러분의 회고록이 가족 역사에 대한 글이라면 분명 글을 쓰기도 전부터 부담이 느껴질 것이다. 하지만 여러 번 생각의 가지치기가 필요하다는 것을 잊지 말자. 가장 공통적인 고민으로 친가에 대한 이야기를 쓸 것이냐 외가에 대한 이야기를 쓸 것이냐의 문제를 꼽을 수 있다. 외가 쪽과 친가 쪽 모두 회고록으로 기록해 둘 만한 흥미로운 이야깃거리가 많기 때문일 것이다. 하지만 외가와 친가는 완전히 다른 영역이기에 하나의 회고록에 다 담을 수 없다. 따라서 외가, 친가 중에 하나만 골라 그 중에서 가장 핵심이 되는 내러티브를 찾아야 한다. 이야기의 길이는 자유롭게 정하면 된다. 처음부터 어느 길이로 써야지 하고 정해 둘 필요는 없다. 이야기 하나가 완성되면, 완전히 새로운 회고록에 다른 이야기를 시작해 보자.

형제자매나 친척들의 이야기도 취사선택하는 작업이 필요하다. 가족 역사를 기록한다고 해서 여러분의 모든 형제자매와 사촌들에게 의견을 물어볼 필요가 없다는 말이다. 과거를 함께 경험했더라도 그들이 기억하는 과거는 어차피 모두 다른 모습이다. 단, 형제자매나 친척들 가운데 어떤 사건을 특별한 관점에서 기억하는 사람이 있다면, 그래서 어떤 미스터리를 풀거나 내러티브의 연결고리를 만들 수 있는 사람이 있다면 그들의 이야기는 반드시 들어보는 게 좋다. 하지만 뭐니 뭐니 해도 회고록은 나의 이야기임을 잊지 말자. 과거의 기록, 사진, 편지, 일기장 등을 뒤져 그 안에서 이야기를 찾아내는 것은 자신의 몫이다. 내가 쓰고 싶은 이야기만 추리고, 나머지는 과감하게 버리자. 취사선택이 중요하다!

'우리 언니가 내 글을 보면 어떻게 생각할까?' 이런 생각은 하지 말자. 여러분이 회고록에서 가족 역사를 다 좋게 좋게 기록하는 게 아니라면, 분명 형제자매나 친척들의 따가운 시선이 느껴질 것이다. 가족들이 내 이야기에 동의하지 않을 수도 있다는 두려움은 가족 역사가 회고록으로 남겨지는 것 자체를 가로막는다. 하지만 세상 모든 가족들은 그들이 이만큼 잘 살아왔다는 이야기를 글로 남기고자 하는 욕구와 정당성을 가지고 있다. 만약 여러분의 형제자매가 여러분의 글이 마음에 안 들거든 그들은 그들 나름의 이야기를 새로 쓰면 될 일이다. 모든 이야기에는 각자의 진실이 있다. 여러분의 목표는 여러분 자신의 진실을 추구하는 것이다. 여러분이 회고록을 쓰는 이유는 지난 억울함을 토로하거나 나를 이해해주지 못했던 과거의 사람들을 비판하기 위해서가 아니다. 자신의 과거와 과거에 만났던 사람들을 공정하게 존중하도록 하자.

후기

피츠버그 파이어리츠 스프링 캠프에서 짐 릴랜드 감독과 코치들이 팀을 훈련하는 모습을 지켜보던 나는 야구가 참 비관적인 게임이라는 것을 실감했다. 타율이 3할(타자의 실력이 수준급이라는 것을 증명하는 기준)을 기록한다는 것은 다시 말해 10번 중 7번은 실패한다는 의미다. 또 아무리 뛰어난 투수라도 실책을 범하거나, 공이 바운드 되거나, 더 뛰어난 상대를 만나는 등의 불가항력을 종종 경험하곤 한다.

하루가 멀다 하고 선수들의 실패담을 듣던 나는 어딘가 모르게 익숙한 기분을 느꼈다. 그리고 어느 순간, 그 이유를 깨달았다. 글쓰기 역시 비관적인 게임이었던 것이다. 글을 쓸 때 처음부터, 아니 두 번째 세 번째가 돼도 좋은 문장을 생각해 내기는 참 어렵다. 아무리 뛰어난 작가라도 타율은 3할 정도다. 그만큼 자신이 글로 쓰고 싶은 것을 표현해 내기가 무척 어렵다는 말이다.

나는 이런 어려움에도 불구하고 어떻게 그 기나긴 시즌 동안 코치들이 선수의 사기를 "북돋을 수 있는지" 궁금했다. 그들을 관찰하던 나는 곧 긍정적인 마음가짐이 비결이라는 것을 깨달았다. "저는 절대 부정적으로 생각하지 않아요." 레이 밀러 투수 코치는 내게 이렇게 말했다. "조금이라도 부정적인 생각을 갖고 있으면 부정적인 일이 생기거든요. 마운드에서 공을 던지면서 '저 2루 주자가 득점을 하겠군'이라고 생각하면 그가 정말 득점을 하더라니까요. 놀라운 일이죠."

1988년 겨울, 나는 뉴욕의 한 고등학교에서 매주 한 번 글쓰기 수업을 진행했다. 나는 수업이 끝나면 매번 학생들이 제출한 과제를 싸들고 브레이든턴으로 향했다. 그리고 그곳에서 며칠 동안 머물며 짐 릴랜드 감독의 긍정적인 마음가짐을 보고 배웠다. 그렇게 한 주를 지내고 뉴욕으로 돌아와 다음 수업에 들어가면, 나는 파이어리츠 코치들의 모습에서 내가 글쓰기 교수법에 대해, 즉 자신감과 자존감에 대해 배우고 왔다는 사실에 놀라지 않을 수 없었다.

레이 밀러 코치에게는 그만의 독특한 의식이 하나 있었다. 그가 훈련을 담당한 신인 투수가 처음 메이저리그에 데뷔하면, 그는 직접 불펜에 가서 선수를 데리고 마운드에 올랐다. 그는 이렇게 말했다. "저의 가장 중요한 역할은 제가 훈련시킨 선수들 모두가 사람들 앞에서 떨지 않고 제대로 실력을 발휘할 수 있도록 도와주는 겁니다."

내 책은 이듬해 겨울, 우연히도 스프링 캠프 기간에 딱 맞춰 출간되었다. 나는 브레이든턴에 방문해 도서 홍보를 하고 맥크니 필드 구장에서 사인회를 가졌다. 그러던 어느 날 오후, 파이어리츠가 토론토 블루제이스와 경기를 하는 날, 나는 내가 시구자로 나서게 되었다는 소식을 들었다. 내가? 내가 시구를 하게 되다니! 나는 그동안 작게나마 이름을 날린 적이 몇 번 있었다. 우디 앨런 영화에 나왔고, 4컷 만화 주인공으로 등장했고, 가로세로 낱말 맞추기에도 여러 번 나왔었다. 하지만 시구는 이와는 차원이 다른 영광이었다.

내 책의 마지막 챕터는 파이어리츠가 플로리다에서 스프링 캠프를 마무리하고 피츠버그로 옮겨 쓰리 리버스 스타디움에서 정규 시즌을 시작하는 첫날에 대한 이야기였다. 그 이야기 중에는 당시 「로저스 아저씨네 동네」(Mister Rogers' Neighborhood)라는 프로그램을 20년째 진행하던 피츠버그 출신의 방송인 프레드 로저스가 시구자로 나섰던 일과 기타 여러 가지 프리게임 세리머니 이야기가 있었다. 그날 프레드 로저스의 시구가 얼마나 엉망이었던지 포수가 베이스 옆에서 직접 몸으로 막아야 할 정도였다. 나는 그 모습을 보고 '힘이 하나도 없구먼! 애들도 저 정도는 던지겠네'라고 생각했다.

그랬던 내가 지금 메이저리그 팀 야구공을 손에 들고 야구장 내야로 걸어가고 있었다. 갑자기 투수 마운드가 엄청나게 길고 멀어 보였다. 게이트를 막 지나는데, 갑자기 누군가 내 어깨 위에 손을 올리고 이렇게 말했다. "공을 어떻게 던져야 하는지 알려 드리지요." 그는 다름 아닌 레이 밀러 코치였다. 공 던지는 법을 배우기에 레이 밀러보다 완벽한 선생님도 없을 터였다.

그가 말했다. "중요한 건 굳이 마운드까지 가실 필요가 없다는 겁니다. 1루 중간 정도까지만 간 다음 포수 쪽으로 공을 던지면 됩니다."

1루 라인 쪽으로 걸어가자 누군가 내 이름을 부르는 소리가 들렸고, 책의 제목 『춘계훈련』이 야구장 전광판에 나타났다. 1루 중간쯤 도착해 뒤를 돌아보자 파이어리츠의 포수 주니어 오르티스가 서 있는 모습이 보였다. 그는 보호대와 마스크, 장갑을 끼고 의기양양하게 마운드를 쳐다보고 있었다. 내가 어떤 공을 던지든 다 받아낼 수 있다는 표정이었다.

나는 와인드업을 하고 오르티스의 장갑을 향해 공을 던졌다. 내가 던진 공이 높았는지, 낮았는지, 스트라이크존을 벗어났는지 기억나지 않지만, 내 공이 베이스 옆으로 빠지지 않고 포수에게 도착했다는 것만은 기억난다. 내가 망신당하지 않도록 레이 밀러 코치가 지도해 준 덕분이었다.

8
대학 캠퍼스의 삶

나는 예전에 2주 동안 오하이오 웨슬리언 대학에 머물며 강의를 한 적이 있었다. 내가 오하이오 웨슬리언의 아담한 인문대를 원래 좋아하기도 했거니와, 강사 업무도 마음에 들었기 때문에 나는 이것이 꽤 좋은 경험이 될 거라 생각했다. 단 강의를 하려면 한 가지 조건이 있었다. 나는 교수와 통화 중에 그 조건에 대해 언급했다.

나는 이렇게 말했다. "반드시 캠퍼스 게스트하우스에 묵어야 되는 게 아니라면 상관없습니다."

침묵이 흘렀다. 교수는 내가 묵고 싶은 숙소가 따로 있냐고 물었다. "시내에 홀리데이인 같은 호텔은 없나요?" 내가 물었다. 또 다시 침묵이 흘렀다. 교수는 대학건물과 도보 거리에 홀리데이인이 하나 있으니 그곳에서 지내면 될 것 같다고 말했다. 나는 좋다고 대답했다. 실제로 가 보니 퍽 마음에 들었다. 방문 강사로서의 이점은 누리되, 호텔 시설 덕분에 인간다운 삶을 누리는 것이 가능했으니 말이다.

델라웨어시는 메인 거리를 중심으로 한쪽에는 오하이오 웨슬리언 대학이, 다른 쪽에는 시내가 자리해 있었다. 나는 두 곳 모두 마음에 들었다. 일단 시내에 있는 평범한 카페――내가 좋아하는 미국적인 공간――에서 수수한 보통 사람들의 평범한 대화를 들으며 아침 식사를 할 수 있어서 좋았다. 무엇보다 가장 좋았던 것은, 하루 일과를 마치고 숙소로 돌아갔을 때 (대학 강사라면 누구나 좋아라 했을) 코카콜라, 감자칩, 초코바가 빼곡히 들어찬 자판기 여러 대가 눈앞에 서 있었다는 점이다.

캠퍼스 게스트하우스에 묵는 많은 방문 교수들이 이런 고설탕 고염분의 주전부리를 쉽게 구하지 못해 절망에 빠지곤 했다. 나 역시 불쌍한 상황을 경험한 적이 한두 번이 아니었다. 새벽 두 시에 불편한 매트리스 때문에 잠도 못 자고, 독서 램프가 없어 책도 못 읽고, TV조차 없어 그저 멀뚱멀뚱 깨어 있던 나는, 과연 이곳에 내가 있다는 걸 누가 알기나 하는지 궁금했다. 캠퍼스 게스트하우스는 늘 후미진 동네에 있었다. 한번은 일리노이에 강사로 갔을 때, 나를 백스터 게스트하우스까지 데려다 준다던 학교 관계자가 게스트하우스를 찾지 못하고 오밤중에 같은 곳만 뱅글뱅글 돈 적이 있었다(그는 "여기 어디쯤인데요."라고만 했다). 백스터 게스트하우스는 버즈와 트리시 백스터가 모교에 기증한 오두막집으로, 찾고 보니 깊은 숲속에 숨어 있었다. 나는 위층 창문에서 희미한 노란 불빛이 새어나오는 것을 보고 방에 독서램프 따위는 없으리라는 것을 알아차렸다.

"하우스 관리인인 해치 부인이 아침 식사를 준비해 줄 겁니다." 그는 이렇게 말하고, 맥주와 감자칩이 그득하게 쌓여 있고 환한 조명이 켜져 있을 자기 집으로 서둘러 돌아갔다. 해치 부인이라는 이름을 듣자 나는 예전에 만났던 한 해군 제독의 미망인이 떠올랐다. 내가 여러 번 거절했음에도 불구하고 거의 반강제로 지내야 했던 메릴랜드 대학 내 오래된 숙소가 있었는데, 숙소 관리인이 바로 그 미망인이었다. "방문객은 모두 여기서 지냅니다." 나를 숙소로 안내한 자는 19세기풍의 황동으로 만들어진 문고리를 두드리며 이렇게 말했다. "아침 식사를 하시는 동안 도빈스 부인이 재미난 바다 여행기를 들려줄 겁니다."

그 숙소에서 보낸 두 번의 밤과 두 번의 아침 식사는 내 인생두 번째로 최악의 경험이었다. 가장 최악의 경험은 디트로이트 근교에 있는 오클랜드 대학에서 작가 콘퍼런스에 참가했을 때의 일이다. 오클랜드 대학은 1960년대에 설립된 학교로, 철강 재벌 미망인 마틸다 다지 윌슨 부인과 부인의 두 번째 남편 알프레드 윌슨은 거대한 부지와 110개의 방이 딸린 대저택 메도 브룩 홀을 학교에 증여했다. 나는 그곳에서 열린 작가 콘퍼런스의 기조연설을 부탁받았는데, 콘퍼런스 관계자는 내가 와 있는 동안 메도 브룩 홀에 묵으면 참 좋을 거라고 했다. 기조연설 일정이 토요일 점심 무렵으로 확정되어, 나는 금요일 그곳에 도착해 참가자들과 저녁식사를 함께하기로 했다.

메도 브룩 홀은 1920년대 산업시대의 부호들이 미국 전역에 우후죽순으로 지은 튜더 양식의 대저택으로, 유럽 건축물을 모방한 작은 탑과 여닫이창이 있었다. 내가 도착하자, 그곳 관계자가 "저희가 특별한 것을 준비했습니다. 선생님께서는 알프레드 윌슨이 쓰던 침실에 묵게 되실 거예요!"라고 말했다. 섬세하게 장식된 나선형 계단을 따라 2층으로 올라가자, 리조트 호텔처럼 침실이 양쪽으로 늘어선 긴 복도가 나타났다. 알프레드 윌슨의 침실 옆에는 마틸다 부인의 더 커다란 침실이 있었다. 두 침실은 서로 연결되어 있었으나, 침실과 침실 사이 문에 박물관에서 흔히 볼 수 있는 벨벳 로프가 가로놓여 있었다. 침실은 부인이 생전에 사용했던 그대로 간직되어 있었다. 화장대 위에 놓인 빗과 브러시부터 시작해 그녀의 귀부인다운 취향을 말해 주는 소지품들이 여전히 그곳에 놓여 있었다.

우리는 문장이 새겨진 방패와 갑옷이 진열된 회랑에서 저녁 식사를 했다. 9시 반이 되자 학교에서 정해준 대로 모두 잠자리에 들었다. 딱히 갈 만한 데도 없었고, 딱히 할 만한 일도 없었다. 일찍 잠자리에 든 나는 자정쯤 땅땅거리는 소리가 크게 들려 잠에서 깼다. 처음에는 라디에이터 소리라고 생각했으나, 지금까지 한 번도 라디에이터에서 이렇게 큰 소리가 울리는 걸 들어 본 적은 없었다. 침실 전체가 진동할 정도였다. 소리가 잠잠해질 기미가 보이지 않자, 나는 문제의 라디에이터를 직접 찾아 나섰다. 하지만 라디에이터는 튜더풍 청동그릴 뒤에 있는 튜더풍 벽면 뒤에 숨어 있었다. 나는 라디에이터 밸브를 잠글 수 있을까 싶어 청동그릴을 잡아당겼다. 하지만 그릴은 단단하게 용접되어 있었다. 라디에이터에 도무지 손이 닿을 방법이 없었다. 위대한 개츠비가 살았을 1920년대부터 지금까지 그 상태로 계속 있었던 것 같았다.

나는 다시 침대에 누워 베개로 귀를 틀어막았지만, 땡땡거리는 소리는 베개를 뚫고 내 귀를 때렸다. 새벽 한 시 반, 나는 바지를 주워 입고 나선형 계단을 내려가 홀 정문에서 수위를 찾았다. "저 좀 따라와 보세요." 나는 그를 그 침실로 안내했다. 우리가 위층에 올라가기도 전부터 땡땡거리는 금속 소리가 귀를 울렸다. 수위는 놀란 눈치였다. "어디서 나는 소린가요?" 그가 물었다. 나는 윌슨 씨 침실에서 나는 소리라고 했다. "한 번도 들어 본 적이 없는 소리라서요." 그가 대답했다. 그는 나를 따라 들어와 튜더풍의 그릴을 자세히 살펴보더니, 딱히 손쓸 방법이 없을 것 같다고 했다. 나는 침실을 옮겼으면 좋겠다고 말했다. 그는 나를 데리고 모두가 잠든 조용한 복도를 지나 과거에 하녀들이 사용했던 작은 방에 데려다 주었고, 나는 그곳에서 드디어 휴식을 취할 수 있었다.

다음날 아침, 오전 일정이 없었으므로 나는 9시까지 늦잠을 자고 일어난 뒤 어젯밤 엉망으로 해두고 나온 월슨 씨 침실로 다시 내려갔다. 침실 옆에는 대리석으로 만든 거대한 욕실이 있었다. 나는 욕실에서 면도를 하고 샤워를 한 다음 수건 한 장만 두르고 그곳을 나섰다. 욕실을 나선 순간, 벨벳 로프 너머 마틸다 부인의 침실에서 여자 세 명이 나를 쳐다보고 있는 것이 느껴졌다. 나는 곧 콘퍼런스 참석자들을 재우고 먹이는 일이 끝난 메도 브룩 홀이 다시 관광지 모드로 돌아가 관광객을 입장시켰다는 사실을 알았다. 당연히 그 관광객들은 나의 존재를 예상치 못했을 터였다.

나는 조심스레 옷을 갈아입고, 식사를 하러 아래층으로 내려갔다. 하지만 메도 브룩 홀은 이미 토요일 일정대로 착착 움직이고 있었다. 아침식사 시간은 이미 끝나 있었고, 그곳 사람들은 아직도 이곳에 누군가 남아 있는 것이 성가신 눈치였다. 내가 어디서 기조연설을 하는지, 그곳까지 어떻게 가면 되는지 아는 사람이 아무도 없었다. 아닌 게 아니라, 그곳은 건물 이름과 건물 모양마저 모두 비슷비슷한 현대식 캠퍼스였던 것이다. 한 콘퍼런스 관계자가 나를 데리러 오기로 한 것을 기억하자 나는 감사한 마음마저 들 지경이었다. 그렇게 메도 브룩 홀을 떠나던 순간, 나는 뭔가 탁 하는 소리를 들었다. 라디에이터 소리가 아니었다. 앞으로 무슨 일이 있어도 홀리데이인 같은 숙소에만 가야겠다는 마음의 소리였다.

요즈음 나는 대학을 방문할 일이 있으면 공항 매점에 반드시 들러 허쉬 초코바와 구운 땅콩부터 챙긴다. 내게 있어 이 두 가지 간식거리는 여러 번 구세주 역할을 했다. 내가 깨달은 또 다른 사실이 하나 있다면 누군가로부터 연설을 부탁받았을 때 처음부터 응하면 안 된다는 사실이었다. 연설자가 일단 확보되고 나면 주최 측에서는 그에게 어떤 편의를 베풀어 주면 좋을지 관심을 두지 않기 때문이다.

나는 연설대에 있어서는 거의 전문가가 되었다. 연설대는 그 누구도 미리 준비해 두지 않거나("1층 보관함에 하나 있었던 것 같은데요."), 강의실 내 이상한 곳에 비치하거나, 높이가 허리까지밖에 오지 않거나, 전구가 들어오지 않거나, 전구는 있는데 고장 났거나 하는 경우가 다반사다. 어느 날, 불이 다 꺼진 어두운 강당에서 있었던 일이다. 한 교수가 나를 소개하며 대학 측에서 나를 초청하기 위해 몹시 노력했다고 강조해 말했다. 아닌 게 아니라 그 교수는 그날 행사 준비를 위해 무려 넉 달이나 공을 들였었다. 그러나 막상 연단에 오르자, 연설대가 강당만큼이나 깜깜해 아무것도 보이지 않았다.

"이거 불이 들어오나요?" 내가 물었다.

"그럼요." 그가 스위치를 까딱까딱하며 대답했다. 불은 들어오지 않았다. 그는 어깨를 한번 들썩하더니 자리에 앉았다. 나는 미소를 지어 보였다. "문제될 거 없습니다"라고 보이기 위해 미리 연습해 둔 미소였다. 나는 그날 공들여 쓴 연설문 대신

애드리브로 연설을 대신해야 했다.

나는 다음과 같은 시나리오를 굉장히 자주 경험한다. 시나리오는 대개 유서 깊은 대학 도시의 강의를 초청받는 것에서 시작된다. 강의는 프로싱엄 홀에서 7시 반에 열릴 예정으로, 일반 청중들도 강의에 참석할 수 있다. 학교에 도착하면 누군가 내게 "어떤 영문학과 관계자들이" 간단한 저녁식사를 함께 하고 싶어 한다고 전한다. 그러면서 "그런데 시내에는 괜찮은 식당이 없어요. 하지만 I-29 고속도로를 타고 16km만 나가면 꽤 괜찮은 스테이크 집이 있거든요. 거기서 5시 45분에 다 같이 만나기로 했습니다." 느낌적으로는 16km보다 훨씬 더 먼 것 같지만, 어쨌든 식당에 도착하긴 도착한다. 몇몇 사람들이 느릿느릿 자리를 잡는다. 아무래도 이 사람들이 내 강연을 듣기 위해 모인 것 같지가 않다. 나는 그들이 외식을 할 기회가 없어서 이곳에 오지 않았을까 싶다.

먼저 음료가 제공되고, 이어 식사가 나온다. 7시가 되자 사람들은 디저트를 주문한다. 나는 소화가 안 되는 느낌이다. 학교 관계자는 느긋한데 나 혼자만 시계를 쳐다보며 초조해한다. 나는 그에게 이제 출발해야 되지 않겠냐고 말한다. 그가 계산서를 받아 사인을 하고 나면 — 여기에만 10분이 걸린다 — 우리는 다른 교수들을 남겨두고 그곳을 떠난다. I-29 도로를 타고 돌아가던 중, 그는 학교로 돌아가는 길을 모르겠다고 돌연 고백한다. "표지판에는 저쪽이 북쪽이라는데요." 그가 말한다. "아까 거기서 좌회전을 했어야 되나요?" 여긴 그가 사는 동네지 내가 사는 동네가 아니다. 그는 또 이렇게 말한다. "보통 아내가 운전을 하거든요. 혹시 주변에 고가도로가 없는지 살펴봐 주세요."

7시 25분, 우리는 위태위태하게 프로싱엄 홀 주차장에 도착한다. 학교 관계자는 주차장이 만차된 것을 보고 놀란다. 내 강의를 듣기 위해 사람들이 전부 차를 끌고 온 덕분이다. "제가 주차를 할 테니 먼저 들어가세요." 그는 이렇게 말하며 나를 차 밖으로 쫓아낸다. "스미더스 교수가 선생님을 소개해드릴 겁니다. 누군지 보면 바로 아실 거예요. 수염을 기른 사람이에요." 나는 서둘러 건물로 뛰어 들어가 총알처럼 복도를 가로질러 무대 위로 올라간다. 정확히 7시 반이다. 강의가 끝나고 나면, 한 교수가 다음 날 나를 공항까지 데려다 주겠다고 한다. 그는 공항으로 빠져나가는 고속도로 출구를 놓치는데, 이제는 이런 것이 놀랍지도 않다. 대부분의 주최 측 사람들은 그 동네 공항이 어디 있는지 자체를 모른다.

이 사람들에게 구린 의도가 있는 건 전혀 아니다. 나를 학교에 초청한 사람들 모두 내게 좋은 이야기를 듣고 싶어 했고, 나는 그들이 베풀어 준 호의를 고맙게 생각했다. 내 말은 단지 현실이 늘 의도한 대로 되지 않는다는 얘기다. 이렇게 현실과 의도 사이의 간극을 몇 번 경험하자 해결책을 모색해야겠다는 생각이 들었다. 그 결과, 나는 내가 굳이 신경 쓰지 않아도 되는 세세한 일에 전부 관여하게 됐다. 나는 학교에 전화를 걸어 연설대 상태에 대해 먼저 묻는다. 누군가 나를 숙소에 내려 주면, 나는 그 자리에서 누가 나를 픽업할 예정인지, 그가 나타나지 않으면 누구에게 연락해야 하는지 물어본다. 나는 가급적 학교에서 멀리 떨어진 식당이 아닌, 학교 구내식당에서 식사를 한다. 나는 강의실에 제 시간에 도착해 연설대와 음향 상태를 먼저 점검한다. 지금 시간이 몇 시인지 학교 관계자에게 알려 주는 것도 내 몫이다. 고속도로에서 공항 표지판을 찾는 것도 이제는 내가 먼저 한다.

나는 이렇게 우여곡절을 통해 요령을 얻은 사람이 나 하나뿐일 거라고 생각했다. 하지만 여러 방문 교수들을 만나면서 그들도 비슷한 상황을 경험했다는 것을 알았다. "저도 그런 일이 있었어요." 다들 시내로 빠지는 고속도로 출구를 놓치거나 대학 게스트하우스에서 밤을 꼴딱 샌 경험이 있었다. 하지만 윌슨 씨 침실에서 묵었다는 사람은 세상에 나밖에 없었다.

내가 이렇게 미국 전역에 있는 대학, 학교, 신문사, 기업, 정부기관을 방문하며 글쓰기 강의를 하게 된 것은 1976년 『글쓰기 생각쓰기』라는 책을 발표한 것이 계기였다. 그리고 내가 그 책을 쓰게 된 것은 당시 예일대에서 맡았던 강의가 계기였다.

내가 강단에 서게 된 것은 삶을 송두리째 바꿔 보자는 자발적인 선택을 했었기 때문이다. 나는 이미 『뉴욕 헤럴드 트리뷴』을 퇴사하며 삶을 송두리째 바꾼 전력이 있었다. 내가 1946년에 입사했을 때만해도『뉴욕 헤럴드 트리뷴』은 미국에서 가장 우수한 기자들이 모인 신문사로 독자들로부터 높은 기사 품질과 편집 능력을 인정받았다. 기자들이 데스크에 기사를 올리면 수석 편집장은 수정에 수정을 요구하곤 했는데, 이는 단지 기자들을 훈련시키려는 목적이 아니었다. 편집장들은 글쓰기의 고귀함을, 최고만을 추구했다. 나는 신입 기자로서 그들이 추구하는 가치가 무엇인지 배웠으며, 이후 글을 쓸 때, 글을 편집할 때, 글쓰기를 가르칠 때 언제나 그들의 가치를 따랐다. 나는『뉴욕 헤럴드 트리뷴』이 내 평생직장이 될 거라 생각했다.

하지만 제2차 세계대전이 끝나면서 신문사는 점점 적자의 구덩이에 빠졌다. 인쇄비와 인건비가 급상승하자 신문사는 더 이상 재정이 탄탄한『뉴욕타임스』와 경쟁하며 부유한 독자층과 돈 많은 광고주를 확보할 수 없었다. 이에 신문사 소유주는 대중 독자층을 유인하기 위해 저속한 가십 칼럼, 광고가 난무하는 스포츠 섹션, 저녁 8시부터 판매하는 조기 석간신문 발행 등의 싸구려 대책을 마련했다. 그 결과『뉴욕 헤럴드 트리뷴』의 개성은 점점 사라졌고, 실력 있는 기자와 편집장은 물론 독자들도 신문사에 등을 돌리기 시작했다. 그렇다고 대중 독자들을 얻은 것도 아니었다. 그들은 신문사의 얄팍한 수작을 모르지 않았다.

나는 신문사가 추구하는 기준이 내가 추구하는 기준에 미치지 못한다는 것을 느꼈다. 더 이상 존경심이 들지 않는 회사에 계속 몸담고 싶지 않았다. 그러던 1959년의 어느 날, 나는 코니시 국장을 마지막으로 찾아가 신문사를 그만두겠다고 했다. 캐롤라인에게 전화를 걸어 퇴사 이야기를 전하자, 그녀는 "이제부터 뭘 할 거예요?"라고 물었다. 한 살 된 딸아이를 키우는 그녀로서는 당연히 궁금했을 것이다. 나는 "프리랜서 작가가 되어야지"라고 대답했다.

나는 그렇게 프리랜서 작가로 11년을 보냈다. 1960년대 초반까지만 해도 미국에서는 제너럴리스트로 먹고사는 게 가능했다. 잡지사들이 아직 텔레비전 방송국에 큰 광고주를 뺏기기 전이었기 때문이다. 나는 프리랜서 초반 주로『새터데이 이브닝 포스트』에 글을 기고했는데, 이 잡지사가 그만 망하고 말았다. 이후『룩』에 칼럼을 쓰기 시작했으나, 이 잡지사도 곧 망해 버렸다(이 시기『뉴욕 헤럴드 트리뷴』도 같이 망했다).『라이프』와 계약 후 전속 작가로 활동하기도 했으나,『라이프』역시 5년 후 망했다. 나는 이렇게 망해 버린 잡지사들과 과거를 함께했다. 이 같은 경험으로 내가 터득한 교훈이 하나 있다. 바로 내가 몸담고 있는 회사가 하루아침에 사라져도 놀라워할 필요가 없다는 사실이었다. 회사가 갑자기 망해도 내 갈 길만 잘 찾으면 된다. 자기 직업을 괜히 원망하며 기운을 뺄 필요가 없다. 언론사는 원래 소속 기자를 끔찍이 챙기지도 않았거니와, 앞으로도 그럴 것이다.

프리랜서 기자의 삶은 불안정할 뿐만 아니라 외롭기까지 했다. 딸 에이미와 아들 존마저도 유아원과 유치원을 다니느라 집에 없었다. 캐롤라인은 대학원에 등록해 아동발달 학자이자 지도자로서의 소중한 커리어를 막 시작했다. 아파트에는 적막만이 감돌았다. 나는 외딴 시골에서 작가생활을 꿈꾸는 인간이 아니었다. 나는 그런 곳이라면 한 문단도 글을 못 쓸 사람이다. 나는 문밖을 나서자마자 버스와 택시가 보여야 하는 도시형 인간이었다.

1968년 어느 날, 캐롤라인은 내게 "뉴욕 아닌 다른 곳에서 살아 보고 싶어"라고 말했다. 이는 4대째 뉴욕에서 살아온 내게 거의 이단행위에 가까운 생각이었다. 하지만 나는 친구들의 의견을 물어보기 시작했다. 에릭 라라비라는 한 친구가——그도 완전히 새로운 도시로 이사했던 경험이 있었다——이렇게 말했다. "변화란 삶의 활력소 같은 거야." 나는 한 번도 그렇게 생각해 본 적이 없었기에 변화가 두렵기만 했다. 그러나 그의 이야기가 내게 힘을 실어 주었다. 나는 예전부터 늘 다른 사람을 가르치고, 내가 배운 것을 남들에게 돌려 주고 싶었다. 하지만 과연 어디서 살아야 할까? 교외나 시골로 가고 싶지는 않았다. 그렇다면 가능성 있는 대안이 무엇일까? 대학 도시가 한 가지 대안이었다. 학구적인 도시에서라면 만족스러운 삶을 살 수도 있겠다는 생각이 들었다.

나는 도전해 보기로 했다. 나는 타자기 앞에 앉아 수많은 대학의 총장, 교무처장, 학장에게 보낼 편지를 쓰기 시작했다. 편지 내용은 학교에서 논픽션 글쓰기를 가르치고 싶다는 거였다. 『라이프』지에서 작가 수입을 받고 있으니 강사 보수는 부담가지지 않아도 될 거라는 얘기도 했다. 나는 명문대에서 나를 채용해 줄 거라 기대하지 않았다. 나는 일단 직업이 기자였고, 학위도 학사밖에 없었다. 따라서 나는 전통에서 벗어난 교육방식을 택하는 학교를 중심으로 편지를 보냈다. 캘리포니아 대학 산타크루즈 캠퍼스에서 긍정적인 답변이 왔고, 나와 캐롤라인은 학교를 둘러보기 위해 캘리포니아를 찾았다. 또 플로리다 대학에서 야심차게 설립한 뉴칼리지와 면접이 잡힌 덕분에 사라소타를 방문한 적도 있었다. 하지만 산타크루즈와 사라소타는 우리가 살고 싶은 곳은 아니었다.

편지를 보낸 총장, 교무처장, 학장들은 내게 꾸준히 답장을 보냈다. 그들의 답장은 모두 공손했다. 어느 누구도 나에게 정신 나갔다고 하는 사람은 없었다. 단지 학교 운영진인 그들은 3개년 계획, 5개년 계획, 대학 운영위원회, 교과과정 점검 같은 정해진 틀에 매여 있는 것 같았다. 쉽게 진행될 일이 아니라는 것만은 분명해 보였다.

그럼에도 불구하고 나는 포기하지 않았다. 나는 거절당했다고 비관하는 사람이 아니었다. 작가로 일할 때도 "죄송하지만 저희가 출간하기엔 어려울 것 같습니다"라거나 "현재로서 진행할 계획이 없습니다"라는 답장을 받았다고 해서 어떻게 나 같은 보석을 알아보지 못하냐며 편집장을 원망한 적은 없었다. 그럴 때면 커버레터를 새로 작성해 다음날 오전 다른 곳에 또 다시 기사를 보내곤 했다. 내가 독자 여러분에게 강조하고 싶은 것은 스스로를 부정적인 생각에 못박아두지 말자는 거다. 작가는 긍정적인 에너지를 만들어 낼 줄 알아야 한다.

거절 횟수가 늘어나자 나는 전방위적으로 접근하기 시작했다. 대학과 어떻게든 연관이 있는 사람이라면 가리지 않고 편지를 보냈다. 대부분은 친구와 지인들이었고, 내가 직접 만난 적은 없지만 개인적으로 좋아하는 작가들도 일부 있었다. 그들 중 적어도 한명은 좋은 기회를 알고 있지 않을까 싶었다. 요전에 산타크루즈에서 연락이 왔던 것도 『고독한 군중』의 저자이자 사회학자인 데이비드 리스먼이 중간에서 연락을 취해 준 덕분이었다. 그는 나를 직접적으로는 몰랐지만, 누군가 그에게 내 편지를 전달했고, 그가 나를 대신해 산타크루즈에 연락을 했던 것이다. 얼마나 친절한 분인가! 사람 일은 이렇게 서로 연결되게 마련이다. 많은 사람들에게 여러분의 꿈과 희망을 이야기하면 할수록, 언젠가는 연결되는 날이 온다.

내게도 마침내 그런 일이 찾아왔다. 내가 편지를 뿌리기 시작한 지 무려 2년째 되는 해였다. 1970년 어느 겨울날, 예일대 캘훈 칼리지 학장이자 유명한 영문학과 교수 R. W. B. 루이스의 전화를 받았다. 누군가에게 내 편지를 전달받았다고 했다.

그는 내가 기고했던 기사를 읽었다고 하면서, 캘훈 칼리지에서 논픽션 글쓰기를 한 학기 시험 삼아 가르쳐 보면 어떻겠냐고 제안했다. 캐롤라인과 나는 그의 제안에 모든 것을 걸고 뉴욕 아파트를 팔고 뉴헤이븐으로 이사했다. 뉴욕 아닌 다른 곳의 삶을 경험해 보고자, 우리는 한 번도 가 보지 않은 곳으로 터전을 옮겼다.

'논픽션 워크숍'이라는 단순한 이름의 강의가 예일대 수강 편람에 등록되었다. 수강 신청 기간 동안 무려 170명도 넘는 학생들이 내 강의를 신청했다. 하지만 글쓰기를 제대로 가르치려면 20명 정도가 적당했기 때문에 나는 대부분의 학생들을 돌려보내야 했다. 아마도 사회 분위기의 변화 때문에 학생들이 내 강의에 큰 관심을 보였구나 싶었다. 우리가 뉴헤이븐으로 이사한 것은 1970년 가을로, 그해 봄에는 베트남전쟁 반대 시위가 격렬해지면서 미국 전역 대학으로 시위가 확대되고 많은 학교들이 휴업을 선언했었다. 뉴헤이븐에서는 블랙팬서당의 폭력적인 시위 활동으로 재판이 진행되기도 했는데, 예일대는 다행히 큰 타격을 입지 않았다.

마침내 끝없던 반전시위가 사그라들었고, 미국은 지칠 대로 지쳐 있었다. 반체제 저항도 모두 자취를 감췄다. 우리가 예일대로 옮겼을 무렵, 미국 사회는 고요했다. 1960년대가 아예 존재하지조차 않았던 것 같았다. 학생들의 관심은 오로지 학업에만 맞춰졌는데, 그들이 가장 배우고 싶어 하는 것 중 하나가 바로 글쓰기였다. 자유방임주의가 지배했던 1960년대에는 고등학교 작문 교사들이 문법이나 구문에 얽매이지 않는 '자유로운' 글쓰기를 가르쳤다. 하지만 그렇게 배운 학생들은 스스로를 표현할 수 있는 방법, 그들이 살아가는 세상을 활용하는 방법을 배우지 못했다. 그런 학생들에게 내 강의가 사막 한가운데 우물 같이 느껴졌던 것이다.

예일대 영문학과 교수들은 학생들이 무엇을 원하는지 즉시 이해했다. 그때까지만 해도 영문학계에서는 글쓰기 분석과 '해체' 연구가 유행처럼 번지고 있었고, 예일대가 그 중심에 있었다. 그런 연구는 글을 쓰는 법보다 남이 써 놓은 글을 뜯어 분석하는 것을 더 중시했다. 그래서인지 당시 위대한 저서를 발표한 사람들 중에 영문학과 교수는 없었다. 대부분이 에드먼드 S. 모건, C. 반 우드워드, 조지 피어슨, 조너선 스펜스, 존 모턴 블룸 등 사학과 교수들이었다. 그랬던 영문학과는 다시 간결한 글쓰기로 관심을 옮기기 시작했다. 교수들은 미봉책이나마 뉴욕에서 일하고 있는 기자 몇 명을 초빙해 내 강의와 비슷한 글쓰기 수업을 진행했다. 이후 시간이 지나면서 비문학 창작이라는 예일대만의 교과목 프로그램이 개발되었고, 이는 오늘날 예일대 영문학과의 주요 교육과목으로 자리 잡았다.

나는 이후에도 계속 논픽션 글쓰기를 여러 과목 가르쳤고, 해학적 글쓰기 과정도 개설했다. 나는 다양한 학생들에게 글쓰기를 가르치고 싶었다. 미래에 기자가 될 학생들뿐만 아니라, 레이첼 카슨이나 올리버 색스처럼 어려운 과학 분야를 대중들에게 쉽게 설명해 줄 수 있는 과학자, 데이비드 매컬로나 에드먼드 모리스처럼 역사의 한 순간이나 한 사람의 인생을 재구성할 수 있는 전기 작가들이 내 강의를 수강했으면 했다. 내 강의를 들은 학생들은 훗날 『뉴욕타임스』, 『뉴요커』, 『애틀랜틱 먼슬리』 같은 언론사에 취직해 기자나 편집장이 되었다. 하지만 나는 기자 지망생 이외의 다양한 학생들에게도 간단명료하고 인간미 있는 글쓰기 방법을 가르치고 싶었다.

　나는 이후 두 번의 사건을 통해 예일대의 일원으로 편입하게 됐다. 1970년 가을, 예일대 동문회보의 편집장과 편집국장 자리에 갑자기 예상치 못했던 공석이 생겼다. 현직 기자가 예일대에서 강의를 하고 있다는 소식을 들은 동문회보 이사회는 내게 편집장을 맡아 줄 수 있겠냐고 물었다. 처음에는 중년의, 그것도 프린스턴 졸업생이 예일대 동문회보 편집장을 맡는 게 이상하지 않나 싶었다. 하지만 고민해 보니, 내가 예일대에 대해 알아가기에 이보다 더 좋은 방법이 있을까 하는 생각이 들었다. 예일대 동문회보는 편집장이라면 누구나 탐날 만한 독자층을 보유하고 있었다. 독자층 규모가 학부 및 10개 대학원 졸업생 11만 명에 달하는 데다, 거의 모든 전공과 분야를 아울렀기 때문이었다. 편집장이란 모름지기 호기심이 많은 사람이어야 하는데, 나는 지난 7년간 잡지사 편집장을 하며 호기심을 잘 키워 온 터였다. (작가나 기자들에게 한마디: 흥미로워 보이는 일이 생기면 무조건 도전하자.)

1973년에는 킹맨 브루스터 예일대 총장이 나를 브랜퍼드 칼리지 학장으로 임명했다. 브랜퍼드 칼리지는 예일대의 12개 기숙사학교 중 하나로, 모든 칼리지에는 학생들의 학교생활과 사회활동을 지도하는 학장이 한 명씩 배정되었다. 아름다운 고딕 양식 건물의 브랜퍼드 칼리지는 예일대 캠퍼스 한가운데 위치해 있었다. 이곳은 예일대 캠퍼스의 관광 필수 코스이자 학교 엽서에 빠지지 않고 등장하는 건물이었다. 우리 가족은 학장 공관에 입주해 6년을 살면서 400여명의 기숙사 학생들의 생활 리듬에 점차 익숙해졌다. 우리는 새벽 야심한 시각에 누군가 방문을 두드려도 더 이상 놀라지 않았다.(캐롤라인은 당시 예일대 근처의 한 학교에서 교장직을 맡고 있었다.) 브랜퍼드 칼리지에서는 예일대의 상징 하크니스 타워가 아주 멀리 보였는데, 우리는 그곳에서 울려 퍼지는 종소리가 브랜퍼드까지도 들린다는 것을 알게 됐다.

학장 업무는 프리랜서 작가의 외로움을 달래기에 그만이었다. 학장은 목회자들이 그러하듯 아침부터 밤까지 사람들을 소소하게 만나는 것이 주요 일과였다. 나는 당시 경험에 대해 딱 한 번 글을 쓴 적이 있다. 「대학이 주는 압력」이라는 제목의 장편 잡지기사로, 예일대 학부생들이 성적에 집착하는 워커홀릭이 될 수밖에 없는 네 가지 압력에 대한 내용을 다뤘다. 첫 번째는 학생들 본인이 원치 않는데도 법조인이나 의사 커리어를 강요하는 것과 같은 부모의 압력이었다. 두 번째는 학자금을 상환해야 된다는 재정적 압력이었다. 세 번째는 동료 학생들이 자기보다 더 높은 점수를 받고 있다고 느끼는 동료로부터의 압력이었다. 하지만 무엇보다 가장 심각한 것은 학생들이 스스로에게 가하는 압력이었다.

나는 학생들에게 인생을 살아 가는 데 있어 '옳은' 길이 하나만 있는 건 아니라고 이야기한다. 사람들 모두가 서로 다른 존재이며, 그들은 각자 출발점이 다르고 앞으로 나아갈 방향도 다르다고 이야기한다. 나는 학생들에게 변화는 삶의 활력소이며, 꼭 정해진 길만 밟으라는 법도 없고, 세상에 한계는 없다고 말한다. 이런 이야기를 들려주기 위해 나는 매주 수요일 오후 학생들과 차를 함께하는 자리를 마련하고 있다. 그리고 그 자리에 학문 외적으로 성공을 거둔 사람들 ─ 예일대 학생들이 쉽게 접하기 어려운 사람들 ─ 을 초청해 그들의 이야기를 편하게 들어 본다. 그간 기업 대표, 광고사 대표, 잡지사 편집장, 정치인, 공직자, 방송국 프로듀서, 브로드웨이 뮤지컬 프로듀서, 영화감독, 예술인, 작가, 음악가, 사진작가, 과학자, 사학자 등 다양한 유명인들이 자리를 함께했다.

나는 먼저 그들에게 현재 하고 있는 일을 어떻게 시작하게 되었는지 묻는다. 학생들은 대개 성공한 사람들이 처음부터 그 분야에서 시작했고, 자기가 원하는 일이 뭔지 알고 있었으리라 예상한다. 하지만 학생들의 예상과는 달리 대부분의 성공한 사람들은 여러 번 방황 끝에 지금 하는 일을 찾았다고 대답한다. 학생들은 크게 놀란다. 계획되지 않은 커리어라는 것을 상상할 수 없기 때문이다. 그들은 신의 도움이나 우연으로 인해 예상치 않았던 미래가 펼쳐질 수도 있다는 것을 상상해 본 적이 없다.

1979년 처음 발표된 위의 기사는 이후 수많은 교과서와 문학선집에 등장했다. 개인적으로는 원고료를 그만 받아도 좋으니 이제 그만 실렸으면 하는 바람이 있다. 25년 전이나 지금이나 상황이 그대로인 것을 원치 않기 때문이다. 하지만 내 이야기는 오히려 그 어느 때보다 오늘날 더 적절하게 와닿는다. 내 요지는 젊은이들이 너무 미래에만 얽매이지 않았으면 좋겠다는 것이다. 나는 젊은이들이 교육을 미래를 위한 준비과정 쯤으로 여기지 말고, 교육 자체에서 오는 풍요로운 경험을 누리길 바란다.

나는 브랜퍼드 칼리지에 있으면서 많은 학생 및 교직원들과 소중한 인간관계를 형성했다. 나는 요즘도 여러 도시에서, 특히 뉴욕 길거리에서 과거 제자들을 자주 마주치곤 한다. 비록 지금은 뱃살이 늘어나고 흰머리가 생겼지만, 그들의 얼굴에는 예전에 브랜퍼드 마당에서 원반 놀이를 하거나 건너편 식탁에서 식사를 하던 학생 때의 모습이 그대로 남아 있다. 미첼-러프 재즈 듀오의 프렌치호른 연주자 윌리 러프와 피아니스트

드와이크 미첼은 내가 브랜퍼드에서 알게 된 좋은 친구들이다. 당시 예일대 음대 교수이던 윌리 러프는 브랜퍼드 기숙사에 거주했다. 그는 최근 예일대 측에 듀크 엘링턴, 디지 길레스피, 베니 카터, 오데타, 마리안 앤더슨, 찰리 밍거스, 폴 로브슨, 호니 콜스 등의 위대한 흑인 음악가와 무용가 40명을 초청하는 자리를 제안했다. 그는 이 '듀크 엘링턴과 친구들'을 대학에서 정기적으로 초청해 예일대 학생과 뉴헤이븐의 흑인 청소년을 대상으로 공연을 하면 좋겠다고 했다. 그의 노력 덕분에 우리는 매년 브랜퍼드 칼리지 다이닝홀에서 열리는 공연을 시작으로 위대한 재즈 음악가들의 음악을 가까이 할 수 있게 되었다. 뉴욕에 거주 중인 드와이크 미첼은 항상 그 공연에 참가하곤 했다. 그의 재즈 피아노 연주는 내가 들어 본 연주 중에 최고였다.

나는 뉴욕으로 이사 후 미첼로부터 피아노 레슨을 받는가 하면, 취재차 러프와 미첼을 여러 번 만나기도 했다. 1981년에는 그들이 중국에 라이브 재즈 공연을 갔을 때 따라갔고, 1983년에는 러프가 베니스에 갔을 때 그와 동행했다. 그는 르네상스 베니스 악파에 영향을 준 성당 내부의 음향효과를 탐구하고자 늦은 저녁 산마르코 성당에서 프렌치 호른으로 그레고리안 찬트를 연주했다. 나는 그들과 동행한 이야기를 『뉴요커』지에 발표했고, 두 기사는 훗날 『윌리와 드와이크』라는 자서전에 수록되었다. 이 자서전은 2000년 『미첼과 러프』라는 제목으로 개정되어 출간되었으며, 지금까지 많은 학교에서 글쓰기 교재로 활용되어 왔다. 나는 지금도 이 두 사람과 친하게 지내며, 함께 워크숍 등지에서 글쓰기와 음악에 대한 흥미로운 이야기를 나누곤 한다.

내가 이런 이야기를 할 수 있는 것은 예일대가 이 모든 것을 내게 허락해 주었기 때문이다. 예일대 학장은 전통적으로 대학 교수 출신이 맡는 것이 관례였다. 그에 반해 나는 교수와 거리가 먼 일반인이었다. 그럼에도 불구하고 예일대는 나를 신뢰하고, 내게 강사로서의 삶을 허락했다. 내가 교수 출신이 아니라고 해서 그 누구도 나를 무시하거나 얕보지 않았다. 나는 이렇게 너그러운 혜택을 베풀어 준 데에 늘 감사하고 있다. 그리고 나처럼 선택의 기로에 놓인 사람들에게 내 이야기를 들려주고 싶다. 가령 대학 졸업을 앞둔 졸업반 학생들, 미래가 없는 직장에 다니며 변화를 꿈꾸는 회사원들에게 말이다. 여러분이 가진 선택권은 생각보다 그렇게 제한되어 있지 않다. 여러분이 일하고 싶어 하는 분야는 지레짐작하는 것만큼 그렇게 빡빡한 것을 요구하지 않을 수도 있다. 그러니 스스로 개성 있는 존재로 거듭나 보자.

이 문제를 작가와 기자의 관점에서 살펴보자. 여러분은 상사들이 모든 걸 다 알고 있다고 예단할 필요가 없다. 상사들도 사실은 잘 모른다. 위에서 시켰다고 그대로 하는 건 좋지 않다. 이는 여러분은 물론 잡지사나 독자들에게도 결코 득이 되지 않는다. 여러분의 장점과 호기심을 활용한 글을 써 보자. 아니면 더 좋은 아이디어를 내 보도록 하자. 행운은 스스로 만들어 가는 것이다. 어떤 한 가지 일은 다른 일로 자연스럽게 연결되게 마련이다. 변화는 삶의 활력소다. 내 이야기가 '긍정적인 사고방식' 운운하는 상투적인 이야기로 들릴 수도 있다. 하지만 긍정적인 사고방식은 내게 현실로 이어졌다. 여러분도 이를 현실로 만들 수 있다. 미지의 세계에 용감하게 도전하자. 세상 사람들이 여러분에게 뭔가를 너무 당연하게 기대한다면, 그를 과감하게 거부하자.

예일대에서 근 십 년간 강의했던 경험은『글쓰기 생각쓰기』라는 결실로 이어졌다. 1976년, 나는 논픽션 글쓰기에 대한 강의 내용을 책으로 엮어 보자고 결심했다. 그 당시 글쓰기 교재는 윌리엄 스트렁크 2세와 E. B. 화이트가 쓴『글쓰기의 요소』가 거의 시장을 독점하고 있었다. 워낙 학구적인 작가들 사이에서 인기가 높았던 책이라, 나는 굳이 이 책과 경쟁을 하고 싶은 생각이 없었다. 나는 비슷한 내용의 책 대신『글쓰기의 요소』를 보완하는 책을 만들고 싶었다. 이 책은 사실 이건 하고 저건 하지 말라는 규칙과 조언을 나열하는 식이라, 그 규칙을 다양한 형식의 논픽션 글쓰기에 어떻게 적용해야 하는지에 대한 이야기가 없었다. 나는 그런 내용을 다루는 책을 써 보기로 했다. 내가 강의에서 다룬 것이 바로 그런 것 ─사람과 장소에 대한, 과학과 기술에 대한, 역사와 스포츠에 대한, 음악과 예술에 대한 논픽션 글쓰기——이었다.

『글쓰기 생각쓰기』의 초판본은 두께가 얇았다. 입문서 글쓰기가 처음이었던 나는 지금까지와는 완전히 다른 스타일의 글을 썼다. 나는 작가가 아니라 선생님의 입장에서 독자들과 직접 대화했다("여러분은 …… 하게 될 것이다."). 독자들에게 글쓰기를 가르치는 것이 목적이었으므로, 내 글쓰기 방식에 대해서는 많이 이야기하지 않았다. 하지만 이런 묵언의 규칙을 깬 적이 몇 번 있긴 했다. 어떤 방식으로 글을 써 보니 문제가 해결되더라 하는 경험이 있으면 내가 그 경험을 통해 무슨 교훈을 얻었는지 이야기했다. "내게 도움이 됐다면 다른 작가들에게도 도움이 되겠지." 나는 주저리주저리 떠든 것에 대해 이렇게 정당화했다. 하지만 이는 중요한 돌파구였다. 책이 출간된 이후 나는 많은 독자와 교사들로부터 편지를 받았는데, 그들은 내가 글을 쓰면서 고민했던 점과 문제 해결방법을 독자들과 기꺼이 공유했다는 사실에 큰 관심을 보였다.

초판 출간 이후 나와 독자들의 신뢰관계는 더 견고해졌다. 전보다 두꺼워진 2차 개정판에는 독자들이 내 책을 읽으며 궁금해했던 내용과 그들이 책에서 다뤘으면 좋겠다고 생각한 주제를 담은 새로운 챕터가 포함되었다. 새로운 챕터 중에는 "업무와 관련된 글쓰기"도 있었다. 이후 나는 네 번의 개정을 통해 새로운 기술(워드프로세서의 사용), 새로운 사회적 트렌드(여성 논픽션 작가의 증가), 새로운 작가의 출현(다른 문화권 출신 작가의 증가), 새로운 문학 트렌드(회고록, 비즈니스, 과학과 스포츠 글쓰기에 대한 관심 증대), 언어의 다양한 변화에 대해 반영했다. 또『춘계훈련』과『미국의 장소들』이라는 새로운 장르의 책을 집필하며 터득한 사항도 언급했다. 마지막 챕터에는 나의 작가로서의 신조와 부모님의 가치, 부모님이 내게 미친 영향력에 대한 개인적인 이야기를 담았다.

이쯤 되자 나는 어떤 이야기가 독자들에게 도움이 될지 독자들이 내 판단을 믿어 주리라 생각하게 됐다. 비록 개인적이거나 특이한 나만의 경험담이라 할지라도 말이다. 나는 1993년 뉴욕 뉴스쿨 대학에서 일반인을 대상으로 '사람과 장소들'이라는 강의를 진행하면서, 좋은 글쓰기를 만드는 무형의 원인들에 대해 많은 관심을 갖게 되었다. 그리고 그 결과, 즐거움과 의도 같은 가치를 주제로 새로운 챕터를 썼다. 지난 개정판 이후 내가 글을 쓰는 과정에서 직접 터득하고 깨달은 내용들이 새로 출간되는 개정판에 업데이트되었다. 동시에 관련성이나 유용성이 떨어지는 내용들은 과감하게 삭제했다.

현재『글쓰기 생각쓰기』는 백만 권 이상 판매되며『글쓰기의 요소』를 보완하는 지침서로 자리 잡았다. 입문서 작가들에게 한 가지 조언하자면, 나는 독자들에게 내 모습을 진솔하게 보여 준 것이 스테디셀러를 만든 비결이라고 생각한다. 독자들은 지루한 강의를 듣는 게 아니라, 현역 작가의 이야기를 듣는 기분으로 내 책을 읽는다. 내가 혹시 주제넘게 이야기하는 건 아닐까 했던 걱정은 기우에 불과했다. 예술이나 기술을 배울 수 있는 가장 훌륭한 방법은 좋은 스승을 만나는 것이다. 글쓰기, 미술, 음악, 무용, 정원 가꾸기, 요리 등 스승으로부터 뭔가를 배우는 학생이라면 스승이 작업하는 방식이 궁금하게 마련이다. 물론 학생은 그 스승의 작업 방식을 마음에 안 들어 하거나 심지어 거부할 수도 있다. 하지만 학생은 적어도 스승을 본보기로 삼을 것인지, 아니면 더 나은 방식을 찾을 것인지 선택할 수 있다. 그러니 여러분도 스스로의 견문에 자신감을 가지고, 독자들에게 자기만의 이야기를 들려주도록 하자.

내가 책을 쓰면서 깨달았던 또 다른 문제는 글쓰기의 스타일이다. 작가들은 늘 자기의 글쓰기 스타일을 빨리 찾고 싶어 안달한다. 20대나 30대 초반, 당장이라도 글쓰기의 신이 강림해야 될 것마냥 초조하게 기다린다. 하지만 스타일은 스스로 만들어 가는 것이며, 대개 20~30대 이후에야 형성된다. 나는 50대에 『글쓰기 생각쓰기』를 쓰고 나서야 나만의 글쓰기 스타일을 찾았다. 그전까지 내 글쓰기 스타일은 진짜 나 자신보다는 타인에게 비춰지고 싶은 나의 모습 — 도회적 이미지의 에세이 작가, 칼럼 작가, 유머 작가 — 을 더 많이 반영했다. 선생님의 입장에서, 독자들에게 도움이 될 수 있는 지식을 전달하기 위한 목적으로 글을 쓰자 비로소 내 글쓰기 스타일에 나의 진짜 성격과 특징이 드러나기 시작했다. 나는 이제 어떤 글이 되었든 간에, 독자들에게 내 이야기를 솔직하게 들려준다. 나는 더 이상 무엇도 감추지 않는다.

1979년, 이제 이곳 생활을 접고 뉴욕으로 가 기자와 편집장이라는 주업으로 돌아가야겠다는 여러 조짐과 징후가 나타나기 시작했다. 일단 나는 여러 일을 한꺼번에 하느라 체력적으로 많이 지친 상태였다. 1977년에는 기존에 하던 일 외에『뉴욕타임스』지의 홈섹션에도 매주 칼럼을 기고했다. 뿐만 아니라, 연달은 결별로 마음고생도 겪었다. 아버지가 돌아가셨고, 내 눈에서는 망막이 떨어져나갔고, 딸 에이미는 대학에 진학해 먼 곳으로 떠났으며, 아내 캐롤라인도 뱅크스트리트 아동학교의 임원으로 발령받아 뉴욕으로 옮겼다. 공관에는 나와 아들 존 둘만 남게 되었는데, 존 역시 그해 가을 대학에 입학할 예정이었다. 하지만 다른 어떤 이유보다도 나는 안정적인 수입이 필요했다. 교수 월급과 복지 혜택이 주어지는 예일대의 다른 학장들과 달리 나는 종신 교수가 아니라 직업 안정성이 없었다. 나는 예일대 영문과에 발만 살짝 걸친 프리랜서 학장이자 프리랜서 강사였다. 그 당시 나는 프리랜서 생활만 20년째였다. 내 삶에는 무엇보다 안정감이 필요했다.

하지만 어떤 직종에 취직을 해야 할까? 나는 이미 고용주들이 반길 만한 나이가 지난 지 오래였다. 어떤 한 가지 일이 다른 일로 자연스럽게 연결된다는 말이 이번에도 먹힐까? 나는 확신할 수 없었다. 힘든 시기가 이어졌고, 나는 기분이 유쾌하지 못했다.

내가 할 수 있는 일은 딱 하나였다. 나는 타자기 —예전에 대학 총장, 교무처장, 학장에게 편지를 보낼 때 사용했던 바로 그 오래된 언더우드 타자기— 앞에 다시 앉아 이력서를 쓰기 시작했다. 구직 활동중인 브랜퍼드 학생들에게 이력서 쓰는 법 —그럴듯하게 보이는 이력서를 작성하는 법—을 익힌 다음, 나는 뉴욕에서 그간 알고 지냈던 다양한 사람들에게 이력서를 동봉한 편지를 보냈다.

그렇게 하루 이틀이 흘렀고, 전화벨은 울리지 않았다. 그러던 어느 날, 드디어 전화벨이 울렸다. 편지를 받은 두 명의 지인이 내 이력서를 '이달의 북클럽(Book-of-the-Month Club)' 대표인 앨 실버맨에게 보냈는데, 그는 마침 북클럽의 수석 편집장을 맡아 줄 사람을 물색하던 참이었다. 그는 내게 인터뷰를 위해 뉴욕에 와 줄 수 있는지 물었다. 나는 한달음에 뉴욕으로 향했고, 그곳에서 나의 행운의 천사를 만났다.

그해 학사 일정이 모두 마무리된 6월, 나는 브랜퍼드 학장 공관에서 짐을 정리하고 나와 뉴욕으로 돌아왔다. 앨 실버맨은 나를 렉싱턴 애비뉴가 내려다보이는 넓은 사무실로 안내하며, 이곳에서 예일대 이후의 삶이 펼쳐질 것임을 보여 주었다.

9
이달의 북클럽

앨 실버맨은 아마 두 가지 이유 때문에 나를 수석 편집장으로 채용해도 좋겠다고 생각했을 것이다 ── 어떤 한 가지 일이 다른 일로 자연스럽게 이어진다는 것이 또 한 번 증명된 셈이다. 첫 번째 이유는 『글쓰기 생각쓰기』가 이달의 북클럽에서 인기 있는 책이었다는 것, 두 번째 이유는 내가 이달의 북클럽을 생판 모르는 사람이 아니었다는 사실이었다. 1966년, 이달의 북클럽 창업자 해리 셔먼은 북클럽 창설 40주년과 200번째 도서 선정 기념으로 내게 북클럽 역사에 대한 글을 부탁한 적이 있었다. 그는 내 글을 전에도 본 적이 있었다. 몇 년 전 북클럽에서 바흐의 미사곡 B단조 특별 음반을 제작한 적이 있었는데, 그 음반의 소책자에 글을 썼던 사람이 나였기 때문이다.

북클럽 역사에 대해 글을 써달라는 제안은 상당히 구미가 당겼다. 이달의 북클럽은 일반적인 기업 이상의 의미가 있었다. 이달의 북클럽이라는 이름이 하나의 명사로 자리 잡았을 뿐만 아니라, 일상 대화와 농담 소재로 등장할 정도의 존재감을 확보했기 때문이었다. 만화가 헬렌 호킨슨이 『뉴요커』지에 실은 만화 중에 이런 내용이 있었다. 동네 도서관에 자주 들르던 한 여성이 어느 날 도서관 사서에게 "맥도널드 양, 전 도서관에 더 이상 안 오게 될 것 같아요. 이달의 북클럽에 가입하게 됐거든요"라고 말하는 장면이었다. 내가 어렸을 때, 내 친구들의 집 책장에 꽂혀 있는 책들 중 절반은 북클럽에서 추천한 책이었다. 윈스턴 처칠이 쓴 역사책 『제2차 세계대전』과 윌, 아리엘 듀란트 부부의 『문명이야기』는 전국 모든 집에 하나씩은 갖춰져 있었다. 한번은 북클럽 회원권을 선물 받은 적이 있는데, 내가 선뜻 고르기 쉽지 않았을 지도책과 문학 선집, 기타 유용한 내용의 책을 북클럽에서 여러 차례 엄선해 보내 줬던 기억도 난다. 누군가 나를 중요한 북클럽 회원이라고 생각했던 모양이다. 대체 누구였을까?

이달의 북클럽은 칙칙한 공장과 창고 건물이 밀집되어 있는 로어 맨해튼 지역의 허드슨가 345번지에 있었다. '문학'과는 별 상관이 없어 보이는 장소였다. 체구는 작지만 기품 있어 보이는 79세의 노인 해리 셔먼에게서는 자수성가해 만족스러운 삶을 살아온 기업인의 모습이 보였다. 그가 착안해 낸 북클럽이라는 아이디어는 20세기 최고의 마케팅 전략 가운데 하나로, 그는 이 회사를 통해 북클럽을 현실로 만들었다. 대부분의 가족기업들과 마찬가지로, 이곳에도 해리 셔먼의 가족 직원들—또는 그가 가족처럼 여기는 직원들—이 근무하고 있었다. 프론트 오피스에서는 책 원고를 검토 중인 편집자들의 모습이 보였고, 넓은 백오피스에서는 서류함과 라벨 프린터가 마련된 책상에 앉아 그날그날의 북클럽 주문을 처리하는 여직원들이 보였다. 직원들은 다정하고 가족 같은 분위기에서 해리 셔먼을 위해 헌신하고 있었다.

이 모든 것의 중심에는 책에 대한 깊은 애정이 존재했다. 회사에 대해 설명하는 해리 셔먼의 모습에서 나는 젊은이의 열정을 엿보았다. 그는 여전히 자신을 매료시키는 책의 힘에 경이로움을 느꼈고, 새로운 주제와 신선한 문체의 글을 쓰는 작가들을 만나고픈 열의에 사로잡혀 있었다. 그가 북클럽 초기 40년 역사에 대해 회상하는 모습을 지켜보던 나는 독특한 개성을 지닌 책이 그의 삶에 파고들어 완전히 그의 삶의 일부분으로 자리 잡았음을 깨달았다. 양질의 책을 중시하는 그를 보고 있자니 품질을 최고로 여기던 아버지 생각도 났다.

그 후 13년이 지났고, 이달의 북클럽은 허드슨가의 공장촌에서 멀리 떨어진 맨해튼 북쪽의 렉싱턴 애비뉴로 회사를 이전했다. 이때부터 많은 것들이 눈에 띄게 바뀌었다. 1969년 해리 셔먼이 사망한 뒤 그의 사위인 액셀 로진이 회사를 물려받았고, 그는 퀄리티 페이퍼백 클럽(Quality Paperback Club) 등 소규모 북클럽 대여섯 개를 만들며 사업을 더 크게 확장했다. 서류함과 라벨 프린터로 수작업을 하던 여직원들은 사라지고, 대신 북클럽 회원 관리와 책 배송은 펜실베이니아 캠프힐에 있는 현대식 공장과 창고에서 모두 이뤄졌다. 무엇보다 가장 큰 변화는 더 이상 가족기업이 아니었다는 사실이었다. 은퇴를 앞둔 로진은 회사를 외부에 매각하고자 했고, 결국 미디어 그룹 타임이 이달의 북클럽을 인수했다.

하지만 자세히 들여다보면 사실 바뀐 것은 하나도 없었다. 내가 1979년 여름 출근하게 된 회사에서도 예전처럼 대학교 영문학과 같은 한적한 분위기가 느껴졌다. 편집자들은 검토를 기다리는 원고더미에 둘러싸인 채 안락의자에 앉아 글을 읽고 있었다. 한 편집자는 회사를 방문한 배관공이 자신에게 이렇게 말했다고 했다. "여긴 뭘 하는 회사인지 모르겠군요. 다들 하루 종일 책만 들여다보고 있네요." 하지만 무엇보다 마음이 놓였던 것은 앨 실버맨이 해리 셔먼을 잇는 완벽한 적임자였기 때문이었다. 그는 책이 사람들의 삶을 변화시킬 수 있는 힘을 가지고 있다고 믿었고, 북클럽은 회원들에게 좋은 신간서적을 소개해야 할 의무를 다해야 한다고 생각했다. 나는 그가 셔먼으로부터 이러한 가치를 직접 전수받은 게 아닐까 생각했지만, 따지고 보면 두 사람은 한 번도 실제로 만난 적은 없었다. 『스포츠』지에서 편집자를 지낸 실버맨이 이달의 북클럽에 합류한 것은 1972년이었다. 하지만 나는 두 사람 사이에서 하나의 연결고리를 발견했다.

　"이달의 북클럽이 만들어진 해 제가 태어났죠." 실버맨이 내게 말했다. "저는 어렸을 때 이모와 함께 매사추세츠주 린에서 살았어요. 이모는 고등학교 교사였는데, 어린 학생들이 당시 대공황시대를 헤쳐나가기 위해 필요한 타이핑과 각종 기술들을 가르치셨죠. 제 부모님은 제게 책을 사 주실 만큼 형편이 좋지 못했어요. 하지만 이모는 독서를 무척 좋아해서 이달의 북클럽에 회원으로 가입했죠. 저는 이모가 북클럽에서 처음 받았던 책이 지금도 기억나요. 프란츠 베르펠의 책『무사 다그의 40일』이라는 책이었죠. 이모는 그 책을 무척 좋아했어요. 이모가 결혼해 우리 집을 떠날 때까지 이모는 북클럽에서 계속 책을 받아 읽었어요. 저는『무사 다그의 40일』을 읽어 본 적은 없어요. 어린이 백과사전 보는 걸 더 좋아했으니까요. 사실 저는 한자리에 가만히 앉아 있는 걸 어려워했어요. 그래서 3학년 때 하루는 모리아티 선생님께서 저희 어머니를 호출하신 적이 있었죠. 애를 도대체 어떻게 해야 할지 모르겠다고요. 어머니께서 제가 책 보는 걸 좋아한다고 말씀드리자, 모리아티 선생님은 최후의 수단으로 저를 도서관에 데려가 책 읽는 습관을 갖게 하면 어떻겠냐고 제안하셨답니다. 그렇게 저는 매주 패럿가에 있는 린 공공도서관에 가 한 주 동안 읽은 책을 반납하고 새로운 책을 가져오는 것이 일과가 되었어요. 제가 책을 좋아하게 된 계기가 그때 경험 때문인지, 아니면 이달의 북클럽 때문인지는 잘 모르겠습니다. 저는 개인적으로 이달의 북클럽 때문이라고 생각해요. 제가 밥 벌어먹고 살 수 있게 해 준 회사니까요."

내가 이후 8년 동안 밥 벌어먹고 살 수 있게 만들어 준 것도 이달의 북클럽이었다. 나는 난생 처음 직장인의 기분이란 어떤 것인지를 실감했다. 오전 8시 반부터 오후 4시 반까지의 근무시간은 사실 충격으로 다가왔다. 하지만 그 외의 것은 모두 마음에 들었다. 예일대에 있을 때는 매년 새로운 학생들이 들어오고 나갔기 때문에 늘 변화에 둘러싸여 있었다. 하지만 이제 내 주변에는 직업에 대한 강한 애착을 갖고 있는 사람들이 있었고, 나는 그 공동체의 일원이 되었다. 그 당시 이달의 북클럽에는 매년 5천여 권의 책이 모여들었다. 뉴욕의 대형 출판사와 앨라배마의 소규모 출판사부터 시작해 해외 출판사, 전문 서적 출판사, 대학 출판부까지 각종 출판사에서 보내온 책이었다. 정식 출간을 7, 8개월 앞두고 그냥 종이뭉치에 인쇄한 상태로 보내지는 원고에는 독자의 시선을 끄는 눈요깃거리 따위가 전혀 없었다. 작가의 멋들어진 프로필 사진이나 요란한 표지, 인간 본질에 대한 작가의 통찰력을 들먹이는 책 뒷면의 찬사 같은 것이 전혀 없었다는 이야기다.

어느 출판사에서 보냈건 원고 상태가 어떻건 북클럽에서는 모든 원고를 꼼꼼하게 검토했다. 나는 매주 목요일 아침 북클럽 편집자들과 한자리에 모여 한주 동안 읽은 책에 대해 이야기하는 시간을 늘 기다렸다. 우리가 모이는 회의실은 도서관과 분위기가 비슷했다. 회의실 선반 위에는 북클럽이 1926년부터 추천한 책들이 차례차례 꽂혀 있었고, 회의실 벽에 걸려 있는 해리 셔먼과 도로시 캔필드 피셔, 크리스토퍼 몰리, 윌리엄 앨런 화이트 등 북클럽 초대 심사위원들의 초상화는 우리가 회의하는 모습을 엄중하게 지켜보고 있었다. 유명한 문학인들로 구성된 북클럽 심사위원은 매년 15차례의 회의를 통해 북클럽의 주요 추천도서를 선정하는 임무를 맡았다. 우리 같은 편집자들은 주요 추천도서를 대체할 수 있는 추가 도서를 선정했고, 이를 매달 북클럽 회원들에게 보냈다.

북클럽 역사에 대한 글을 쓰면서 초기 심사위원들이 추천도서 선정 원칙을 정하는 데 있어 많은 시행착오를 거쳤음을 알게 되었다. 북클럽의 1기 심사위원단 대표였던 헨리 사이들 켄비는 이렇게 말했다. "단순한 진실을 깨닫는 데 오랜 시간이 걸렸습니다. 우리가 선정했던 추천도서는 대중 독자들이 어떤 책을 좋아할지 판단한 결과가 아니었습니다. 그들이 어떤 책을 좋아할지 우리는 몰랐기 때문입니다. 물론 출판사들도 몰랐고요. 북클럽 실적이 별로 좋지 못했던 초반에는 적당히 괜찮아 뵈는 책을 추천한 적도 있었습니다. 심사위원들 수준에는 못 미쳐도 대중 독자들의 입맛에는 맞지 않을까 생각한 것입니다. 하지만 그런 추천도서는 한 번도 성공한 적이 없었어요. 우리는 결국 좋은 추천도서를 선정하는 기준은 단 하나, 바로 우리 심사위원들이 좋다고 생각한 책을 선정하는 것임을 깨달았어요. 우리가 좋다고 생각한 책은 대중들도 좋아한다는 걸 알게 된 것입니다. 책을 고르는 안목은 낮을지 몰라도 대중들의 취향은 건전하고 훌륭했습니다. 하지만 대중들은 너무 수동적인 것은 원하지 않았습니다. 우리가 비슷비슷한 도서를 추천하면 그들은 왠지 모르게 실망하는 기색을 보였죠. 독자들은 그들이 좋다고 생각하는 책뿐만 아니라 전에 읽었던 것보다 더 좋은 책, 전과는 다른 책을 원했습니다."

이렇게 하여 미국 일반 가정에 전에는 볼 수 없었던 훌륭한 문학 작품들이 하나둘 소개되기 시작했다. 그전까지만 해도 미국인들은 좋은 문학을 접할 기회가 많지 않아서, 고작 『벤허』 같은 옛날 소설을 읽는 것이 전부였다. 그러나 1920년대 후반 이달의 북클럽은 이디스 워튼, 싱클레어 루이스, 엘렌 글래스고, 일리너 와일리, 칼 샌드버그, 스티븐 빈센트 베넷, 펄 벅, 윌라 캐더, 손턴 와일더, 조지 산타야나, 로버트 프로스트, 존 스타인벡의 문학 작품을 전파하기 시작했고, 덕분에 미국인들의 독서 수준은 전에 없이 크게 향상되었다. 뿐만 아니라, 많은 미국인들에게 여전히 낯설게 느껴졌던 해외 작가들의 작품이 널리 알려졌다는 것도 주목할 만한 일이었다. 그 중에는 존 골즈워디, 버지니아 울프, 허버트 조지 웰스, 알프레드 E. 하우스먼, 토머스 에드워드 로렌스 등 아주 생소하지만은 않은 영국 작가들도 있었다. 하지만 대부분은 시그리드 운세트, 토마스 만, 생텍쥐페리, 앙드레 말로, 슈테판 츠바이크처럼 미국인들에게 완전히 낯선 유럽 대륙 출신의 작가들이었고, 이들의 작품을 이해하기 위해서는 유럽의 오랜 문화와 그에 따른 철학적 지식이 필요했다.

북클럽이 새로운 문학작품을 소개한 대표적인 예로 덴마크 작가 카렌 블릭센을 꼽을 수 있다. 1934년, 북클럽 심사위원 도로시 캔필드 피셔는 블릭센의 소설 『일곱 개의 고딕 이야기』 원고를 유심히 살펴보았다. "굉장히 특이한 소설이더군요. 대단히 정교하면서도 다채로운 이야기가 마치 처음 보는 과일이나 포도주 같다는 생각이 들었어요. 한 번도 그런 이야기를 본 적이 없었죠. 그래서 몇몇 출판사에 원고를 전달하며 출판을 제의해 봤지만, 다들 원고를 받기가 무섭게 거절하면서 대체 작가가 무슨 이야기를 하려는 건지 알 수가 없다고 하더라고요. 그러다 마침내 랜덤하우스의 로버트 하스에게 원고가 갔어요. 그도 처음에는 다른 사람들처럼 얼떨떨한 반응이었지만, 주변 동료들에게 읽어 보라고 했더니 모두들 반응이 열광적이었다더군요. 심지어 마케팅 직원들마저도요. 이야기의 낯섦이 매력 요소였던 것이죠." 그렇게 카렌 블릭센의 원고는 여러 출판사를 돌고 돈 끝에 미국에서 출판되어 이달의 북클럽 선정도서로 소개되었다. 그리고 『일곱 개의 고딕 이야기』와 블릭센이 4년 후 출간한 두 번째 소설 『아웃 오브 아프리카』는 미국 독자들에게 큰 사랑을 받았다.

원래 다섯 명의 초기 심사위원들은 투표를 통해 추천도서를 선정했다. 하지만 매번 2위로 꼽았던 책이 1위로 선정되는 일이 벌어지자, 심사위원들은 투표방식을 포기하기에 이르렀다.

켄비의 설명에 의하면 그들은 대신 퀘이커 교도들의 전통적 회의 방식을 따랐다고 한다.(심사위원 다섯 명 중 세 명이 퀘이커 가문 출신이었다) "다수가 소수를 설득하지 못할 경우 그 책은 추천도서에서 제외하기로 했는데, 우리의 선택이 옳았음이 이후 여러 차례 증명되었습니다. 회의를 하면 할수록 처음에 생각했던 것보다 책의 장점에 대해 더 많이 알게 되었거든요."

이것이 바로 이달의 북클럽을 성공으로 이끈 요인이었다. "추천도서를 결정하는 요인은 결국 책의 내용입니다." 셔먼은 내게 이렇게 말했다. 그러다 보니 정통문학과는 거리가 먼 도서를 선정하는 바람에 심사위원들이 난감해하는 경우가 종종 발생하기도 했다. 가령 1951년 북클럽에서 제롬 데이비드 샐린저의 『호밀밭의 파수꾼』을 선정했을 때만 해도 이 책은 사람들에게 전혀 알려지지 않은 상태였다. 파격적인 책 제목 때문에 걱정이 되었던 셔먼은 샐린저와 점심식사를 하던 중 그에게 보다 평범한 제목으로 바꿔보면 어떻겠냐고 제안했다. 샐린저는 잠시 생각해 보더니 이렇게 답했다고 한다. "홀든 콜필드라면 제목을 그대로 뒀을 거예요."

1979년 이달의 북클럽에 합류하게 된 나는 예전과 변함없이 책의 위대함을 믿는 북클럽의 모습에서 부러움을 느꼈다. 그리고 과거에 해리 셔먼의 부탁으로 글을 썼을 때 북클럽에 느꼈던 애정이 되살아나는 것을 느꼈다. 나는 북클럽의 인하우스 편집장을 맡아 북클럽의 뉴스지와 다양한 출판물을 편집했다. 뿐만 아니라, 북클럽 강의와 행사를 진행하는 업무도 담당했다. 앨 실버맨은 북클럽이 교육적인 역할을 해야 한다고 믿었기에 나는 그가 독자들을 위해 준비한 많은 프로젝트를 기꺼이 도와주었다.

내가 담당했던 행사 중 가장 재미있었던 것은 1986년 북클럽 60주년을 맞아 뉴욕 공립도서관에서 진행했던 전시회였다. 그 당시 이달의 북클럽은 총 4억 4천만 권이 넘는 책을 배포했다. 나는 북클럽이 어떻게 미국의 책 문화에 기여했는지 시대별 이야기를 소개하고 싶었다. 동시에, 나는 전시를 통해 책이 현실과 동떨어진 존재가 아니라는 점을 강조하고 싶었다. 책이란 사회적 유기체이자 역사적 순간의 산물이요, 사회적 변화의 원동력이기 때문이다. 우리는 도서관 로비에 60개의 진열 선반을 설치하고(선반 하나가 북클럽의 1년을 의미했다), 각 선반 위에 매년 북클럽에서 선정했던 중요한 책의 초판을 전시했다. 초기에 선정된 책은 대부분 소설책이었다. 하지만 시간이 점점 흐르면서 레이첼 카슨, 랠프 네이더, 벤저민 스포크, 노먼 빈센트 필, 베티 프리단 등 미국인들의 사고방식과 세계관에 지대한 영향을 미친 논픽션 작가들의 작품이 눈에 띄게 나타났다. 전시된 책 옆에는 그해의 주요 문화 흐름을 파악할 수 있도록 연극 포스터, 영화 스틸컷, 신문 헤드라인, 『라이프』 지의 표지, 각종 음악회와 발레 공연, 미술 전시회 팸플릿, 과학과 기술, 건축, 디자인 부문에서 두각을 나타냈던 사건을 담은 사진을 함께 전시했다.

아래 이어지는 글은 당시 진열 선반에 내가 짤막하게 써둔 설명문에서 발췌한 것이다.

[1928년]

미국 남북전쟁에 대한 서사시 「존 브라운의 주검」은 독자들이 운문으로 된 글을 두려워하지 않는다는 것을 보여 주었다. 또한 『사모아의 청소년』을 통해 마거릿 미드라는 작가와 인류학이라는 분야가 미국에 널리 알려지게 되었다. 하지만 뭐니 뭐니 해도 미국 지형에 가장 큰 변화를 가져온 사건은 독일의 건축학교 바우하우스가 폐쇄된 일이었다. 학교가 폐쇄되자 발터 그로피우스, 미스 반 데어 로에 같은 혁신적인 독일 건축가와 디자이너들이 미국으로 몰려들었다. 그들 중 한 사람이었던 마르셀 브로이어는 1928년 그 유명한 바실리 의자를 미국에 선보였다.

[1930년]

싱클레어 루이스는 소설 『배빗』으로 미국인 최초의 노벨 문학상 수상자가 되었다. 프랑스 파리 출신의 한 화가는 많은 어린

이들의 사랑을 독차지한 '코끼리 왕 바바'라는 캐릭터를 만들었다. 뉴욕 현대미술관은 사진부를 만들어 사람들이 지금까지 취미 정도로 여겨왔던 사진을 하나의 예술로 인정했다. 또한 우아한 자태를 뽐내는 크라이슬러 빌딩이 완공되어 건축 디자인의 새로운 기준을 제시하는 뉴욕 마천루의 효시로 자리잡았다.

[1932년]

투우에 관심이 깊어진 헤밍웨이가 새로운 소설을 한 편 출간했고, 대실 해밋은 『그림자 없는 남자』를, 로라 잉걸스 와일더는 『초원의 집』을 발표했다. 두 작품의 성격은 완전히 달랐지만, 둘 다 큰 인기를 누렸다. 1932년은 멋진 일이 많이 일어난 한 해였다. 프레드 앨런과 잭 베니의 코미디 프로그램이 인기를 끌었고, 세계 최대의 극장 라디오시티뮤직홀이 개관했으며, 영화 「킹콩」이 개봉했고, 폴저 셰익스피어 박물관이 세워졌다. 반면, 1932년에 유행했던 노래 제목은 「형제여, 10센트만 적선해 줄 수 있겠나?」였다.

[1935년]

매력적인 캐릭터의 주인공이 등장하는 클래런스 데이의 『아버지와의 생활』은 훗날 연극으로 상영되어 기록적인 롱런을 기록했다. 하지만 1935년은 조지 거슈윈의 해라고 봐도 좋을 듯하다. 거슈윈이 작곡한 역동적인 오페라 「포기와 베스」는 미국문화를 전 세계로 전파하는 데 큰 역할을 했다. 프레드 아스테어와 진저 로저스는 영화 「톱 햇」을 통해 무용의 우아함을 자랑했다. 또 이때 연극 「아버지와의 생활」보다 더 오랜 기간 인기를 끈 보드게임 모노폴리가 등장했다.

[1946년]

미국인들의 사고방식을 뒤바꾼 책 두 권이 등장했다. 첫 번째는 존 허시의 『1945 히로시마』로, 이 책은 미국인들의 마음과 정신에 원자폭탄을 떨어뜨렸다. 두 번째는 벤저민 스포크 박사의 저서 『유아와 육아』로, 문제의 원자폭탄 시대를 직접 겪었던 첫 세대들의 육아 지침서로 자리 잡았다―이들 세대는 훗날 성장하여 1960년대 미국사회의 관점을 재정립하게 된다.

[1952년]

노먼 빈센트 필의 명언들과 E. B. 화이트의 『샬롯의 거미줄』에서 볼 수 있듯이 이 시기에는 긍정적 낙관주의가 대세였다. 랠프 엘리슨은 소설 『보이지 않는 인간』을 통해 흑인들의 현실을 적나라하게 그렸다. 게리 쿠퍼가 영화 「하이 눈」에서 악당들을 쏴 죽이는 장면은 미국인들이 좋아하는 권선징악의 주제를 여실하게 표현했다. 데이브 브루벡은 여러 대학교를 순회하며 재즈 공연을 하며 새로운 관객층을 형성하는 데 성공했다.

[1957년]

좀처럼 공통점을 찾기 어려운 세 작가 ─ 잭 케루악, 보리스 파스테르나크, 닥터 수스 ─ 가 출판계에서 '왔노라, 보았노라, 이겼노라'를 외쳤다. 레너드 번스타인의 음악, 스티븐 손드하임의 작사, 제롬 로빈스의 안무, 셰익스피어의 「로미오와 줄리엣」 등 온갖 예술을 종합한 뮤지컬 「웨스트사이드 스토리」가 초연되었다. 잠깐, 디트로이트에서 들려오는 저 새로운 노래는 뭘까?

나는 1934년 전시 선반에 오페라 「3막에서의 4인의 성자」 초연무대의 팸플릿을 비치하고 싶었다. 「3막에서의 4인의 성자」는 거트루드 스타인이 작사, 버질 톰슨이 작곡한 오페라로 코네티컷주 하트퍼드에 있는 워즈워스 아테네움에서 상연되었는데, 1930년대를 주름잡은 멋진 공연이었다. 버질 톰슨과 오랫동안 연락을 해온 나는 그가 머물고 있는 첼시 호텔 객실로 전화를 걸었다. 최근 PBS에서 버질 톰슨에 대한 다큐멘터리를 방영했는데, 그가 부처님 같은 배 위에 악보를 올려놓고 첼시 호텔 침대에서 작곡을 하는 모습이 전파를 탔었다. 뉴욕의 랜드마크 첼시 호텔은 버질 톰슨뿐만 아니라 마크 트웨인, 토머스 울프, 딜런 토머스 같은 예술가와 문인들이 과거에 묵었던 곳으로, 호텔에는 그곳을 거친 유명인들의 명판이 장식되어 있었다. 버질 톰슨 역시 사망 후 유명인들의 기념 명판 대열에 합류했다.

나는 톰슨에게 찾아가도 좋은지, 워즈워스 아테네움 공연 팸플릿을 빌려 전시회에 사용해도 괜찮을지 물어보았다.

"물론이고말고." 그가 대답했다.

"제 아들과 함께 가도 될까요?" 내가 물었다.

"물론이고말고." 그가 대답했다. 그 당시 톰슨은 88세, 아들 존은 26세로 화가로서의 커리어를 막 시작했을 때였다. 내가 신입 기자이던 시절 『뉴욕 헤럴드 트리뷴』에서 톰슨을 처음 만났던 것도 26세 무렵의 일이었다.

톰슨은 나와 존을 현관에서 맞아 주었다. 그는 "자네는 내 비서한테 가 보게. 나는 이 청년과 이야기를 좀 해야겠어."라고 말했다. 내가 그의 비서와 함께 옆방에서 「3막에서의 4인의 성자」 자료를 뒤지는 동안, 톰슨과 존은 호텔 벽에 걸려 있는 미술작품들과 1920년대 파리 미술계에 대한 이야기를 나눴다.

그로부터 5년 뒤, 존이 약혼녀 캔다스 오스본(그녀도 화가였다)과 신혼집을 보러 다녔을 때의 이야기다. 아들 내외는 평범하고 따분한 보통 아파트가 아닌 다른 곳에서 살고 싶다고 했다. 그러던 어느 날, 존과 캔다스는 맨해튼 웨스트 23번가 쪽을 지나던 중 첼시에 발길이 닿았다. 갑자기 존은 옛날 일이 떠오르며 첼시에서라면 화가로서 괜찮은 삶을 살 수 있지 않을까 라는 생각이 들었다. "여기 살만한 아파트가 있지 않을까." 존이 말했다. 결국 그들은 첼시에서 아파트를 구해 7년 동안 그곳에서 행복하게 살았고, 예비 부모가 되고 나서야 다른 지역으로 이사했다. 존이 살았던 아파트 로비에는 그가 그린 그림이 걸려 있다. 바로 이런 것이 뉴요커들의 삶의 연속성이다.

1987년 무렵 나는 이달의 북클럽 일에 흥미를 잃어가고 있었다. 이달의 북클럽은 점점 모기업에 좌지우지되는 회사로 변모했다. 모기업 타임에서 온 똑똑한 MBA 경영진들은 30일 전략, 90일 전략, 5개년 전략 같은 말을 내세우며 회사를 '성장'시켜야 된다고 사람들을 압박했다. 하지만 이들은 책에 대해서 한마디도 언급한 적이 없었다. 몇 년 뒤, 그들은 북클럽 직원들을 타임-라이프 빌딩으로 이주시켰고, 북클럽의 정체성은 조금씩 퇴색되기 시작했다. 나는 1987년 북클럽에 사직서를 냈고, 또 다시 삶을 송두리째 바꿨다. 나는 프리랜서 작가, 편집자, 강사의 생활로 다시 돌아갔다. 내가 퇴사한 지 얼마 되지 않아 앨 실버맨도 북클럽을 퇴사하고 편집장과 작가로서의 새로운 커리어를 꾸렸다.

하지만 이달의 북클럽은 상당히 롱런하며 60년이 넘도록 예전의 가치를 그대로 고수하는 데 성공했다. 1996년, 나는 지금까지 썼던 글을 뉴욕대학의 페일스 도서관에 기증했다. 이를 본 친구들은 왜 모교인 프린스턴대학이나 내가 강사로 있었던 예일대에 기증하지 않느냐고 물어보았다. 그러면 나는 이렇게 대답했다. 나는 뉴욕 출신의 작가이고, 내가 지금까지 일했던 회사는 모두 뉴욕의 가족기업 ——『뉴욕 헤럴드 트리뷴』과 이달의 북클럽 ─이었으며, 따라서 내가 쓴 글은 뉴욕에 소장되어야 할 것 같다고 말이다.

내가 이달의 북클럽에 있으면서 얻은 교훈은 바로 최고의 책 ─오래도록 독자들의 사랑을 받으며 유용하게 읽히는 책 ─은 작가의 내적 확신에 기반해 쓰인 책이라는 사실이다. 내게 이런 사실을 깨우쳐 준 사람은 클리프턴 패디먼으로, 나는 아주 어렸을 때부터 그를 문화적 우상처럼 생각했다. 내가 자라던 시절, 우리 가족들은 그가 진행하는 라디오 퀴즈 프로그램 「정보를 주세요!」를 빠짐없이 챙겨듣곤 했다. 그는 10년간 『뉴요커』지의 편집장으로 있었는데, 우월의식에 때문지 않은 그의 박학다식함에서는 편안함이 느껴질 정도였다. 그는 문학적 소양이 풍부한 사람이었으나, 대중 독자들의 취향을 존중할 줄 알았다. 또한 그는 자기 삶에 도움이 되었던 글과 문구를 다른 독자들과 공유하고 싶어 해서, 이후 여러 문학선집을 출판하기도 했다.

내가 북클럽에 합류한 1979년 클리프턴 패디먼은 이미 75세였다. 그는 1944년부터 북클럽 심사위원으로 있었다. 하지만 그를 '노인'으로 생각할 만한 요소는 하나도 없었다. 미국 서부 산타바바라에 거주하던 그는 3주에 한 번 뉴욕을 방문해 주요 추천도서 선정회의에 참여했는데, 다른 어떤 심사위원보다 방대한 양의 책을 검토해 오곤 했다. 책을 검토하는 것만 해도 바빴을 텐데 또 어떻게 시간을 냈는지 그는 3권으로 된 『세계 어린이 문학선』을 출판하기도 했다. 그는 이 책을 출판하기 위해 "외국어로 된 어린이 문학을 직접 느껴보고자" 스웨덴어, 이탈리아어, 스페인어, 네덜란드어를 배우기도 했다──독일어와 프랑스어는 이미 할 줄 알았다. 90세가 되어 시력이 약해지자 그에게 신간서적을 읽어 줄 사람을 고용해 책을 검토했고, 95세에 사망할 때까지 추천도서 선정하는 일을 계속 했다.

그러나 패디먼이 궁극적으로 추구했던 것은 문학만이 아니었다. 그는 교육을 중시했고, 내게 이렇게 말했다.

"이달의 북클럽이 처음 만들어졌을 때, 북클럽은 미국인들이 책을 통해 독학할 수 있는 습관을 기르는 것을 중시했네. 루이스 토머스의 저서『세포 안의 생명』, 바버라 터크먼의 역사서, 듀란트 부부의『문명 이야기』등이 좋은 사례지. 우리 북클럽이 없었다면 독자들은 애초에 그런 책에 접근하기 어려웠을 거고, 그 책은 오늘날과 같은 영향력을 발휘하지 못했을 걸세. 북클럽은 지금도 그 책을 독자들에게 계속 소개하고 있어.『문명 이야기』는 소개한 지 벌써 50년이 다 되어 가네. 그런데 우리 북클럽 독자들이 진심으로 원하는 건 뭘까? 독자들은 바로 우리가 살고 있는 이 두려운 시대를 솔직하게 이야기해 줄 책을 원한다네. 그런 책은 소설이 될 수도 있어. 존 치버는 그의 소설을 통해 부흥하는 중산층이 느끼는 공허함에 대해 이야기했네. 그는 '이렇게 하면 공허함에서 벗어날 수 있다'고 이야기하지는 않았지만, 대신 독자들에게 한 줄기 빛을 던져 주지. 논픽션의 경우, 독자들은 바버라 터크먼의 글을 통해 현대 사회를 이해할 수 있게 돼. 물론 이는 지난 수백 년 동안에도 마찬가지였지만, 오늘날 이 두려운 시대는 사람들의 분별력을 크게 필요로 하지. 오늘날의 독자들에게는 19세기 독자들보다 책의 도움이 더욱 절실하네. 우리가 삶의 조각난 퍼즐을 맞출 수 있도록 우리를 도와줄 수 있는 책이 있어야 해. 우리 북클럽의 베스트셀러 목록을 살펴보면 말이지, 대부분이 우리 시대를 설명하는 책이라는 걸 알 수 있을 걸세. 윌리엄 L. 샤이러는 『제3제국의 흥망』을 통해 우리 시대를 조망했지.(샤이러의 책은 북클럽 역사를 통틀어 단일 책으로는 최고의 베스트셀러가 되었다.) 또 북클럽에서 추천하는 건강, 정신건강, 요리, 정원 가꾸기, 인테리어 도서를 생각해 보게. 이들은 모두 적어도 19세기부터 에머슨과 그가 제시했던 '홀로서기'라는 오랜 가르침의 전통에서 이어져 온 것일세. 이 모든 것이 실용주의라는 것을 잊지 말게나. 미국은 존 듀이, 윌리엄 제임스, 찰스 피어스의 실용주의가 지배하는 국가야. 미국의 초기 이민자들은 자신에게 닥친 수많은 문제를 실용주의의 관점에서 해결해야 했지. 이곳에 온 사람들 중 넉넉한 부자들은 많지 않았으니까."

독자들에게 유용한 글을 써야 한다는 것, 여러분도 이 점을 염두에 두면 좋겠다. 나는 패디먼이 내게 해준 이야기를 마음속에 고이 간직한 채, 월급이 꼬박꼬박 나오는 안정적인 북클럽을 뒤로 하고 차가운 현실 세계로 나왔다.

10
회고록 글쓰기

1990년대는 회고록의 시대였다. 미국 역사상 개인 회고록이 이렇게 풍성하게 쏟아져 나온 과거가 없었다. 다들 털어놓고 싶은 이야기가 많았고, 모두들 그 이야기를 글로 써 발표했다. 프랭크 매코트의 『안젤라의 재』, 메리 카의 『거짓말쟁이들의 클럽』 등 수많은 작가들이 그들의 유년 시절에 대해 감성적이고 우아한 회고록을 발표하면서 회고록 장르는 최전성기를 맞았다.

하지만 이 시대는 회고록에 있어 최악의 시기이기도 했다. 자기연민과 자기폭로에 취한 회고록이 끊임없이 생산되었다. 이전까지만 해도 작가의 모든 개인사가 회고록에서 낱낱이 까발려지는 경우는 없었다. 작가들이 절제심을 발휘해 사적이고 민망한 기억은 이야기하기를 꺼렸기 때문이다. 그랬던 회고록에 갑자기 온갖 문란한 사건과 콩가루 집안의 사연이 등장하기 시작했고, 이런 이야기들이 각종 책과 잡지, 토크쇼에 모습을 드러내며 대중들의 관심을 끌었다.

회고록의 유용과 오용은 내가 이 시기에 늘 유념했던 문제였다. 1993년, 나는 뉴스쿨 대학에서 일반인을 대상으로 한 '사람과 장소들'이라는 강의를 시작했다. 강의를 듣는 대부분의 수강생들은 글쓰기를 통해 현재와 과거의 자기 자신을 이해하고, 자신이 태어난 뿌리를 확인하고 싶어 했다. 수강생들이 매년 공통적으로 경험하는 가장 큰 문제는 자신의 이야기를 통제하는 법, 즉 그들이 기억해 낸 수많은 사실과 감정을 어떻게 이야기로 정리할 것인지의 문제였다. 고로 나의 가장 큰 임무는 그들이 이야기를 선택, 집중, 제외할 수 있도록 도와주는 일이었다. 뿐만 아니라 수강생들은 자칫 왜곡된 이야기를 전달할지도 모른다는 것을 몹시 두려워했다. 고로 나의 가장 큰 역할은 그들이 스스로의 삶의 타당성을 인정하고, 자신감을 갖고 즐거운 마음으로 글을 쓰게끔 유도하는 일이었다. 과거 예일대 학부에서 강의했던 경험은 『글쓰기 생각쓰기』를 낳았고, 이때 뉴스쿨 대학에서 강의했던 경험은 지금 여러분이 읽고 있는 이 책을 낳았다.

내가 회고록에 대해 고민하게 된 또 다른 계기는 『진실의 발명: 회고록의 예술과 기술』의 출간이었다. 1986년, 앨 실버맨은 이달의 북클럽으로부터 후원을 받아 매년 뉴욕 공립도서관에서 시리즈 강의를 진행했다. 강의의 목적은 여섯 명의 작가를 초빙해 특정 글쓰기 장르에 대해 토론하는 것으로, 첫 번째 강의 주제는 미국 자서전이었다. 강의를 책으로 펴내는 작업을 담당하게 된 나는, 당시 초빙된 작가들에게 글의 장르에 대해 '강의'를 하지 말고 그들이 실제로 글쓰는 방법에 대해 '이야기'를 해달라고 부탁했다. 작가들은 모두 흔쾌히 내 부탁을 들어줬다. 그들 중에는 당시 해리 트루먼 자서전을 집필하기 위해 자료 수집을 막 시작한 데이비드 매컬로도 있었다.

"여러분은 책, 편지, 일기, 신문기사 같은 기록물에 존재하지 않는 이야기를 많이 알고 있어야 합니다." 매컬로는 말했다. "관련 지역에 대해서도 잘 알고 있어야 합니다. 미주리주 잭슨카운티를 모르는 사람이 해리 트루먼에 대해 제대로 안다고 할 수 없어요. 저는 바로 지난주, 해리 트루먼이 일했던 농장 옆에 살았던 사람을 만났습니다. 행운이 따라 주면 이런 일이 생기곤 해요. 그가 해리 트루먼을 처음 본 것은 트루먼이 탈곡기를 운전하고 있을 때였는데, 그가 흰색 파나마모자를 쓰고 있어 멀리서도 쉽게 알아볼 수 있었다고 하더군요." 해리 트루먼이 흰색 파나마모자를 쓰고 있었다는 사실은 그가 젊었을 때 어떤 사람이었는지, 훗날 어떤 사람이 될 것인지에 대한 실마리를 제공한다. 뿐만 아니라 이렇게 귀한 정보를 얻게 된 것을 겸손하게 행운으로 여기는 작가에 대해서도 파악할 수 있는 기회다. 훌륭한 작가들은 스스로 행운을 만들어 간다. 나는 매컬로의 이야기를 듣는 것이 무척 즐거웠다. 눈이 펑펑 내리는 월요일 저녁, 우리는 많은 작가들의 많은 작품이 소장된 뉴욕 공립도서관에 모여 매컬로가 지난 주말 미주리에서 만난 사람들, 무려 70년 전에 해리 트루먼과 알고 지낸 사람들에 대한 이야기를 들었다. 매컬로는 이렇게 말했다. "제가 만난 사람 가운데는 1840년대 미주리 강을 따라 잭슨카운티를 탐험한 서부 개척자를 만났던 사람들도 있었습니다. 이렇게 모든 게 연결되는 셈이지요."

강의는 순조롭게 진행되었다. 나는 강의 녹음 자료를 편집해『특별한 인생: 미국 자서전의 예술과 기술』이라는 책으로 엮었다. 이듬해 우리는 회고록을 두 번째 강의 주제로 정하고, 뉴욕 브루클린에서 자란 유대인(알프레드 케이진), 피츠버그 출신의 장로교인(애니 딜라드), 대공황을 경험한 뉴저지인(러셀 베이커) 등 저마다 다양한 유년시절을 회고한 작가들을 초빙했다. 이번에도 그들의 강의를 녹음하고, 그 녹음된 자료를 편집해『진실의 발명』을 완성했다. 이후 우리는 4년 동안 종교적 글쓰기, 여행 글쓰기, 정치 소설, 어린이 문학에 대한 강의를 진행하고 매번 강의 내용을 책으로 냈다.

아래 이야기는『진실의 발명』에 수록된 내용으로, 훗날 내가 회고록을 강의할 때 많은 도움이 되었다. 여러분과 이 이야기를 공유하고자 한다. 러셀 베이커가 대공황 시절에 대한 회고록『성장』을 집필할 당시의 경험이다.

기자 출신인 나는 회고록 글쓰기에 대한 개념이 전혀 없었다. 사실 회고록에 대해 아는 바가 없었다. 내가 아는 거라고는 잡지 기사를 쓰는 법뿐이었다. 나는 테이프 녹음기를 손에 들고 아직 생존해 있는 친척들——80대인 분들도 있고 90대인 분들도 있었다——을 직접 만나 가족에 대해 이런저런 것을 물어보았다. 동시에, 나는 아내 미미와 함께 족보를 연구하기 시작했다. 이 많은 사람들은 다 누구일까? 그들이 누구인지, 어디에서 온 사람들인지 전혀 감이 오지 않았다. 나는 이런 일에 한 번도 관심을 가져 본 적이 없었다. 하지만 하나하나 알아가는 과정에서 나는 그들이 얼마나 흥미로운 사람들인지 깨달았다. 신문에서 기사로 접했다면 몹시 지루한 이야기였겠지만, 직접 들어 보니 상당히 흥미진진했다. 나는 인터뷰한 내용과 각종 기록을 글로 옮겨 적었다. 모든 내용을 세심하게 기록했다. 이는 마치 방대한 기사 한 편을 준비하는 것 같았다.

기록을 마친 뒤 나는 글을 쓰기 시작했다. 내 회고록은 옛날 옛적 당신들의 삶이 어땠는지 회상하는 어르신의 이야기를 직접 인용한 일종의 기사 모음집이었다. 나는 훌륭한 기자였으므로, 나의 주관적인 이야기는 회고록에 넣지 않았다. 또 나는 어머니와의 관계가 늘 서먹서먹했던 데다 어머니가 돌아가셔서 어떤 이야기도 들을 수 없었기에, 어머니의 이야기도 넣지 않았다. 글을 다 쓰고 보니 꽤 방대한 책이 나왔다. 첫 원고 분량이 아마 450페이지가량 되었던 걸로 기억한다.

만족스럽게 집필을 마친 나는 에이전시와 편집장에게 원고를 보내고는 이렇게 생각했다. "아마 내 원고를 오늘 밤새 다 읽겠지? 내일쯤이면 다들 내게 전화를 할 거야." 하지만 다음날과 다다음날 내게 전화하는 사람은 없었다. 그 다음 주에도, 다다음주에도 아무 전화도 걸려 오지 않았다. 한 달이 지났지만, 아무도 내게 전화를 하지 않았다……. 나는 그제야 뭔가 잘못되었다는 것을 감지하고 원고를 서랍에서 꺼내 책상에 앉아 읽기 시작했다. 20페이지쯤 읽다가 나는 깜빡 잠이 들었다. '더 이상 못 읽어 주겠군'이라는 생각이 들었다. 하지만 내 책은 굉장히 신뢰할 만한 내용이었다. 모든 사실관계가 분명하고, 인용한 내용도 정확하고, 사실 검증도 완료된 원고였다. 그러다 마침내 톰 콩든 편집장이 절망에 가득한 목소리로 전화를 걸어 내게 만나자고 했다.

하지만 그 무렵 나는 책 내용이 잘못됐다는 것을 이미 알고 있었다. 그리고 뭐가 잘못되었는지도 알고 있었다. 바로 어머니 이야기가 없었던 것이 문제였다. 내 책은 삼촌, 이모, 고모 등 온갖 친척들이 현재 시점에서 과거 시절을 회상하는 이야기였다. 그러나 이 같은 이야기, 즉 어제를 회상하는 오늘의 이야기는 저널리즘 기사와 다를 바가 없었다. 나는 톰과 점심식사를 하며 이 책은 잘못된 것 같으니 완전히 다시 쓰겠다고 말했다. 나는 한 소년과 그의 어머니에 대한 이야기를 다시 쓰겠다고 이야기했다. 그 소년과 어머니의 갈등관계를 중심으로 한 책을 쓰겠다고 말이다. 톰은 내 의견에 동의했다. 그는 회고록에 작가가 등장하지도 않았던 것이 가장 큰 실수였던 것 같다고 덧붙였다. 그는 내 어머니가 얼마나 존재감이 큰 캐릭터인지 몰랐겠지만, 나는 어머니를 내 회고록의 중심에 세우고 이야기를 풀어나가면 상당히 괜찮은 내용이 탄생하리라는 것을, 그 내용을 책으로 내면 꽤 괜찮으리라는 것을 깨달았다. 나는 톰에게 내 생각을 말했다.

세상에 그 어떤 사람도 이치에 딱딱 맞는 삶을 사는 사람은 없겠지만, 적어도 여러분이 회고록을 쓰고자 한다면 여러분 삶에서 하나의 이야기를 끌어낼 수 있어야 한다. 나는 아내에게 이렇게 말했다. "자, 이제 올라가서 내 삶에 대한 이야기를 발명해볼까 해." 나는 잡지 칼럼을 쓰지 않고 쉬는 날 회고록을 집필했고, 그로부터 6개월 만에 회고록 내용을──거의 전부 다──새로 썼다. 현재 출판된 회고록이 바로 그 이야기다.

나는 러셀 베이커의 이야기를 듣고 책 제목을 『진실의 발명』으로 결정했다──회고록에 대한 책에 어울리는 최고의 제목이 아닐까 싶다. '진실의 발명'이란 회고록 글쓰기에 있어 가장 중요한 원칙, 바로 사실관계만으로는 글을 쓸 수 없다는 것을 뜻한다. 여러분과 과거를 함께 했던 사람, 장소, 사건에 대해 열심히 디테일을 수집했어도 그 디테일만으로는 회고록이 만들어지지 않는다. 그 디테일을 내러티브로 엮어 이야기를 만들어야 한다.

우리는 흥미로운 삶을 경험하면 흥미로운 회고록이 그냥 만들어질 거라 생각하는 경향이 있다. 하지만 절대 그렇지 않다. 우리네 삶에는 질서가 없기 때문이다. 우리는 헨리 데이비드 소로가 월든 호숫가에서 술술 글을 썼을 거라 생각하는 경향이 있다. 하지만 그렇지 않았다. 그는 무려 8년 동안 일곱 번이나 원고를 고쳐 썼다. 그는 독자들이 대화를 엿듣는 것처럼 편하게 이야기를 읽을 수 있는 글쓰기 기법 ——평론가 마가렛 풀러는 이를 '모자이크 방식'이라 규정했다 ——을 사용했다. 그는 나무꾼으로서 숲 속에 간 것이 아니었다. 그는 작가로서 숲 속에 가 불멸의 고전을 창작했다.

회고록을 쓰려면 먼저 텍스트를 구성해야 한다. 독자들이 손을 놓지 않고 읽고 싶을 만큼 강렬한 내러티브를 만들어야 한다. 하나의 작품을 창조해야 된다는 말이다. 여러분이 어렸을 때 들었던 옛날이야기에도 존재하는 스토리텔링의 오랜 규칙 ——이야기에는 긴장과 추진력이 있어야 한다는 규칙 ——을 절대로 잊으면 안 된다.

뿐만 아니라, 여러분이 이야기의 주인공이라는 점을 잊어서는 안 된다. 여러분이 반드시 히어로(hero)일 필요는 없다. 대부분의 작가들이 이 점을 불편하게 생각한다 ——히어로가 되려 한 적도 없고, 스스로를 히어로라 생각하지 않기 때문이다. 하지만 여러분은 회고록의 주연 배우이며, 따라서 여러분을 중심에 놓고 플롯을 전개시켜야 한다. 러셀 베이커가 『성장』을 쓰면서 "발명"한 게 있다면 아마도 이야기의 시간적 순서를 재배치하고, 여러 개의 사건을 하나의 사건으로 통합하고, 인물의 성격을 극대화한 작업일 것이다. 그는 진실에 손을 대지 않았다. 독자들은 그의 회고록에서 진실을 느낄 수 있다. 그는 단지 극작가나 각본가들이 예의 그러하듯 드라마틱한 효과를 주기 위해 이야기를 재배치하고 압축하는 작업을 했을 뿐이다. 또한, 이야기의 내러티브 라인을 찾는 것도 필요하다.

그렇다면 어떻게 시작해야 할까? 늘 그렇지만 가장 두려운 문제다. 오래된 편지, 엽서, 사진, 일기, 학교 졸업앨범, 축구경기 팸플릿과 티켓, 청첩장, 베이비 샤워 초대장이 가득 들어 있는 상자를 발견했다고 가정해 보자. 종잇조각과 기억 조각으로 남은 여러분의 삶이 이제 글로 탄생되길 기다리고 있다. 여러분이 할 일은 그 조각을 모아 이야기를 만드는 것이다.

어느 정도 나이가 찬 사람들 ──죽음이 뭔지, 적어도 관절염이 뭔지 경험한 사람들──이 내게 어떻게 회고록을 쓰면 좋을지 물어볼 때가 있다. 그런데 그들이 기대하는 대답과 내 대답은 매우 다르다. 그들과 내가 처음부터 가정하는 바가 완전히 다르기 때문이다. 그들은 회고록이란 "내가 언제 어디서 태어났다"에서 시작해 인생의 하이라이트를 시간 순서대로 요약한 글이라고 가정한다. 하지만 나는 그런 식으로 회고록을 쓰면 안 된다고 생각한다. 회고록 글쓰기는 우리가 생각한 순서대로 진행되지 않는다.

나는 사람들에게 이렇게 조언한다.

월요일 오전, 책상 앞에 앉아 여러분 마음속에 유난히 생생하게 남아 있는 기억에 대해 생각해 본다. 여름캠프 첫날, 고등학교 졸업파티, 고등학교 졸업식, 선생님과의 면담, 운동 경기, 음악 독주회, 군에 입대한 날, 자녀 출산, 승리의 순간, 창피했던 기억, 사랑했던 추억 등 여러 가지가 있을 것이다. 여러분이 생생하게 기억하고 있는 일이라면 어떤 사건이든 다 좋다.

그 기억을 떠올려 글로 옮겨 본다. 무슨 일이 있었는지, 그때 어떤 기분이었는지 묘사한다. 글이 꼭 길어야 할 필요는 없다. 1페이지여도 좋고 2페이지, 5페이지여도 상관없다. 하지만 반드시 완전한 에피소드여야 한다. 사건의 시작과 끝이 있어야 한다는 말이다. 글을 다 썼으면 파일 안에 안 보이게 넣고 다른 일을 한다. 출근을 하든지, 산책을 가든지, 자녀들을 데리러 나가자.

화요일 오전, 같은 작업을 반복한다. 월요일에 떠올렸던 기억과 반드시 연관된 이야기일 필요는 없다. 어제 군 입대 첫날에 대해 이야기했다고 오늘 입대 둘째 날에 대해 이야기할 필요가 없다는 말이다. 여덟 살 때 있었던 사건에 대해 글을 써도 상관없다. 마음속에 떠오르는 기억이라면 뭐가 되어도 좋다. 여러분이 회고록, 기사, 책 등 방대한 길이의 글을 완성해야 된다는 생각은 잠시 잊도록 하자. 화요일의 기억을 글로 옮겼으면 이것도 파일 안에 넣어 두자.

이를 매일 반복한다. 가능하다면 매일 같은 시간대에 하는 것이 좋다. 하루하루 지나면서 점점 더 많은 이야기가 축적될 것이다. 서로 아무런 관련이 없는 이야기일지라도 이야기를 쓰는 행위 자체가 도움이 된다. 첫째, 기억 기술, 글쓰기 기술, 정리 기술을 연마할 수 있다. 둘째, 무의식이 회고록 글쓰기에 중요한 역할을 한다는 것을 깨닫게 된다. 잠만 잔다고 무의식이 활동하는 게 아니다. 과거 기억을 들추어내고 다른 기억을 떠올릴 때 이미 여러분의 무의식은 바쁘게 활동하고 있다.

두세 달 동안 계속 반복한다. 꾸준하게 반복하자. 성급하게 '회고록' 글쓰기에 착수하는 행동 ──여러분이 시작하기도 전부터 상상했던 바로 그 일── 을 하지 않도록 하자. 그러다가 언제 하루 날을 잡고 파일 안에 들어 있는 글을 전부 꺼내 바닥에 쭉 펼쳐놓는다. (블라디미르 나보코프는 한 인터뷰에서 손바닥만 한 인덱스카드에 딱히 정해진 순서 없이 글을 쓴다고 밝힌 바 있다.) 여러분은 이제 다음과 같은 사실을 깨닫게 될 것이다.

먼저, 초기에 썼던 이야기가 꽤 경직되어 있으며 자의식도 강하다는 것을 발견하게 된다. 이는 자연스러운 현상이다. 글을 쓰는 작가가 긴장을 풀고 자기 자신의 목소리를 찾기 위해서는 어느 정도의 시간, 때로는 많은 시간이 필요하다. 고로 첫 번째 달에 쓴 글이 다소 경직되어 있고, 인간미가 약하고, 허세도 좀 들어 있고, 다른 사람의 시선을 신경 썼다면 두 번째 달에 쓴 글에서 부드러움이 느껴질 것이다. 첫 번째 달에 쓴 글은 활용할 일이 별로 없겠지만, 그렇다고 그 글을 쓰느라 시간을 낭비한 것은 아니다. 첫째 달에 몸을 풀어두지 않았더라면 이듬달에 그만큼 자신감을 갖기 어려웠을 것이다.

그렇게 여러분은 서서히 자기 자신의 스타일 ─여러분이 글에서 보여지고 싶은 모습, 자신의 진짜 모습─을 찾게 된다. 자기 자신이 누군지도 모르는 작가가 쓴 회고록을 읽고 싶어 할 독자는 없다. 모든 글쓰기는 책장을 넘기는 누군가에게 이야기를 하는 작업이다. 여러분만의 스타일대로 이야기하자.

콘텐츠 면에서도 비슷한 사실을 발견하게 된다. 여러분의 이야기에는 특정 주제와 패턴이 드러나게 된다. 이야기를 읽다 보면 '이런 목소리로 이야기를 전달하니 괜찮네. 진실하고 재미있으면서도 흥미로운 이야기야. 계속 이대로 써야겠어'라거나 '별로군. 생각했던 것만큼 흥미롭지 않아. 솔직히 말하자면 지겨워'라는 생각이 들 것이다. 또는 '주제에서 벗어났군. 핵심적인 내러티브와 연결이 안 돼'라는 느낌을 받을 수도 있다. 이는 회고록이 이야기하는 바가 무엇인지 여러분이 감 잡기 시작했다는 말이다. 이는 굉장히 중요한 부분이다. 애니 딜라드 역시 피츠버그에서 살았던 유년기를 회고한 『어느 미국인의 유년기』를 집필했던 과정을 다음과 같이 설명하고 있다.

나는 회고록을 쓰면서 우연한 기회를 통해 나 자신은 물론 내가 맺어온 여러 관계에 대해 많은 것을 깨닫게 되었다. 하지만 책과 관련 없는 내용인 경우 미련을 갖지 않고 글에서 제외시켰다. 내가 15살 때 와이오밍에서 보낸 여름날의 추억처럼, 내게는 중요한 기억이라도 책과 연관성이 없는 사건은 과감하게 쳐냈다. 나는 피츠버그에서 있었던 사건들로만 이야기를 한정했다. 내가 여름방학 때 어떤 일을 경험했는지 이야기하고 싶다는 이유만으로 독자들을 전부 와이오밍에 끌어들일 필요는 없었다. 술 취한 사람처럼 독자에게 들러붙어 "내게 이런 일이 있었는데 너무 재미있었지 뭐예요"라고 하지 않으려면 마음 아프더라도 제외할 건 제외해야 한다.

딜라드의 요점 — 무엇을 제외할 것인가 — 을 달리 표현하면 글에 통일성을 유지해야 한다는 말이다. 위의 경우 장소의 통일성이 문제였다. 딜라드의 회고록은 피츠버그에서의 유년기가 주제였으므로, 피츠버그 이외의 장소에서 발생한 사건은 이야기에서 제외시켰다. 비비안 고르닉은 『흉폭한 애정』을 통해 뉴욕 브롱크스에서의 성장기를, 새뮤얼 하인즈는 『성장의 계절』을 통해 미니애폴리스에서의 성장기를, 안드레 애치먼은 『이집트를 떠나며』를 통해 이집트 알렉산드리아에서의 성장기를 그렸다. 그들의 회고록을 떠올리면 나는 작가가 살았던 장소가 보이고, 그들이 들었던 소리가 들리고, 그들이 맡았던 냄새가 나는 것 같다. 여러분의 이야기가 피츠버그에 대한 것이라면 중간에 와이오밍으로 새나가는 일이 없게 하자.

자, 이제 여러분에게 남은 일은 글을 쓰는 거다. 지금까지 내가 이야기한 단계를 믿어 보자. 이 단계를 잘 따르기만 하면 괜찮은 결과물을 얻을 수 있다.

『진실의 발명』은 구체적인 설명과 일화 덕분에 작가와 교사들 사이에서 큰 인기를 끌었다. 1995년, 나는 출판사로부터 새로운 작가들의 이야기를 추가해 2차 증보판을 내보면 어떻겠냐는 제안을 받았다. 초판에서 다루지 못했던 회고록 유형을 포함해 한층 더 풍성해진 책을 펴낼 수 있다니 반가운 일이었다. 나는 깊이와 질감 면에서 독특한 회고록을 쓴 네 명의 작가들에게 이야기를 부탁했다. 애초에 강의 내용을 기반으로 한 책인 만큼, 이번에도 그들의 이야기를 녹음한 뒤 녹음 내용을 편집하는 과정을 거쳤다.

에일린 심슨의 회고록은 과거를 되짚는 과정이 회고록 작가들에게 얼마나 고통스러운 일인지 아주 잘 보여 준다. 그녀는 『청춘의 시인들』을 쓸 때 첫 남편 존 베리먼과 자기 파괴적인 남편의 동료 시인들에 대해 회상하며 자신의 결혼 생활이 무너지고 삶이 엉망이 된 과거의 기억을 떠올려야 했다. 부모 없이 자랐던 자신의 성장기를 그린 『고아들』을 집필할 당시에는 고아의 역사에 대해 조사하던 중 큰 충격을 받아 집필을 여러 번 포기하는 지경에 이르렀다. 또 『역전』에서는 그녀가 성인이 된 이후 철저하게 숨겨 온 부끄러운 과거, 즉 난독증에 대한 사회적 인식이 없던 시절 난독증으로 인해 글을 읽지 못해 학교에서 지진아 취급을 받았다는 과거를 고백했다. 그녀가 이런 난관을 매번 극복할 수 있었던 것은 과거를 피하기보다 정면으로 맞서야 한다는 믿음이 있었기 때문이었다. 이는 그녀가 심리치료사라는 직업을 갖게 되면서 스스로 깨닫게 된 것으로, 판도라의 상자를 여는 모든 회고록 작가들에게 귀중한 가르침을 준다. 심지어 그녀는 30년 전 시인 로버트 로웰, 작가 진 스태포드와 함께 파티에 갔던 기억을 떠올리기 위해 심리치료사들이 하는 것처럼 소파 위에 앉아 기억을 더듬은 적도 있었다. 그녀는 이렇게 말했다. "바닷속에 들어가 어떤 물고기가 지나가기를 마냥 기다리는 기분이었어요."

이안 프레이저 역시 많은 회고록 작가들 ——여러분도 이들 중 하나일지 모른다 ——이 그래 왔던 것처럼 지난 수 세대 동안 축적된 가족사진과 유품 더미에서 어떤 소재를 취사선택해 조리 있는 이야기를 엮어 내면 좋을까 고민했다. 프레이저는 부모님이 일 년 간격으로 모두 돌아가신 뒤 회고록 『가족』을 집필하기 시작했다. 그는 부모님으로부터 오하이오에 있는 아파트 한 채를 물려받았는데, 그 집에는 부모님의 온갖 물건들이 그대로 남아 있었다. "모든 사물에는 내러티브가 있다"고 믿었던 그는 마치 고생물학자처럼 2년 반 동안 부모님이 남긴 수백 장의 편지와 유품——오래된 넥타이, 가방, 공연 팸플릿, 군인 신분증 등——을 탐색하고 또 탐색했다. "부모님의 출신과 문화를 이해하고 플롯을 만들어" 부모님의 지난 삶에 의미를 부여하려는 시도였다. 그러던 중, 그는 개신교의 전통과 가치의 몰락이라는 보다 큰 컨텍스트를 이해하지 않고서는 부모님의 삶을 제대로 평가할 수 없다는 것을 깨달았다. 그 결과 그가 처음 구상했던 플롯은 새로운 플롯으로 연결되었고, 그의 회고록은 19세기 미국 사회라는 오래전 역사 이야기로 흘렀다. "이 모든 과정은 마치 집짓기와도 같아요." 프레이저는 이렇게 말했다. "어느 시점이 되면 새로운 규격의 자재가 필요하다는 깨달음이 오죠. 그러면 그 자재를 구해와야만 집을 계속 지을 수 있어요."

하버드대 미국 흑인문학과 학과장인 헨리 루이스 게이츠 주니어는 미국 땅에서 소수인종으로 살아간다는 것을 주제로 한 회고록을 남긴 대표적인 작가다. 그는 웨스트버지니아 주 피드몬트에서 성장했던 자신의 경험을 담은 『유색인종』에서 흑인 사회의 삶과 사랑에 대해 솔직하고 강렬하게 묘사했다. 게이츠는 이렇게 말했다. "백인들이 개입하지 않은 흑인 문화의 특별함을 이야기할 수 있는 책을 쓰고 싶었습니다." 그는 리처드 라이트나 랠프 엘리슨 같은 과거 흑인 작가들이 백인 독자들에게 트집 잡힐 것을 우려해 흑인 사회의 재미난 디테일을 작품에서 제외시켰다고 비판했다. "그런 건 진짜 흑인문학이 아닙니다." 그는 이렇게 말했다. "제가 의도한 독자층이 고상한 중산층 아가씨들이었다면 애초에 이런 책을 쓰지도 않았을 겁니다." 그는 자기 세대가 미국에서 다른 사람들의 시선을 신경 쓰지 않고 자기 할 말을 할 수 있는 첫 흑인 남성 세대라고 이야기했다. "제 회고록은 앞으로 젊은 사람들이 좀 더 자유롭게 자기 이야기를 할 수 있는 시발점의 의미가 있다고 말씀드리고 싶습니다."

내가 마지막으로 인터뷰한 네 번째 작가는 질 커 콘웨이였다. 그녀의 회고록은 머나먼 이국땅에서의 성장기를 그린 것으로, 이러한 내용은 언제나 인기 만점의 회고록 소재였다. 그녀는 『오지의 땅에서』를 통해 호주 오지에 있는 목양장에서 고립된 어린 시절을 보낸 경험, 7년간 계속된 가뭄으로 인해 부모님이 꿈꿔 왔던 농촌에서의 삶이 실패하고 아버지가 결국 사망한 일, 숨 막히는 가부장적 사회를 벗어나 미국에서 새로운 삶을 시작하기까지의 갖은 고난을 이야기하고 있다. 콘웨이의 회고록에서는 페미니즘적 성격이 강하게 드러난다. 그녀는 여성들이 다른 사람의 이야기에 주연이 아닌 조연으로 등장하는 것을 당연하게 여기는 '낭만적 플롯'에 반기를 들고, 자신의 우상이자 사회운동가인 제인 애덤스도 이런 측면에서는 별다를 바가 없다고 말했다. 그녀는 이렇게 말했다. "젊은 여성에게 어떤 선택의 순간이 다가왔을 때 낭만에 기대지 않고 자기 자신의 삶을 스스로 개척하는 이야기를 들려주는 것이 중요하다고 생각했어요."

콘웨이는 여성이 스스로의 정체성을 밝히는 데 소극적이라고 비판하며, 20세기 들어 남성작가들이 자서전 8권을 출판할 때 여성작가는 고작 1권을 낼 뿐이라고 했다. 내가『진실의 발명』2차 증보판에 콘웨이와 게이츠를 포함한 이유 중에 하나도 바로 이런 불균형적 현상 때문이었다. 두 작가들 모두 불평등한 사회에서 벗어나 용감하게 아웃사이더의 목소리를 들려준 사람들이다. 여러분도 사회의 제한된 틀에서 벗어나기 위한 수단으로 글쓰기를 활용할 수 있다. 여러분이 태어난 문화에 대해 솔직하게 이야기하자. 용기를 가지고 여러분만이 할 수 있는 이야기를 해보자.

그렇게『진실의 발명』이 또 한 번 세상에 나왔다. 그런데 이 무렵, 아무도 모르는 희한한 현상이 발생했다. 회고록이 점점 퇴색의 길을 걷고 있었던 것이다. 1990년대 중반 케이블 채널 토크쇼에서 시작된 자기 고백이 전국적으로 유행하면서 교양과 예의 같은 오랜 관례가 자취를 감췄다. 그리고 부모와 형제자매를 탓하거나 알코올 중독, 약물 중독, 거식증, 비만, 정서적 의존, 우울증, 자살 시도 등을 극복한 이야기를 적나라하게 밝힌 회고록이 줄줄이 세상에 나오기 시작했다. 하지만 이런 글은 작가의 심리치료요법에 불과하다. 회고록 글쓰기가 유행하면서 피해의식 표출이라는 부작용이 나타났다. 회고록이 오랜 앙금을 풀거나 보복을 위한 간편한 수단으로 사용된다는 것은 이 장르의 가치가 예전 같지 못하다는 것을 의미했다.

이런 안타까운 일이 벌어지는 상황에서 진지한 작가들의 대안은 무엇일까? 1998년 프랭크 매코트의 이야기가 추가된 『진실의 발명』 3판을 준비하며, 나는 새로운 서문에서 나의 대답과 조언을 다음과 같이 이야기했다.

프랭크 매코트가 그의 회고록 세 번째 문장에서 밝혔던 것처럼, 그의 어린 시절이 놀라운 첫 번째 이유는 바로 그가 살아남았기 때문이다. 두 번째 이유는 그가 품위와 유머를 잃지 않고 언어의 힘을 통해 과거를 극복하고 성장했다는 사실이다. 이는 1990년대의 훌륭한 회고록에 공통적으로 드러나는 특징이다. 피트 해밀의 『술 마시는 인생』, 메리 카의 『거짓말쟁이들의 클럽』, 토비아스 울프의 『이 소년의 삶』이 바로 그 사례들이다. 독자들은 이 작가들이 어렸을 때 경험한 가정 불화, 알코올 중독, 폭력 등으로 인해 감정이 메마른 사람으로 성장하지 않았을까 추측한다. 카와 울프 모두 자녀 양육은 소홀히 하며 형편없는 남자들만 골라 사귀고 다니는 어머니 손에 이끌려 떠돌이 생활을 하다시피 했고, 친아버지에게서 버려지고 악몽 같은 새아버지와 살아야 했던 경험이 있었다. 하지만 이들은 자기 자신의 과거를 연민 어린 시선으로 바라보았다 …… 매코트, 해밀, 카, 울프의 회고록이 기존과 다른 점이 있다면 이들의 회고록에는 사랑이 담겨 있다는 사실이다. 이 작가들은 용서를 통해 과거의 고통을 승화시키고, 이런 저런 못볼 꼴을 겪었던 가족에 대해 보다 큰 진실을 발견했다. 여기에는 자기 연민도, 투덜거림도, 복수에 대한 욕망도 없다. 그들은 자기 자신의 어렸을 때 모습과 어른들의 죄를 담담하게 이야기한다. 우리가 결코 피해자가 아니라는 것을 독자들에게 알려 주는 것이다. 우리 가족에게는 결점이 있었고, 그 결과 자기 파괴적 행동에 사로잡힌 과거가 있지만, 이제 우리는 아무 비판 없이 그에 대해 이야기하며 각자의 삶을 살고 있다는 이야기를 말이다.

내 요지는 요즘 책을 낸 작가들이 오랜 금기와 사회적 규범에서 벗어나 위에서 말한 대로 회고록을 썼어야 한다는 게 아니다. 친아버지와의 로맨스를 그린 캐서린 해리슨의 회고록『키스』가 출간되자, 평론가들은 그녀가 자녀들의 사생활을 망쳐놓았다며 입이 마르고 닳도록 비난했다. 하지만 이는 애초에 평론가들이 관여할 문제도 아닐뿐더러, 진짜 문제는 비난하느라 바쁜 나머지 사람들이 책 자체에 관심을 보이지 않았다는 사실이다.

우리가 회고록에 대해 생각해 볼 문제는 하나다. 바로 이 회고록이 좋은 책인지 안 좋은 책인지 판단하는 것이다. 여러분이 회고록을 통해 자신의 인간성을 탐구하고, 과거에 비록 마음 아프게 했을지언정 여러분과 가까웠던 사람들의 인간성을 탐구한다면, 여러분은 얼마든지 독자들과 공감대를 형성할 수 있다. 독자들이 공감하지 못하는 것은 작가의 불평불만이다. 분노는 회고록이 아닌 다른 방편으로 해소하자. 글을 시작하기 전에 여러분의 의도가 무엇인지 분명히 하고, 진실한 마음으로 이야기를 전달하자.

11
신성한 이야기들

1992년 어느 날, 나는 얼햄 대학의 신학과 학과장에게 전화를 한 통 받았다. 얼햄 대학은 인디애나 주에 있는 퀘이커 계열의 대학이다. 학과장은 학교에서 '신앙의 글쓰기'라는 프로그램을 준비하고 있다고 설명하고는, 내게 기조연설을 해줄 수 있느냐고 물었다. 나는 흔쾌히 좋다고 대답했다. 그리고 이렇게 물어보았다. "그런데 어떻게 아셨습니까?" 내가 글쓰기를 신앙의 한 가지 형태로 생각하고 있다는 걸 그가 어떻게 알았을까? 나는 사람들이 건방지다고 생각할까봐 아무에게도 이런 이야기를 한 적이 없었다. 그는 이렇게 대답했다. "선생님 글에서 다 드러나는걸요."

그의 대답을 듣고 나니 혼란스러워졌다. 내 글에서 드러날 리가, 적어도 공공연하게 드러날 리가 없었기 때문이다. 물론

신을 지배적 존재로 언급하거나, 킹 제임스 성경에서 단어의 운율이나 표현을 참고한 적은 가끔 있었다. 하지만 예배활동이나 종교적 믿음에 대해 언급한 적은 한 번도 없었다. 매주 일요일 오전마다 교회에서 찬송가를 부르고, 시편을 암송하고, 성서 말씀을 경청하는 교인 생활에 대해 글에서 언급한 적은 없었다.

하지만 곰곰이 생각할수록 학과장이 나를 제대로 간파했다는 생각이 들었다. 나는 글을 쓸 때 기독교 원칙의 틀 안에서 행동하고자 노력했다. 또한, 나는 간증(witness), 순례(pilgrimage), 의도(intention)와 같은 종교적인 느낌의 단어를 중요하게 사용했다. 나는 글의 의도에 작가의 영혼이 담겨 있다고 생각한다. 작가는 어떤 현상을 긍정하고 찬미하거나, 또는 그를 부정하고 파괴시킬 수 있다. 선택은 우리의 몫이다. 여러분과 일하는 편집장이 자기 꿍꿍이를 채우려 여러분에게 부정적이고 파괴적인 글을 부탁한다 해도, 여러분이 내키지 않으면 그 글을 쓰지 않으면 된다. 우리는 의도를 지켜야 한다.

나는 언제나 긍정을 추구한다. 간혹 불편한 상황이나 현실을 개탄하며 부정적이게 글을 시작하기도 하는데, 그런 경우에는 건설적인 결론에 도달하는 것이 목표다. 나는 훌륭한 가치를 지닌 사람들, 낙관적으로 살아가는 사람들에 대해 글을 쓰고자 한다. 나는 이런 사람들의 삶을 간증하는 데서 즐거움을 찾는다. 또 내가 쓴 글의 대부분은 순례의 형태를 띤다. 나는 미국의 훌륭함을 대변하는 신성한 장소, 예술의 훌륭함을 대변하는 음악가와 예술가를 탐구한다.

메인과 코네티컷주의 독실한 기독교 집안에서 자란 어머니는 활기차게 사는 것이 기독교인의 의무라고 생각했다. 내가 낙천적인 사람이 된 것은 어머니 영향이 컸다. 어떤 일이 잘못되기보다는 잘 될 거라는 믿음, 신이 의도한 대로 결국 잘 될 거라는 믿음 덕분에 나는 순진하고, 남을 쉽게 믿고, 단순한—결코 좋다고만은 볼 수 없는—사고방식을 갖게 되었다. 다 맞는 말이다. 이 모든 것의 원흉이 다 긍정적 사고방식 때문이다.

긍정적 사고방식이 종교에서 권장하는 바인지는 신학자들이 판단할 문제라고 생각한다. 종교에서 권장하든 하지 않든, 긍정적 사고방식은 신념적 행위이자 냉소적인 사람들이 어려워하는 문제다. 나는 사도 바오로의 다음 격언을 좋아한다. "손님 접대를 소홀히 하지 마십시오. 어떤 이들은 모르는 사이에 천사들을 접대하기도 하였습니다." 나는 주변에서 실망하는 일보다 감사할 수 있는 일을 더 많이 본다. 일상적인 삶이 선량함으로 넘쳐흐르고, 남녀노소 많은 사람들이 신에 뜻에 따라 행동하는 것을 보면 나 또한 그에 동조하지 않을 수가 없다.

순례를 주제로 한 이야깃거리를 좋아하다 보니 나는 살면서 신성한 순간을 직접 경험하는 일이 종종 있었다. 팀북투 근처 사하라 사막에서 만났던 한 베두인 가족은 비록 물질적으로 빈털터리나 다름없었지만 내가 평생 잊을 수 없는 환대를 베풀어 주었다. 하노이에서 만났던 베트남 시인 즈엉뜨엉쩐이 쓴 시 「베트남 참전용사 추모비에서」는 내가 미국인으로서 감히 기대할 수 없었던 화해의 손길이었다.

1952년 어느 날 저녁, 내 삶에 불현듯 나타난 한 발리인 드럼 연주자도 마찬가지였다. 당시 『뉴욕 헤럴드 트리뷴』에서 공연문화부 편집장으로 있던 나는 브로드웨이에 오르는 공연이란 공연은 전부 다 관람하는 특권을 누렸다. 하루는 풀턴 극장에서 「발리의 댄서들」이라는 공연을 보게 되었다. 나는 공연 내용이 무엇일지 전혀 감이 오지 않았다. 그때까지 나는 동남아시아에 대해서 학교에서 배운 적도, 경험해 본 적도 없었다. 무대 커튼이 오른 뒤 쨍! 하는 소리가 나자 나는 깜짝 놀라 의자에서 굴러 떨어질 뻔했다. 책상다리를 하고 무대 위에 앉은 25명의 발리인들은 지금까지 내가 한 번도 들어 본 적 없는 묘한 리듬에 맞춰 심벌즈와 공, 실로폰을 연주하고 있었다. 가믈란 오케스트라의 연주를 난생 처음 들어 본 것이다. 어떻게 내가 이런 아름다운 음악을 평생 모르고 살았을까? 비록 5음계로 만들어진 음악이긴 했으나, 선율은 마치 폭포수처럼 흐르는 멜로디와 대위법을 따라 높고 낮게 흐르며 때로는 세차고 강렬한 느낌을, 때로는 느리고 섬세한 느낌을 표현했다. 하지만 리더로 보이는 나이 지긋한 큰 북 연주자와 나머지 연주자들 사이에는 어떤 사인도 오가지 않았다.

이후 왕자, 악귀, 용으로 분한 무용수들이 무대에 올라 승려들의 춤을 추기 시작했고, 나는 전율에 휩싸였다. 무용수들의 움직임과 손짓에서 그 어떤 춤에서도 보지 못했던 우아함이 느껴졌다. 공연 마지막 차례는 고전적인 레공 춤(발리의 전통 춤)으로, 몸에 딱 달라붙는 사롱을 입은 소녀 세 명이 어찌나 유연한지 혹시 몸에 뼈가 없는 게 아닐까 싶을 정도였다. 공연 팸플릿을 보니 펠리아탄이라는 마을에서 온 극단이라고 했다. 나는 발리의 다른 마을에도 비슷한 극단이 있을 것 같다는 생각이 들었다. 발리인들은 예술을 삶에 내재되어 있는 것으로 인식했다. 심지어 발리어에는 '예술'이라는 단어조차 없었다.

나는 그 모습을 직접 경험하고 싶었다. 그리하여 이듬해 여름, 인도네시아 발리로 여행을 떠난 나는 차를 몰고 펠리아탄 마을 언덕을 지나 큰북을 연주하던 노인을 찾아갔다. 그의 이름은 아낙 아궁 그데 마데라였다. (아낙 아궁은 귀족 계급의 이름이다). 그는 극단이 미국 순회공연에서 돌아온 지 얼마 되지 않았으며, 무려 14개 도시에서 공연을 했다고 말해 주었다. 나는 연주자와 무용수들이 지금은 어디에 있는지 물었다. 그들은 원래 하던 일, 대부분 논밭 일을 하러 갔다고 했다. 그들의 공연 계획을 묻자, 이번 주에는 승려들의 춤이 필요한 종교 행사가 없다고 했다. 나는 다른 마을로 발길을 돌려야 했다.

내가 발리 여행의 첫 번째 규칙, 바로 발리의 마을에는 언제 어디서나 공연이 열린다는 규칙을 알게 된 것이 바로 이때였다. 가령 오늘은 이 마을에서 바롱 공연이, 내일은 저 마을에서 바리스와 커비얄 공연이 열리고 있었다. 나는 매일 이 마을 저 마을을 찾아다니며 저녁마다 마당에 앉아 브로드웨이에서 봤던 바로 그 춤을 감상했다. 낮에는 노동자로 일하던 사람들이 밤이 되자 정교한 춤사위를 선보이고 가믈란을 연주했다. 그곳에는 아이들과 닭들이 여기저기 뛰놀고, 갓난아기를 안은 어머니들이 둥글게 원을 그리고 서 있었다. 이곳 사람들은 태어날 때부터 「라마야나」* 이야기, 무용수들의 춤, 가믈란의 쩽그랑거리는 소리와 하나 되어 살아가고 있었다. 머릿속에서 쩽! 하는 소리가 울렸다. 바로 종교와 예술이 삶 안에 녹아들어 있다는 깨달음의 소리였다. 이는 정해진 날마다 특별한 건물이나 강의실에 찾아가 종교와 예술을 배우는 서양 문화와 완전히 다른 모습이었다. 나는 이렇게 종교와 예술이 삶과 하나된 모습이 몹시 부러웠다. 나는 이후 여행가는 곳마다 이를 유심히 관찰했고, 아프리카, 아시아, 브라질의 여러 마을도 발리와 유사하다는 것을 깨달았다. 내가 자라온 배경과 가정환경에서는 전혀 상상하지 못했던 모습이었다.

1972년, 이번에는 캐롤라인과 함께 펠리아탄 마을을 찾았

---

* '라마가 나아간 길'이라는 뜻으로, 고대 인도의 대서사시

다. 나는 아낙 아궁이 아직 살아 있는지 궁금했다. 마을에 사는 몇몇 소년들에게 묻자 그들은 나를 한 정자로 안내했다. 아낙 아궁이 그곳에서 어린 소녀들에게 레공을 가르치고 있었다. 20년 만에 만난 그는 머리가 희끗희끗하게 세고, 몸이 많이 굳어 있었다. 하지만 그는 나를 따뜻하게 환영한 뒤, 오래 전 브로드웨이 공연이 인연이 되어 내가 이 마을에 찾아오게 된 옛날 추억을 함께 이야기했다. 이야기를 마친 뒤 그는 레공을 가르치러 돌아갔다.

그는 한 소녀를 번쩍 들어 올리더니 소녀가 앞을 같이 바라보도록 몸을 돌리고 그의 발 위에 소녀의 발을 올려놓았다. 그러고는 소녀의 가냘픈 허리를 잡고 가믈란 멜로디를 흥얼거리면서 레공 춤을 추기 시작했다. 소녀의 작은 발이 그의 큰 발에 올려진 채. 그는 소녀와 앞뒤로, 양옆으로 움직이며 정해진 스텝을 밟았고, 몸을 굽혔다 기댔다. 움직였다 멈추었다 했다. 두 사람이 서로 리듬을 주고받는 것이 내게도 느껴지는 듯했다. 그의 얼굴 표정에서는 진지함과 너그러움이 보였다. 다른 소녀들에게도 똑같은 수업이 이어졌다. 모든 소녀들은 진지한 자세로 춤을 배웠다. 춤추기를 일이나 숙제처럼 생각하기보다, 삶 자체로 임하는 모습이었다. 이는 내가 평생 경험한 것 중 최고의 교훈이었다.

그렇다고 반드시 발리나 하노이, 팀북투에 가야 한다는 건 아니다. 미국 땅에서도 신성함을 경험할 수 있는 곳은 얼마든지 많으니 말이다. 1990년, 나는 마야 린이 미국 시민 인권운동 희생자를 추모하기 위해 만든 시민인권 기념비를 취재하고자 앨라배마주의 몽고메리를 방문한 적이 있었다. 그때 취재한 기사는 내가 훗날 미국의 대표적인 장소와 사람들에게 영감을 주는 15곳을 순례하고 온 이야기를 담은 저서 『미국의 장소들』에 담겨 있다.

워싱턴에 있는 베트남전쟁 참전용사 추모비 역시 그녀의 작품으로, 그곳은 내게 종교적인 의미가 있는 장소였다. 그녀는 사람들이 미국사회의 갈등을 야기했던 베트남전쟁의 상흔을 손으로 더듬어 느끼고 치유할 수 있도록 추모비에 참전용사들의 이름을 새겨 넣었다. 추모비 작업이 끝난 뒤 그녀는 베트남전쟁에서 눈을 돌려 시민 인권운동 희생자들의 이야기에 주목했다. 미국의 종교적 전통에 기반을 둔 시민 인권운동의 기원은 19세기 초 노예제도 폐지를 주장했던 에이브러햄 링컨으로 거슬러 올라간다. 링컨은 두 번째 취임사에서 하느님의 분노를 표현한 구약과 신약 성서를 여러 차례 암시하며, 남북전쟁은 하느님이 원하셔야 끝날 것("전능한 하느님께서는 그 분의 목적을 갖고 계십니다.")이라 강조했다. 그처럼 강렬한 언어로 노예제도의 죄악을 비판했던 사람은 그가 처음이었다.

마야 린의 시민인권 기념비는 당시 시민인권 운동의 모태가 된 25세의 신참내기 목사 마틴 루터 킹이 있었던 덱스터 애비뉴 침례교회에서 몇 블록 떨어진 곳에 있었다. 기념비는 크게 두 개로 구성되어 있었다. 첫 번째는 물이 흘러내리는 벽면 구조물로, 벽면에는 킹 목사가 자신의 유명한 연설에서 차용한 아모스서의 문장이 새겨져 있었다. 바로 워싱턴 연설에서 말했던 "나에게는 꿈이 있습니다"와 몽고메리 버스 보이콧 운동 초반에 했던 연설에 등장하는 "정의가 강물처럼 흐르고, 올바름이 힘찬 흐름이 될 때까지 우리는 만족하지 않을 것입니다"였다.

두 번째는 검은 화강암으로 만들어진 둥근 탁자였다. 탁자 윗면에는 1950년대와 1960년대 미국 남부에서 발생했던 53개의 사건과 희생자들의 이름이 원 가장자리를 따라 연도순으로 새겨져 있었다. 버밍햄 흑인교회에서 발생했던 폭탄 테러로 사망한 소녀 네 명의 이름과 백인 여성에게 말을 걸었다는 이유로 죽임을 당한 14살 흑인 소년 에밋 틸의 이름도 있었다. 탁자 표면에는 물이 낮게 흐르고 있었다. 기념비를 찾아온 사람들은 대개 탁자 주변을 천천히 걸으며 물 아래 새겨져 있는 희생자들의 이름을 손으로 더듬으며 지나갔다.

나는 이후 마야 린에게 어떻게 기념비 아이디어를 떠올리게 됐는지 물어보았다. 그녀는 처음 몇 달 동안은 아무런 아이디어가 없었다고 하며 이렇게 말했다. "너무 성급하게 착수하면 안 돼요. 너무 일찍 작품 형태를 결정해 버리면 보는 사람들에게 원하는 의미를 전달할 수 없어요." 그러던 어느 날, 그녀는 작품이 설치될 공간을 살펴보러 몽고메리에 가던 중 비행기에서 『목표를 향해 나아가라』라는 책을 읽다가 킹 목사의 "정의가 강물처럼 흐른다"는 문장을 접했다.

마야 린은 이렇게 말했다. "그 문장을 본 순간, 기념비에 물을 사용해야겠다는 느낌이 왔어요." 하지만 그때까지만 해도 그녀는 문장과 물의 시너지 효과가 얼마나 클지 전혀 몰랐다. 그녀는 내게 이렇게 말했다. "기념비 헌정식 날, 사람들이 눈물 흘리는 모습을 보자 뭉클한 마음이 들었습니다. 에밋 틸의 어머니가 흐르는 물 아래 새겨진 아들의 이름을 쓰다듬으며 눈물을 흘리더군요. 그 모습을 보고 어머니의 눈물이 기념비의 일부가 되었다는 것을 깨달았어요."

다른 기자들도 마야 린이 경험한 신성한 순간에 대해 알았을까? 다른 작가들도 발리의 한 노인이 레공을 가르치는 모습을 본 적이 있을까? 아마도 없지 않을까 싶다. 그렇다면 왜 하고 많은 사람 중 내가 선택을 받았을까? 수학적으로 따져보면 내가 선택될 확률이 높긴 했다. 영적인 탐구를 추구하는 작가는 그만큼 영적인 순간을 목격할 가능성이 많기 때문이다. 하지만 나는 이 모든 것이 신의 뜻이라는 생각도 든다. 신의 선의를 가장 잘 설명할 수 있는 이야기가 사람들에게 널리 전파되길 바란다는 의미에서다.

대부분의 사람들은 본인이 인식하고 있든 인식하지 못하든 일종의 순례를 행한다. 여러분이 뭔가를 탐구했던 이야기를 글로 표현하는 순간, 여러분이 전혀 상상하지 못했던 강력한 공감을 독자들과 형성할 수 있다.

또 다른 경험담을 하나 이야기해 보겠다.

내 프린스턴 대학 동기들은 대학 재학시절 제2차 세계대전의 소용돌이를 경험했다. 1940년 가을에 입학해 1944년 졸업할 예정이었던 나와 대학 동기들은 세상이 늘 지금처럼 평화로우리라 믿었던 근심 걱정 없는 젊은이들이었다. 하지만 1941년 12월 7일, 우리가 2학년에 진급한 지 몇 달 지나지 않아 세상 모든 것이 뒤바뀌기 시작했다.

일본군의 진주만 공격 소식은 프린스턴 학생들을 충격과 혼란 속에 빠뜨렸다. 모두들 어찌해야 할지 몰랐다. 당장이라도 자원해서 입대해야 할 것만 같았다. 일주일 뒤, 해럴드 W. 도즈 총장이 모든 학생들을 알렉산더 홀로 소집했다. 알렉산더 홀은 한때 빅토리아 고딕 양식이 유행했을 때 수많은 캠퍼스에 지어졌던 흉물스러운 건물이다. 도즈 총장은 "워싱턴"과 연락을 주고받은 결과, 현재 병력에 부족함이 없으므로 지금 당장 학생들이 입대할 필요는 없다고 했다. 워싱턴에서는 우리가 대학에 남아 "전쟁을 위한 노력"의 일환으로 교육을 받길 원한다고 했다. 적어도 지금은 말이다. 우리는 우리의 운명을 결정하는 총장의 말 한마디 한마디에 귀 기울이며 침묵했고, 나는 그때 그 순간을 아직도 생생하게 기억하고 있다.

그해 겨울부터 이듬해 봄과 여름, 우리들의 대학 생활은 마치 빨리 감기로 편집된 영상처럼 바쁘게 지나갔다. 워싱턴에서 말한 대로 전쟁에서 승리하려면 지식이 필요하므로, 학교는 우리들에게 방대한 양의 지식을 압축해 가르쳤다. 하지만 이 모든 것에 큰 균열이 생기기 시작했다. 점점 많은 학생과 교수들이 매주 군에 입대했다. 우리가 알던 대학 생활은 사라졌고, 결국 내 동기들 중 82% —— 남학생 562명 —— 가 전쟁터로 나갔다. 세계 대전이 종전한 이후에도 우리에게 예전의 삶은 다시 돌아오지 않았다. 모든 것이 산산조각났다.

1994년 봄, 연합군의 '디데이' 50주년을 맞아 나는 노르망디를 취재차 방문했다. 내 동기들의 대학생활을 풍비박산으로 만든 그 세계대전이 어떤 분수령을 맞았는지 확인하기 위한 일종의 순례길이었다. 나는 오마하 해변 위의 절벽에 위치한 미군 전사자 묘지를 찾아가기로 했다. 오마하 해변은 1944년 6월 6일 엄청난 수의 미군 전사자가 발생했던 곳으로, 나는 그 미군 묘지에서 남다른 힘이 느껴진다는 이야기를 들은 적이 있었다. 나는 묘지를 참배하는 사람들이 과연 어떤 힘을 경험하는지 직접 느껴 보고 싶었다.

묘지에 도착한 순간, 나는 더할 나위 없이 완벽한 공간에 와 있다는 느낌을 받았다. 이곳 풍경은 자연의 가장 단순한 세 가지 요소인 대지, 바다, 하늘로 구성되어 있었다. 9,386개의 흰색 대리석 십자가는 한 치의 오차도 없이 똑바로 정렬된 상태로 오마하 해변을 내려다보고 있었다. (유대인 전사자의 묘는 십자가 끝부분을 다윗의 별 모양으로 만들었다.) 묘지에 있는 나무 수는 많지도 적지도 않고 딱 적당했다. 어떤 묘지에 가면 나무를 너무 많이 심어 사람들의 슬픔이 녹색에 잠식당하는 경우가 있다. 하지만 이곳은 단순함 그 자체였다. 말끔한 잔디밭, 존엄함이 느껴지는 흰 십자가, 높은 깃대 위에서 흔들리는 두 개의 성조기, 드넓은 하늘만이 눈앞에 보이는 전부였다. 묘지 너머에는 영불해협이 수평선까지 펼쳐져 있었다.

이 미군묘지는 매년 2백만 명의 추모객이 방문하는데, 대부분의 추모객은 유럽인이다. "그들은 이곳에서 마음의 위안을 얻지요." 묘지 관리자 조지프 리버스는 내게 이렇게 말했다. "유럽인들은 묘비를 보며 이렇게 생각해요. '이들은 우리를 위해 싸우다 희생됐구나.' 젊은 프랑스인들은 '디데이' 덕분에 그들의 할아버지가 독립을 되찾을 수 있었다고 생각해요. '연합군의 노르망디 상륙' 소식은 마치 하늘을 밝히는 횃불 같았던 거죠. 그처럼 희망적인 소식도 없었을 겁니다."

리버스는 묘지 관리자이자 기억 관리자였다. 그는 이렇게 말했다. "이번 주에는 스웨덴, 이탈리아, 브라질 학생들이 제게 편지를 보냈어요. 궁금한 게 있다면서요. 묘지를 참배하고 간 사람들로부터 이런 편지를 자주 받곤 해요. 편지를 보낸 스웨덴 학생은 이곳에서 싸웠던 미군 참전용사의 이름을 알고 싶다고 하더군요. 자기와 비슷한 나이에 이곳에 와 전쟁을 했던 경험에 대해 그에게 직접 물어보고 싶다고 했어요. '전쟁 경험이 도움이 되었나요? 아니면 장애가 되었나요?' '그 경험을 통해 더 나은 사람이 되었나요?' '전쟁 후의 삶은 어떠했나요?' 젊은이들은 이런 걸 궁금해 합니다. 그들이 이런 걸 알고 싶어 한다니 참 다행이죠. 유럽인들은 역사를 제대로 가르치지 않거나 숨기려고 하니까요. 학생들은 이곳 노르망디에서 일어났던 일을 지금까지 제대로 몰랐다고들 해요."

내가 왜 이곳에 오고 싶어 했는지 조금씩 실마리가 보이는 느낌이었다. 이 미군묘지에는 위대한 기능이 있었다. 바로 묘지를 찾는 추모객들의 감정적 필요를 충족시키는 기능이었다. 특히, 이곳은 추모객들에게 지난 죄를 사면하는 자비로움을 선사했다. 조지프 리버스는 내게 최근 이곳을 찾은 한 추모객 이야기를 해주었다. 그는 미국 해군 전투수중 폭파대와 함께 노르망디에서 디데이 작전을 수행했던 인물로, 수뢰와 각종 장애물을 제거하는 임무를 맡았다고 했다.

"'해군 전투수중 폭파대원'을 실제로 본 건 그가 처음이었어요." 리버스는 이렇게 말했다. "지금까지 이곳을 찾은 사람이 없었거든요. 그는 두 명의 손자들과 묘비 길을 걸었어요. 손자들은 모두 의사라고 했죠. 그는 몹시 긴장해 있었습니다. 그는 디데이의 기억을 완전히 억누르고 살았다고 했어요. 그가 이렇게 말하더군요. '내 아내와 친척들 모두 디데이 얘기를 듣고 싶지 않아 했어요. 저는 디데이의 모든 기억에 소극적일 수

밖에 없었죠.' 그러던 그가 50년 만에 처음으로 기억의 문을 연 겁니다. 갑자기 모든 기억이 주마등처럼 스쳐 지나갔어요. 그의 손자들은 할아버지의 그런 모습을 처음 보기 때문에 무척 놀라더군요. 그는 자신의 모든 감정을 털어놓았어요. 그런데 이야기를 하면 할수록 예전과 완전히 다른 기분이 들기 시작했대요. 자신이 그동안 만족스러운 삶을 살아왔다는, 좋은 기분을 느꼈다고 했어요. 이곳 덕에 그의 인생관이 바뀐 겁니다."

나는 집에 돌아온 뒤 리버스의 이야기와 미군 묘지를 한참 생각했다. 나는 우리 세대 남자들이 제2차 세계대전 경험을 무리 없이 받아들였다고 생각했다. 그들이 지난 50년 동안 과거의 기억을 아내와 자녀들에게 감추며 살아왔으리라고는 상상도 하지 못했다. 하지만 내가 친구들에게 노르망디 묘지를 찾았던 그 해군 폭파대원 이야기를 하자, 다들 그의 이야기에 공감하는 눈치였다. 일부 중년 여성들은 아버지로부터 한 번도 세계대전 참전 경험에 대한 이야기를 들어 본 적이 없다고 했다. 아버지는 아버지대로 이야기할 기회가 없었고, 자녀들은 자녀들대로 아버지에 대해 중요한 것을 알 수 있는 기회를 박탈당했던 것이다. 그들은 자기들이 이야기에서 소외됐다고 생각했다.

프린스턴 대학의 졸업 50주년 동문회가 열렸던 어느 6월 저녁, 나는 이 모든 기억이 되살아나는 것을 느꼈다. 우연하게도

50주년 동문회와 디데이 50주년 기념일이 둘 다 같은 주말에 열렸다. 그 주 내내 언론에서는 노르망디 상륙작전 이야기를 다루느라 바빴다. 이것이 의미하는 바는 분명했다. 바로 우리가 평생 1944년 6월 6일의 기억을 떠안은 채 살아왔다는 의미였다.

나는 동문회 모임을 좋아하는 편이 아니었다. 내 동기들이 학교를 졸업하기도 전에 다 뿔뿔이 흩어진 것이 그 중 한 가지 이유였다. 하지만 이번 동문회만큼은 다들 의무감과 충성심 이상의 무언가에 이끌려 참석한 듯 보였다. 동문회의 첫 번째 순서는 저녁식사였다. 나는 1944년 졸업 동기들이 모인 자리를 찾아 내가 1, 2학년 때 알고 지냈던 사람들이 왔는지 살폈다. 대부분은 전혀 모르는 얼굴이었다. 그럼에도 불구하고 동문회에 참석한 동기들의 수는 꽤 많았다. 나중에 알게 된 사실이지만, 그날 우리 동기들은 프린스턴의 졸업 50주년 동문회 최대 참석률을 기록했다. 뿐만 아니라, 동문회 기부금도 액수나 참여율 면에서 사상 최대로 높았다. 무려 참석자들의 85.4%가 기부금에 참여했다. 나는 이 이야기를 듣고 몹시 놀랐다. 우리를 뿔뿔이 흩어놓았던 전쟁이 이제 우리를 결속시키는 힘이 된 것일까?

다음날 아침, 알렉산더 홀에서 동문회 주요 행사가 진행되었다. 진주만 공습 일주일 후 우리가 전부 소집됐던 바로 그 건물이었다. 대부분 아내와 함께 행사에 참석했다. 아무리 결혼이 실패한 제도라고들 해도, 부부들이 함께 이곳에 참석한 모습은 무척 아름다워 보였다. 이들 중 대부분은 1940년대 초 프린스턴 대학 캠퍼스에서 만난 인연이었다. 나는 캐롤라인과 동문회에 동행한 적은 한 번도 없었으나, 이번만큼은 그녀와 꼭 함께 가고 싶다고 했다.

알렉산더 홀은 훌륭하게 재단장을 마친 모습이었으나, 그날 나뿐만 아니라 많은 사람들은 새로 칠한 페인트 아래서 옛날 흔적을 느꼈을 것이다. 해럴드 도즈 총장의 유령도 건물 처마 아래 어딘가에 있을 것 같았다. 도즈 총장은 기나긴 전쟁기간 내내 자원입대한 학생들에게 정기적으로 편지를 보내 학교가 우리를 잊지 않고 있다고 전했고, 우리는 그런 그를 무척 좋아하게 되었다. 한번은 모던 라이브러리에서 출판한 100권의 책 목록을 동봉해 파병 지역과 관계없이 학교에서 책 3권씩을 보내 주겠다고 한 적도 있었다. 나는 알제리 블리다의 모래가 휘날리는 천막에서 『돈키호테』를, 이탈리아 브린디시의 눈발이 휘날리는 천막에서는 셰익스피어의 희곡 작품집을 받았다.

그날 우리들 가운데 네 명은 그간 미국에서 경험했던 일에 대해 짧은 연설을 할 예정이었다. 첫 번째 연사였던 나는 우리의 집단적 자아 정체성과도 같은 노르망디 상륙작전에 대해 이야기하기로 마음먹었다. 그리고 며칠 전 오마하 해변의 미군묘지에 다녀왔던 경험을 이야기했다. 나는 영불해협을 내려다보는 묘지의 위치에 대해, 줄맞춰 늘어선 흰색 십자가에 대해 이야기했다. 또 '이들이 우리를 위해 싸우다 희생됐구나.'라고 생각하는 유럽 추모객들, 오랜 기간 참전 기억을 억누른 채 살았던 해군 폭파대원에 대해서도 이야기했다. 연설의 마지막은 조지프 리버스의 이야기로 마무리했다. "노르망디에서 싸웠던 참전용사들은 묘지를 둘러보며 우리 조국이 전사자를 숭고하게 대우하고 있음을 확인합니다. 또한, 그들은 생존자로서의 죄책감에서 벗어납니다. 사람들은 대부분 자기 자신의 장기적인 운명에 대해 잘 생각하지 않습니다. 삶이란 대개 종잡을 수 없이 흘러가니까요. 하지만 이곳에 오면 새로운 사실을 깨닫게 되죠. '이분들은 가치를 수호하기 위해 목숨을 바쳤어. 그리고 지금도 그 가치를 수호하고 있구나. 이분들의 행동은 대단히 이타적이었어.'"

내가 동기들에게 ── 그리고 그들의 아내, 자녀, 손자들에게 ── 오마하의 미군묘지에 대해 이야기하는 동안 알렉산더 홀에는 정적이 흘렀고, 정적이 주는 신성한 기운이 홀 곳곳에 스며들었다. 그 묘지는 추모객뿐만 아니라 알렉산더 홀에 모인 우리들에게도 축복을 내려 주었다.

오전의 마지막 연사였던 허비 스톡만은 제2차 세계대전, 한국전쟁, 소련의 U-2 첩보작전, 베트남전쟁 등 수많은 열전과 냉전에 직접 투입됐던 전투기 조종사였다. 그는 베트남전 당시 비행기 추락으로 인해 하노이에서 가로세로 2미터의 감방에 갇혀 6년 동안 포로생활을 했다. 그는 처음에는 포로시절

겪었던 시련에 대해 이야기하기를 꺼렸다. 하지만 그가 보여준 기개와 관용이 1944년 졸업생의 모습을 가장 잘 대변한다고 생각한 동기 대표의 설득으로 연단에 서게 되었다.

"저는 이 연설을 준비하면서 마치 오랫동안 방치해 둔 묘지에 찾아가는 기분이 들었습니다." 말쑥한 차림새에 따뜻한 미소를 지닌 허비 스톡만은 연설대에 서서 우리를 내려다보며 이렇게 말했다. 그는 포로생활 첫 몇 달간 가혹한 처우를 받았던 경험에 대해 회상했다. "저는 완전히 망가지고, 쇠약해져 있었습니다." 하지만 그는 곧 서서히 회복하기 시작했다고 했다. "마음이 깨어나 제 몸과 통하는 것이 느껴졌고, 그렇게 저는 살고자 하는 의지, 힘을 되찾고자 하는 의지를 갖게 되었습니다." 천천히 말을 잇는 그는 감정이 북받치는 모습이었으나, 절대 자기 연민에 의한 감정이 아니었다. 연설을 마친 그는 다시 자리로 돌아갔는데, 다소 경직된 그의 걸음걸이에서는 포로생활의 후유증이 드러났다. 우리 모두는 기립박수를 쳤다. 이는 연설이 끝나면 으레 손뼉을 두드리는 그런 박수와 달랐다. 홀 전체를 울리던 우리의 박수 소리에는 깊은 엄숙함이 있었고, 감정적이되 감상적이지 않았다. 대부분은 눈물을 흘리거나, 눈물을 닦을 손수건을 찾고 있었다. 캐롤라인이 나중에 말하길, 남자들이 그렇게 눈물 흘리는 모습을 본 건 처음이라고 했다. 그 순간 우리 모두의 상처가 치유되었다.

연설이 끝난 뒤, 우리는 따뜻한 햇살이 내리쬐는 캠퍼스로

나가 가벼운 마음으로 점심식사를 하며 함께 이야기를 나눴다. 이후에는 나소 홀에 집합해 동문회 동기들의 '퍼레이드'를 구경했다. 퍼레이드를 보는 순간, 나는 아버지가 프린스턴을 졸업했던 1909년 오렌지색과 검은색이 섞인 프린스턴 재킷을 입고 아버지와 퍼레이드 행진을 했던 어린 시절을 떠올렸다. 밴드가 프린스턴 퍼레이드 메들리를 연주하자, 아기침대에 누워 있던 갓난아기 시절 내게 이 메들리를 불러 줬던 아버지의 목소리가 들리는 듯했다. 내가 태어나 처음 기억하는 노래가 바로 이 노래였던 것이다.

12

과거의 재발견

1999년 어느 날, 한 남자가 끈으로 조심스럽게 묶은 커다란 상자를 들고 뉴욕에 있는 내 사무실을 찾았다. 그의 이름은 빌 레렌으로, 그는 내게 전화를 걸어 보여 주고 싶은 것이 있다고 말했다. 그의 전화를 받은 뒤 나는 하루라도 빨리 그 물건을 보고 싶어졌다. 사무실을 찾아온 그는 내 책상 위에 상자를 올려놓고는 무슨 의식이라도 치르는 것처럼 느릿느릿한 손놀림으로 매듭을 풀고 포장을 벗겼다. 마침내 상자 속 물건이 모습을 드러냈다. 내가 어렸을 때 못해도 수천 시간은 갖고 놀았을 추억의 야구 게임기였다. 마지막으로 이 게임기를 본 것이 무려 60년 전 일이었다.

빌 레렌이 나를 방문하게 된 계기는 내가 1983년 4월 6일 『뉴욕타임스』에 기고했던 야구 게임기에 대한 기사였다. 당시 비디오 게임 열풍이 불어 사람들은 미국 청소년들이 게임에 빠져 오락실에서 귀중한 시간을 허비한다고 말이 많았다. 나는 기사를 통해 나도 어렸을 때 지금 청소년들만큼이나 야구 게임에 푹 빠져 살았지만 아무런 문제없이 성장해 잘 살고 있다고 반박했다.

나는 1930년대 당시 야구에 대한 나의 열정을 충족시킬 수 있는 좋은 수단이 없었노라고 이야기했다. 텔레비전은 아예 없었고, 라디오에서 야구 중계를 하는 일도 드물었다. 나 같은 아이들을 노리고 만든 보드게임이 있긴 했으나, 주사위나 카드, 스핀 따위가 '야구장'의 경기 결과를 결정하는, 재미라고는 눈곱만큼도 없는 끔찍한 물건이었다. 실제 야구 경기 같은 느낌도 없거니와, 아무런 야구 기술도 필요하지 않았다.

그러던 어느 해 겨울, 나는 크리스마스트리 아래 야구 게임기가 선물로 놓여 있는 것을 발견했다. 가로세로 60cm 길이의 녹색 금속판에 나무 테두리가 둘러진 야구 게임기는 진짜 야구 경기장 느낌이 났다. 주물로 만든 야구선수 인형 아홉 개는 각자의 내야 위치에 서 있었고, 각 선수들 앞에는 홈이 파여 있었다. 선수를 공으로 맞추면, 맞춘 공은 홈 안에 떨어져 아웃으로 처리됐다. 공을 제대로 보내면, 공은 "파울", "1루타", "2루타", "3루타", "홈런" 같은 위치로 굴러갔다.

게임기의 야구배트는 탄탄한 용수철로 조작된 장치였다. 배트를 손에 잡고 있다가 떼면 배트는 야구장 가운데로 공을 세게 보냈다. 타자는 게임기의 본루 뒤에 무릎을 꿇고 앉아 배트를 손으로 당기고 공이 날아오길 기다렸다. 투수는 본루 반대편에 무릎을 꿇고 앉아 공을 조종하는 버튼 위에 손가락을 올렸다. 버튼을 누르기에 따라 빠른 공과 느린 공을 던질 수 있었고, 공의 속도를 조절할 수도 있었다. 타자와 투수의 고도의 심리전과 눈치싸움은 실제 야구경기 못지않았다. 빠른 공을 예상한 타자는 공이 날아오기도 전에 야구배트를 먼저 휘두르거나, 느린 공을 예상하고 야구배트를 늦게까지 잡고 있으면 공이 포수의 주머니 안으로 들어가 버리는 황당함을 맛봐야했다. 물론 공의 속도를 제대로 예측하는 경우도 있었다. 타자와 투수의 지략 싸움을 어린이 게임기에서도 똑같이 재현한 모습에 나는 놀라움을 감추지 못했다.

야구 게임의 매력에 한 번 빠진 사람은 게임에서 쉽게 벗어나기 어려웠다. 내가 이 게임에 푹 빠진 것은 안 봐도 비디오였다. 이 야구 게임은 나와 내 친구 찰리 윌리스의 오락 활동을 180도 바꿔 놓았다. 나와 찰리는 일대일로 편을 나눠 야구 게임을 했다. 찰리는 뉴욕 양키스, 나는 디트로이트 타이거스 팀을 맡았다. 여름은 겨울이 되고, 겨울이 다시 이듬해 여름이 될 때까지 우리의 야구 게임은 계속되었다. 당시 내 방에는 빅리그 껌카드와 옛날 야구 잡지들이 산처럼 쌓여 있었는데, 그 위에 박스 스코어, 타율, 게임 통계치를 기록한 수많은 종이쪼가리들이 차곡차곡 덧쌓였다. 하루는 찰리와 게임을 22판이나 한 적도 있었다.

"가끔 그 야구 게임기가 어떻게 됐는지 궁금하다." 나는 기사 마지막 부분에 이렇게 썼다. "내가 군대에 있었을 때 어머니께서 게임기를 버리신 게 분명하다. 옛날에 유행했던 은행놀이나 완구를 파는 골동품 전시회에 방문해 봤지만 이 야구 게임기를 찾지는 못했다. 나는 이 게임기를 만든 회사가 어디였는지 전혀 기억나지 않는다. 하지만 아주 어렴풋하게 '울버린'이라는 단어는 기억난다. 내게 '울버린'은 영화 「시민 케인」에 나오는 '로즈버드'* 같은, 돌이킬 수 없는 막연한 기억 속의 존재다. 혹시 이 야구 게임기를 다락방이나 지하실, 차고에 갖고 있는 사람이 있다면 알려 달라. 나와 찰리 윌리스는 바로 비행기 표를 끊고 여러분을 만나러 갈 것이다."

기사가 나간 지 며칠 만에 나는 여러 통의 편지를 받았다. 자신을 펜실베이니아 스트라우즈버그에 사는 L. 로버트 파이티그라고 소개한 이 사람은 이렇게 말했다. "이건 정말 운명이라고밖에 설명할 수 없을 것 같네요. 저는 『필라델피아 인콰이어러』를 사러 신문 가판대에 갔어요. 그런데 운명이 손을 쓴 덕

---

* 「시민 케인」은 케인이라는 거물이 남긴 유언 '로즈버드'가 무슨 뜻인지 찾는 과정을 그린 영화다. 주인공은 '로즈버드'의 실마리를 밝히는 데 실패하나, 관객들은 마지막 장면을 통해 '로즈버드'가 유년시절에 대한 추억과 향수였음을 알게 된다.

분인지, 『필라델피아 인콰이어러』가 그날 하필 다 나갔다더군요. 그래서 보통 때는 거의 사 보지 않는 『뉴욕타임스』를 대신 샀습니다. 그런데 선생님의 기사가 눈앞에 바로 보이더군요. 저 역시 어렸을 때 친구 집 서치와 함께 방바닥에 앉아 그 야구 게임기를 시간 가는 줄 모르고 열심히 갖고 놀곤 했어요. 저는 제 아들 존, 그리고 세 명의 손자들과 야구 게임을 함께한 적도 있습니다. 그 게임기를 아직도 갖고 있죠. 손자들은 아직 많이 어려서 빠른 공을 잘 못 잡아요. 그래서 제가 빠른 공을 날리면 툴툴대지만, 금세 실력이 늘지 않을까 싶네요."

뉴욕 노스 벨모어에 사는 J. M. 피트먼은 야구 게임기 이름과 제조사를 알려 주었다. "제가 반가운 소식을 하나 드릴게요." 그는 이렇게 말했다. "저는 울버린 컴퍼니에서 만든 야구 게임기 '페넌트 위너'를 아직 갖고 있습니다. 제가 형이랑 1932년 크리스마스 때 받은 선물이죠. 예전에 브루클린에 있었던 프레더릭 로에저 백화점에서 구입했다고 들었어요. 저역시 친구들과 각자 야구팀을 만들어 페넌트레이스 경기를 하고, 매 시즌 올스타전과 월드 시리즈전도 했지요. 경기 기록표와 각종 평균치, 통계를 기록해 둔 공책이 있는데 무려 1,000경기가 넘어요. 레프티 그로브와 칼 허벨, 디지 딘과 론 워너크의 투수전 기록도 있고, 지미 폭스, 앨 시몬스, 루 게릭, 베이브 루스가 홈런을 날린 기록도 있죠."

뉴저지 버나즈빌에 사는 프레더릭 콜브는 이렇게 말했다.

"저도 어렸을 때 선생님처럼 수많은 보드게임을 갖고 놀았어요. 그러던 1929년 어느 날, 아버지께서 뉴욕에 있는 한 야구용품점에서 울버린 야구 게임기를 사 주셨어요. 15달러짜리였는데, 당시로서는 상당히 비싼 가격이었죠. 저는 친구 세 명과 팀을 짜서 야구 게임을 했습니다. 제 친구 중 한 명은 매주 토요일 경기 결과와 평균치를 보고하는 신문을 만들기도 했어요. 저는 그해 리그 챔피언십 시리즈에서 우승했어요. 친구들은 제가 우승한 게 '홈 필드' 어드밴티지 때문이란 걸 알고, 그 해 크리스마스 선물로 야구 게임기를 장만했죠. 친구들은 점점 자기한테 유리하게 야구배트 용수철을 조절하는 법을 알게 됐습니다. 진짜 야구게임이랑 다를 바가 없었어요!"

뉴욕 매서피쿼 출신의 조지 컬버도 야구 게임기의 리얼함에 대해 이야기했다. "저는 1936년 야구 게임기에 완전히 푹 빠졌어요. 신기했던 점은 게임기 경기 방식과 스코어 기록이 실제 야구 게임이랑 정말 비슷하게 만들어졌다는 사실이었어요." 가장 많은 수의 리그를 보유했던 사람은 뉴욕 미네올라의 루 샌더스와 그의 친구들이었다. "제가 살던 동네에는 메이저리그 팀을 대표하는 12명의 친구들이 있었어요. 우리는 각자의 선수 라인업과 통계를 기록했어요."

야구 게임기를 버린 사람이 어머니일 것으로 추정되는 사람이 나 말고도 두 명 더 있었다. "방금 어머니 집 다락방에서 게임기를 찾았습니다." 뉴욕 비컨에 사는 이안 G. 맥도널드는 이렇게 말했다. "선수 몇 명이 없어졌는데, 어머니께서 '어딘가에 잘 있을 거다'라고 하시더군요. 하지만 어머니의 이 말은 사실 영영 찾지 못할 거란 뜻이에요." 뉴욕 서편 출신의 프랭크 E. 다널크는 이렇게 썼다. "저도 그 게임기를 참 좋아했습니다. 하지만 저희 어머니께서는 매일 쓰는 물건이 아니면 갖다 버리길 좋아하셨죠. 아마 제 게임기도 그렇게 사라졌을 겁니다."

마지막 편지는 아칸소주 분빌의 소인이 찍혀 있었다. 발신자를 확인한 나는 두 눈을 믿을 수가 없었다. 바로 울버린 완구 회사의 영업 부사장 윌리엄 W. 레렌이었기 때문이다. 그는 이렇게 말했다. "선생님의 기사 세 번째 문단을 읽을 무렵 이런 생각이 들더군요. '이 분이 우리 페넌트 위너를 보면 참으로 좋아하겠군.' 그리고 기사 나머지 부분을 읽으면서 소름이 돋을 정도로 놀랐어요. 선생님께서 얘기한 그 게임기가 바로 저희 회사 제품이었으니까요. 울버린은 중소 완구업체로, 인지도가 그리 높은 회사는 아닙니다. 저희는 1929년부터 1950년까지 페넌트 위너를 생산했어요. 저는 1948년 울버린에 입사했는데, 그때부터 이미 그 게임기는 부자들이 사는 장난감이라는 인식이 있었죠. 안타깝게도 제품 데모 후 게임기는 단종됐어요. 선생님의 기사를 읽은 뒤 저희는 회사 박물관을 샅샅이 뒤져 재고가 딱 하나 남아 있는 걸 발견했어요. 물론 회사에서 이 재고를 반출하기는 어렵습니다. 하지만 선생님이나 찰리 윌리스 씨께서 혹시 근처를 방문하실 기회가 된다면 선생님들과 기쁜 마음으로 야구 게임을 함께 하고 싶습니다."

그 게임기가 바로 빌 레렌이 내 사무실로 가져왔던 그 게임기였다. 그는 울버린에서 퇴직하면서 그 게임기를 회사로부터 샀다고 했다. 그는 울버린이 1903년 피츠버그에서 설립되었으며, 회사 설립자는 미시건 출신의 주물 금속 제조업자 벤저민 프랭클린 베인이라고 설명했다. 그는 미시건 대학의 미식축구팀 울버린스의 이름을 따 회사 이름을 울버린으로 지었다고 했다. 울버린은 파이 틀과 스토브 토스터 등으로 많은 매출을 올렸다.

1910년 무렵, 베인은 중력의 힘으로 움직이는 장난감 '샌디앤디'에 들어갈 주물 제품 제작을 의뢰받았다. 샌디앤디는 깔때기에서 떨어지는 모래를 받은 수레가 경사면 위에 달려 있는 평형추의 힘으로 경사면을 내려가고, 경사면을 다 내려가면 모래를 바닥에 떨구는 장난감이었다. 주물 제작이 다 끝났는데, 글쎄 샌디앤디를 발명한 사람이 파산하고 말았다. 베인은 샌디앤디를 그의 공장에서 직접 제작하기로 마음먹었다. 울버린은 1950년대부터 샌디앤디를 생산해 판매하기 시작했고, 샌디앤디를 갖고 놀 때 필요한 모래 ——부모 입장에서는 자녀들이 집 안에서 갖고 노는 걸 원치 않았을——도 상자에 담아 함께 팔았다.

1914년, 네덜란드 출신의 젊은 이민자 제임스 레렌(빌 레렌의 아버지)은 뉴욕에 있는 김벨스 백화점에서 샌디앤디 제품

데모 아르바이트를 하게 됐다. 그의 실력을 눈여겨 본 베인은 그에게 피츠버그에서 영업 직원으로 일하지 않겠냐고 제안했다. 그는 그렇게 울버린의 유일한 영업 담당자가 되었다. 베인이 사망한 뒤 울버린은 적자의 늪에 빠졌고, 제임스 레렌이 1928년 사장으로 취임했을 무렵 회사는 고사 상태에 이르렀다. 울버린은 그의 지휘 아래 대공황과 제2차 세계대전을 거치는 동안 군수물품 제조업체로 거듭났다.

"저는 영업직원으로 울버린에 취직했고, 이후 1960년대 중반에 부사장으로 승진했어요." 빌 레렌은 이렇게 말했다. "1968년 울버린은 비상장 대기업에 지분을 넘기고 아칸소주 분빌로 옮겼습니다. 우리는 바지선에 펀치 프레스며 각종 금속 가공기계를 한가득 싣고 피츠버그에서 출발해 오하이오강, 미시시피강을 거쳐 아칸소강까지 올라갔지요. 이후 울버린에 새로 부임한 사장은 흉포한 동물 이름*이 완구업체 이름에 어울리지 않는다고 생각해 회사명을 '오늘의 어린이들'로 바꿨습니다. 지금은 금속제품 생산도 완전히 중단했고요. 현재는 플라스틱으로만 제품을 만들고 있습니다."

페넌트 위너가 만들어진 계기를 정확히 아는 사람은 없었다. 그러나 그 게임기를 발명한 자가 야구광이자 기계 천재라

---

* 울버린은 식육목 족제비과의 포유류로, 화가 나면 곰에게 맞서기도 한다

는 사실만큼은 분명했다. 그는 아마도 미국 산업계의 위대한 선조들이 그랬듯 홀로 발명에 몰두한 끝에 1928년 특허품을 들고 울버린을 찾았을 것이다. 나는 빌 레렌이 내 책상 위에 게임기를 올려놓는 것을 보며 울버린도 그 발명가의 작품을 보고 얼마나 기뻐했을지 상상할 수 있었다. 흠이나 스크래치 하나 없이 반짝반짝 빛나는 금속판으로 만들어진 페넌트 위너는 아름다움 그 자체였다.

레렌은 푸른색의 수비수 인형 아홉 개를 포장에서 꺼내 각자의 자리에 올려두었다(베이스 러너 세 개는 붉은색이었다). 그다음 야구공을 꺼내 투수 앞에 놓았다. 버튼을 조종해 빠른 공, 느린 공의 속도를 조절하던 옛 느낌이 생생하게 기억났다. 배트 용수철을 당긴 채 투수가 공을 던지기를 기다리며 너무 빠르지도 느리지도 않은 적당한 시점에 공을 맞추길 바랐던 기억이 났다. 용수철은 두 손가락으로 잡고 있는 게 가장 좋았다. 한 손가락은 너무 약하고, 셋은 정교함이 떨어졌다.

"게임 한 판 하시겠어요?" 빌 레렌이 물었다. 우리는 책상 맞은편에 앉아 각자 피칭과 스윙을 연습했다. 그런데 뭔가 이상했다. 책상의 경사 때문에 공이 자꾸 한쪽으로 굴러갔다. 문제를 해결할 수 있는 방법은 딱 하나였다. 빌은 카펫이 깔린 바닥에 게임기를 내려놓았다.

그 당시 내 사무실은 렉싱턴 애비뉴에 있는 상업용 건물에 있었다. 나는 광고나 패션, 그래픽 디자인 일을 하는 프리랜서

들과 사무실을 공동으로 임대해서 사용했다. 나는 항상 방문을 닫지 않고 작업했고, 오늘도 굳이 방문을 닫지 않았다. 그날 오후 내 사무실을 지나는 사람들은 70대 노인 두 명이 바닥에 엎드려 게임을 하는 모습——보통 사무실에서 흔히 볼 수 없는 풍경——을 봤을 것이다.

레렌이 먼저 타자를 맡았고, 투수가 된 나는 버튼 위에 손가락을 올렸다. 순간 익숙한 기분이 들었다. 준비가 됐다는 레렌의 말을 듣고, 나는 빠른 공을 던졌다. 배트가 스윙을 날렸고, 공은 외야로 날아가 중견수 뒤쪽에 있는 '홈런'을 맞췄다. 두 번째는 느린 공을 던졌다. 이번에도 홈런이었다. 나는 빠른 공과 느린 공을 번갈아 던졌다. 레렌은 계속해서 2루타, 3루타, 홈런을 기록했다. 마침내 내가 던진 공이 좌익수 앞에 있는 홈에 '퉁' 소리를 내며 들어갔다. 원 아웃이었다. 시작이 좋지 못했다. 지난 수십 년간 실력이 녹슬어 버린 탓이었다.

내가 공격을 할 차례가 되어 우리는 자리를 바꿨다. 배트를 당기는 순간, 머리와 손가락이 완벽하게 하나가 되었다는 느낌이 들었다. 투수가 공을 던지는 순간 갑자기 '탁' 하는 익숙한 소리가 들렸고, 곧바로 공이 포수의 금속 주머니 안에 떨어져 '퉁' 하는 익숙한 소리가 들렸다. 나는 다시 한 번 빠른 공을 예상하고 배트를 휘둘렀으나, 공은 세월아 네월아 천천히 날아왔다. 굴욕적인 순간이었다.

하지만 나는 곧 예전 감각을 되찾았다. 누가 더 유리하거나 불리한 것 없이, 우리의 게임 승패 확률은 실제 야구경기와 거의 비슷했다. 밖에는 이미 해가 졌고, 맨해튼에는 밤하늘이 내려앉아 있었다. 우리는 시간이 얼마나 지난지도 몰랐다. 12세 소년으로 돌아간 우리는 수비와 공격 순서가 바뀔 때마다 자리를 바꿔 앉았다. 마침내, 레렌은 기차를 타고 집으로 돌아가야 한다고 말하고는 야구 게임기를 다시 상자에 담았다.

엘리베이터 앞에서 인사를 나눈 뒤, 나는 그에게 이렇게 물었다. "혹시 내일도 오실 수 있으세요?"

위 기사는 2001년 여름 『애틀랜틱 먼슬리』에 「야구 게임기」라는 제목으로 실렸다. 이번에도 기사가 나간 후 나는 많은 독자들에게 편지를 받았다. 그들은 내 글 덕분에 옛 추억을 반추할 수 있었다고 했다. 특히 나는 전혀 예상치 못했던 두 사람에게 편지를 받았던 것이 매우 인상적이었다. 그들의 편지를 내가 공개하는 이유는 평범한 이야기라도 작가의 인간미가 담겨 있는 글은 얼마든지 독자의 공감을 얻을 수 있다는 사실을 여러분에게 다시 한 번 강조하기 위해서다.

첫 번째 편지는 미시건 존스빌에 사는 루스 암스트롱이 보낸 것이다.

선생님의 기사 「야구 게임기」를 정말 재미있게 읽었습니다. 하지만 제가 가장 관심 있게 읽었던 부분은 사실 야구 게임기보다

'샌디앤디'라는 장난감과 장난감 제조업체 울버린에 대한 내용이었어요.

저는 1930년대에 어린 시절을 보냈는데, 매년 여름 바닷가에 놀러 가면 남동생과 '샌디앤디'를 갖고 놀았답니다. 샌디앤디는 저와 동생의 공동 소유였지만, 모래 양동이와 삽, 탬버린 모양의 모래 체는 각자 하나씩 갖고 있었죠. 여름이 끝날 무렵 집으로 돌아갈 때면, 우리는 여기저기 긁히고 녹슨 샌디앤디를 그곳에 두고 가면서 내년 여름에 다시 오게 되면 꼭 손봐야지 마음먹곤 했어요.

그로부터 몇 년 뒤, 저는 바닷가 장난감에 대한 글을 쓰다가 (제가 쓴 글은 1993년 7월 『넛쉘 뉴스』지에 발표됐어요) 제가 어렸을 때 좋아했던 샌디앤디 사진을 찾으려 도서관에서 갔는데 아무런 기록도 찾을 수 없었어요. 회전하는 바퀴 모양의 장난감 사진은 있더라고요. 하지만 제가 얘기하는 '샌디앤디'는 기둥 사이를 움직이는 축 위에 깔때기가 달려 있고, '앤디'라는 주물인형이 깔때기의 평형추 역할을 하는 일종의 버킷 엘리베이터예요. 깔때기에 모래가 가득 차면 깔때기가 아래로 내려가 모래를 떨구고 '앤디'는 위로 올라가죠. 모래가 다 쏟아져 깔때기가 가벼워지면 앤디는 원래 위치로 내려가고요. 색깔은 빨간색, 노란색, 파란색이 섞여 있고, 25~35cm 높이의 장난감이었죠. 사진도 전혀 찾을 수 없어서 기억을 더듬어 모형을 만들었어요. 그리고 '샌디앤디'가 이렇게 생겼다고 이야기했지만, 그 누구한테

서도 예전에 이런 걸 갖고 있었다는 편지를 받지 못했어요. 정말 재미있는 장난감이었는데 말이죠. 제 모형도 실제랑 아주 비슷했거든요. 선생님의 친구 분인 레렌 씨가 샌디앤디에 대해 아주 잘 알고 계신 것 같아서 말인데요, 혹시 그 장난감 사진이 있는지 여쭤봐 줄 수 있으실까요? 제 삶의 오랜 미스터리를 풀고 싶네요. 아, 그리고 제가 살던 동네 아이들도 선생님의 야구 게임기를 갖고 있었어요. 더운 여름날 현관 지붕 아래 앉아 게임하는 걸 봤거든요.

나는 빌 레렌에게 전화를 걸어 사진이 있는지 물었다. 하지만 그는 샌디앤디의 사진을 전혀 찾지 못했다고 했다. 나는 암스트롱 부인에게 안타까운 소식을 전했다. 하지만 그로부터 4개월 후, 빌이 내게 편지를 보냈다. "제가 오늘 아침에 이걸 발견했지 뭡니까. 암스트롱 부인께도 보내 드릴까 합니다." 편지 봉투 안을 보니 1912년 무렵 울버린 장난감 카탈로그에서 떼어낸 두 페이지짜리 종이가 들어 있었다. 종이의 왼쪽에는 긴 경사면이 있는 기계장치의 도면이 그려져 있었다. 내가 상상했던 샌디앤디의 모습과 비슷했다. 종이 오른쪽에는 이런 글이 쓰여 있었다.

경사면 위아래를 바삐 움직이며 모래를 나르는 샌디앤디는 어린이들의 호기심을 자극하기 충분하다. 깔때기에 모래를 담으면 샌디앤디는 아주 열심히, 부지런히 움직이며 모래를 나르기 시작한다. …… 실감나게 만들어진 샌디앤디는 겨울에는 실내, 여름에는 야외에서 갖고 놀기에 적합한 장난감이다.

위에 소개한 암스트롱 부인과의 일화는 예상치 못한 곳에 보편적인 주제가 숨어 있다는 글쓰기의 진리를 보여 준다. 어렸을 때 야구 게임기를 갖고 놀았던 사람은 그리 많지 않다. 야구 게임기는 다소 전문적인 글쓰기 소재다. 하지만 누구에게나 어렸을 때 아꼈던, 지금도 생생하게 기억하고 있는 장난감이나 놀이가 있게 마련이다. 내 글을 읽은 독자들은 작가에게 추억의 장난감이 있었다는 사실, 노년이 된 작가가 그 장난감을 다시 발견했다는 사실에 공감하고 이를 통해 자신들이 어렸을 때 좋아했던 장난감을 떠올린다. 독자들은 내 야구 게임기에 공감하는 게 아니라, 장난감이라는 보편적인 아이디어에 공감하는 것이다.

나의 조언: 여러분에게 중요한 것을 소재로 한 글을 쓰자. 독자가 좋아할 것 같은 이야기, 편집장이 펴내고 싶은 이야기, 출판사에서 출판하고 싶은 이야기에 대해 쓰지 말자. 독자나 편집장, 출판사들은 실제로 어떤 글을 보기 전까지는 그들이 원하는 내용이 뭔지 잘 모른다. 여러분에게 중요한 이야기라면 다른 사람들도 분명 중요하게 생각할 것이다.

이는 여러분이 글의 흐름을 바꾸고 싶을 때도 마찬가지다. 일반적으로 나는 정해진 내러티브에서 벗어나는 글을 좋아하지 않는다. 사실 우리 주변에는 읽는 사람이 혼란스러울 정도로 구조가 난잡한 글이 너무 많다. 하지만 때로는 지엽적인 소재가 호기심을 자극하기도 한다. 나도 처음에는 야구 게임기와 내 유년시절에 대해서만 글을 쓰려고 생각했다. 그러나 빌 레렌과 울버린의 역사에 대해 이야기하던 중 벤저민 프랭클린 베인이라는 이름을 접한 뒤, 나는 후세 사람들에게 전혀 알려지지 않은 이 전형적인 미국인에 대해 좀 더 자세히 알고 싶어졌다.

나는 미국을 소재로 한 글을 쓰는 것을 좋아한다. 또 나는 미국의 특정 장소를 소재로 글쓰기를 좋아한다. 『춘계훈련』은 표면상으로는 야구에 대한 책이지만, 사실 책의 핵심은 플로리다주 브레이든턴 이야기에 가깝다. 『미첼과 러프』도 표면상으로는 두 명의 재즈 연주자에 대한 책이지만, 책의 핵심은 드와이크 미첼과 윌리 러프가 미국 남부 마을에서 성장하며 많은 사람들로부터 인생에 중요한 가르침을 터득한 이야기에 가깝다. 내가 벤저민 프랭클린 베인의 주물 회사에 대해 알고 싶어진 이유가 바로 이 때문이었다. 내가 좋아했던 야구 게임기는 갑자기 하늘에서 뚝 떨어진 게 아니었다. 그 게임기를 만든 누군가가 있었다. 게임기에 대한 이야기는 베인에 대한 이야기로 이어지고, 이어 미국 산업사회와 부엌용품을 생산했던 공장 이야기로 연결됐다. 나는 울버린의 역사에서 울버린이 아칸소로 옮긴 이야기, 그곳에서 플라스틱을 생산하고 주물 생산을 중단한 이야기로 내러티브의 흐름을 전환시켰다. 글의 흐름을 이렇게 바꾸지 않았더라면 암스트롱 부인의 공감을 얻지 못했을 것이다.

내가 좋아하는 작가 중 하나인 이안 프레이저는 이야기의 흐름을 자유자재로 조절하는 재능을 갖고 있다. 그가 『뉴요커』에 쓴 논픽션 글을 읽다 보면 처음에 시작했던 이야기와 완전히 다른 이야기로 빠졌다는 걸 종종 깨닫곤 한다. 그럴 때면 '어쩌다 이런 이야기로 이어졌지?'라는 생각이 든다. 그의 회고록 『가족』은 이런 지엽적인 특성이 특히나 강하게 나타난다. 프레이저의 회고록에 대해 인터뷰를 하던 중, 나는 주제에서 종종 벗어나는 그의 글쓰기 성향에 대해 질문했다. 그는 이렇게 대답했다.

만화가 솔 스타인버그가 말하길, 제 책이 지루함의 탈—즉 겉으로는 지루해 보이는데 읽다 보면 그렇지 않은—을 쓰고 있다고 하더군요. 가짜로 지루한 척한다는 거예요. 『가족』을 쓸 때도 저는 일부러 흥미로운 요소가 알게 모르게 드러나도록 했어요. 저는 항상 즉흥적으로 이야기의 방향을 바꾸곤 합니다. 지금까지 했던 이야기를 전부 내려놓고 새로운 이야기를 시작하는 거예요. 제가 '내러티브의 흐름을 엉망으로 만든다'고 생각하는 작가들도 있겠죠. 하지만 잘만 한다면, 글의 흐름이 바뀔 때마다 내러티브는 더욱 흥미로워질 수 있어요.

제 글쓰기가 이런 성향을 보이게 된 데는 윌리엄 숀의 영향이 큽니다. 그는 과거 『뉴요커』의 편집장이었고, 저는 그의 부하 기자였어요. 저는 어떤 기사를 제출했을 때 그가 지루해하는지 그 기준을 파악하게 됐어요. 그는 지루하다는 생각이 들면 종이 여백에 "이 부분은 전혀 필요하지 않네"라고 코멘트를 남기곤 했거든요. 한번은 릭 허츠버그가 마이너리그 야구팀 구단주를 주제로 재미있는 기사를 쓴 적이 있었어요. 그 구단주가 하루는 술집에서 술을 마시다 어떤 사람을 만났는데, 자기가 텍사스에서 제일 큰 목장을 갖고 있다고 했답니다. 그가 자기 말을 믿지 않자, 직접 자기 목장으로 데려가 보여 줬대요. 갔더니 목장에 염소 수백만 마리가 있고, 오전부터 술에 취한 사람들이 드넓은 목장에서 차를 타고 돌아다니더라는 내용이 이어졌어요. 그 글을 본 숀은 여백에 "이 부분은 재미있지도 않고 흥미롭지도 않네"라고 썼어요. 당연히 그 부분은 잘려나갔고요.

저는 숀이 지엽적인 부분을 그대로 두게 만드는 것 ─ 즉 "이 부분은 재미있지도 않고 흥미롭지도 않지만, 그냥 놔두게"라고 메모를 남기도록 유도하는 것 ─ 을 목표로 삼았어요. 제 독자들 가운데 처음에는 중요치 않다고 여겨졌던 이야기가 글을 다 읽고 보면 가장 기억에 오래 남더라고 언급하는 사람들이 있어요. 중요한 건 독자들과 소통할 수 있는 무언가를 찾는 겁니다.

독자들이 친밀하게 느끼는 것, 또는 독자들이 이해할 수 있는 그 무언가를 찾아야 해요. 독자들은 자기들이 어떤 이야기를 원하는지 잘 안다고 생각합니다. 하지만 독자들이 원하는 이야기에서 일부러 방향을 틀어 다른 이야기를 하면, 독자들의 반응이 더 좋은 경우가 종종 있거든요.

나는 샌디앤디를 언급함으로써 암스트롱 부인의 흥미를 유도하는 데 성공했다. 부인이 관심 있어 한 내용은 야구 게임기가 아니라 샌디앤디였다. 어렸을 때 샌디앤디를 갖고 놀았던 사람이 내 기사를 읽게 되리라는 걸 나는 전혀 예상하지 못했다. 논픽션 작가가 되면 아주 다양한 사람들이 여러분의 글을 읽게 된다는 장점이 있다. 나는 이안 프레이저의 글쓰기 방법을 여러분에게 권장하고 싶지는 않다. 솔직히 말하면, 가능한 한 그렇게 하지 말라고 하고 싶다. 기분 내키는 대로 이야기를 하다 보면 이야기를 탄탄하게 유지할 수 있는 자제력을 잃어버리기 십상이다. 그럼에도 불구하고, 여러분이 반드시 필요하다고 느낀다면 과감히 흐름에서 벗어나 보자. 좋은 이야기로 이어질지도 모르니 말이다.

이제 두 번째 편지 이야기를 해야겠다. 편지를 보낸 사람은 린 페렐라라는 예술가로, 그녀의 편지는 아래 네 문장이 전부였다. 하지만 편지봉투 안에는 1페이지 분량의 책 발췌가 함께 들어 있었다.

"이렇게 훌륭한 기사를 써 주셔서 감사합니다." 페렐라는 이렇게 말했다. "편지에 동봉한 글은 파블로 네루다에 대한 책에서 발췌한 것으로, 저는 친구들에게 이 책을 한 권씩 선물했어요. 곧 선생님의 이야기도 친구들과 공유할까 합니다. 두 이야기 모두 따뜻하고 친밀한 시선으로 특별한 장소를 되돌아본 글이라는 공통점이 있다고 생각합니다." 그녀가 보내 준 이야기는 루이스 하이드의 저서 『선물』의 일부였다.

시인 파블로 네루다는 그의 에세이 「어린 시절과 시」에서 자기 작품의 원천에 대해 논했다. 네루다의 고향 테무코는 칠레 남부에 위치한 전진기지였다. 1904년의 테무코는 100여 년 전의 미국 오리건*과 비슷했다. 산악지대인 그곳은 늘 비가 내렸고, 네루다 스스로 테무코를 "칠레 남부에서 가장 벽지에 있는 외딴 마을"이라고 표현했다. 마을 중심 거리에는 철물점이 죽 늘어서 있었는데, 대부분의 마을 사람들이 글을 읽을 줄 몰랐으므로 철물점 간판에는 글자 대신 "거대한 모양의 톱, 냄비, 자물쇠, 숟가락" 등 눈에 쉽게 띄는 그림이 그려져 있었다. 신발 가게 간판에는 '커다란 부츠' 그림이 그려져 있었다. 네루다의 아버지는 철도회사에서 일했다. 마을의 여느 집들과 마찬가지로

---

* 오리건은 대표적인 미국 서부개척 루트 가운데 하나이다

네루다의 집도 정착촌 임시 거주지 같은 모습을 하고 있었다. 완성되지 않은 방에는 못 상자와 공구, 안장이 널려 있고, 층계도 절반 정도 지어지다 말았다.

어느 날, 어린 네루다는 집 뒤에 있는 공터에서 놀다가 울타리에 구멍이 나 있는 것을 발견했다. "구멍을 들여다보니 구멍 너머에도 우리 집 뒤 풍경처럼 가꿔지지 않은, 무성한 자연의 모습이 보였다. 나는 곧 인기척을 느끼고 뒤로 몇 발짝 물러섰다. 갑자기 구멍에서 손 하나가 불쑥 나타났다. 나와 비슷한 나이일 것으로 추정되는 어린 소년의 작은 손이었다. 내가 울타리에 가까이 다가가자 손은 더 이상 보이지 않았고, 대신 손이 있었던 자리에 흰색의 양 장난감이 놓여 있었다. 장난감의 양털은 색이 바래 있었고, 바퀴도 돌아가 있었다. 하지만 그래서인지 장난감이 더 진짜같이 느껴졌다. 이렇게 훌륭한 장난감을 본 적은 난생 처음이었다. 나는 구멍 안을 다시 들여다봤지만, 소년은 이미 사라진 뒤였다. 나는 집으로 들어가 내가 가장 아끼는 장난감을 들고 나왔다. 바로 활짝 열려 있는 솔방울이었다. 나는 솔향기가 진하고 송진이 듬뿍 묻어있는 그 솔방울을 무척 좋아했다. 나는 양 장난감이 있던 자리에 솔방울을 놓고, 양을 가져갔다. 나는 그곳에서 소년의 모습도, 그의 손도 다시 보지 못했다. 또한 어디서도 그 양을 닮은 장난감을 보지 못했다. 나는 화재로 양 장난감을 잃어버렸다. 지금도 장난감 가게를 지날 때면 나는 늘 창문 안을 열심히 들여다보곤 한다. 하지만 그 어디서도 비슷한 장난감을 파는 것을 보지 못했다. 그렇게 생긴 양 장난감을 더 이상 만드는 곳이 없는 것 같다."

네루다는 "그 미스터리한 선물 교환 사건은 내 마음속에 오래도록 남아 있었다"라며 그 선물 교환과 시의 연관성에 대해 이렇게 설명했다. "나는 스스로를 행운아라 생각한다. 내게는 사랑하는 형제들이 있었고, 이는 내 인생의 축복이었다. 누군가를 사랑하고, 그들의 사랑을 받는 것은 우리네 삶을 따뜻하게 만드는 불과도 같다. 하지만 우리가 전혀 모르는 사람으로부터 호의를 받거나, 우리가 잠들어 있을 때나 홀로 있을 때, 위험에 처해 있거나 약해져 있을 때 낯선 이로부터 보살핌을 받는 것은 그보다 훨씬 더 위대하고 아름답다. 이는 우리 존재의 경계를 넓혀주고, 모든 살아 있는 것들을 하나로 만들어 주기 때문이다. 나는 선물 교환을 통해 모든 인간은 함께 살아간다는 귀중한 사실을 처음으로 깨달았다. 이런 관점에서 보면, 여러분은 내가 끈끈한 송진이 묻어 있고, 둥글고, 향기로운 솔방울을 우정의 선물로 건넸던 이유를 쉽게 이해할 수 있을 것이다 …… 이렇게 나는 어렸을 때, 외딴집 뒷마당에서 중요한 교훈을 배웠다. 사실 선물 교환만 놓고 보면 이는 처음 만난 소년 둘이 좋은 선물을 주고받은 단순한 놀이 이상이 아닐 수도 있다. 하지만 작지만 미스터리한 이 사건은 내 기억 속에 파고들어 오랜 시간동안 잊히지 않았고, 내가 시를 쓰는 데 한 줄기 빛이 되어 주었다."

린 페렐라의 편지는 네루다의 선물 교환 이야기만큼이나 감동적이면서도 미스터리했다. 그녀는 2001년 한 낯선 이가 야구 게임기를 들고 나를 찾아왔던 사건과, 1900년대 초반 칠레 벽지에 살았던 소년들이 양 장난감과 솔방울을 교환한 사건에서 연관성을 발견했다. 그러다 나는 문득 두 이야기 사이에 연관성이 없으려야 없을 수가 없음을 깨달았다. 사람과 사람 사이의 인간애를 주제로 한 이야기는 결국 그 본질이 하나로 통하기 때문이다. 작가로서, 교사로서 이러한 깨달음을 얻게 된 것은 페렐라가 내게 준 소중한 선물이었다. 나는 그녀가 친구들과 내 기사를 공유한 것처럼, 그녀가 보내 준 네루다 이야기를 내 주변 친구들과 공유했다.

후기

2001년 가을 어느 토요일 오후, 나는 최근에 발표한 저서 『기억하기 쉬운: 미국의 위대한 작사가와 음악 이야기』의 저자 사인회에 참석하러 뉴욕 라인벡에 있는 한 서점으로 향했다. 나는 사인회에서 간단한 연설도 할 예정이었다. 도착해 보니, 25개의 의자가 애독자들이 오기를 기다리며 반원 형태로 놓여 있는 모습이 눈에 띄었다. 사인회를 하는 작가들이 예의 그러하듯 어떤 애독자들이 내 사인회에 와 줄까 걱정하며 장소를 둘러보고 있는데, 한 부부가 의자 뒤에서 서성이는 모습이 보였다. 나는 그들이 내게 뭔가 할 말이 있지만 내가 장소를 살피느라 바빠 보여 선뜻 말을 걸지 못하고 있다는 것을 눈치 챘다. 나는 그들의 고민을 덜어 주고자 먼저 그들에게 다가가 인사를 건넸다. 남자는 최근 『애틀랜틱 먼슬리』에 실린 내 기사를 읽었다고 말하며, 몇 달 전 시골에 있는 한 골동품 상점에서 울버린 야구 게임기를 샀다고 말했다. 그는 그 게임기가 그냥 예뻐 보여서 샀고, 이후 별장에 장식품으로 뒀다고 했다. (그의 이름은 제이미 솔, 부인의 이름은 마저리 브라만이었다.) "선생님께서 라인벡에 오신다는 기사를 봤습니다." 남자는 이렇게 말했다. "저희는 선생님께 이 게임기를 드리고 싶어요." 나는 이미 그들 표정만 보고도 선물을 다 받은 기분이었다.

"어디에 있나요?" 내가 물었다. 그들은 서점 밖에 주차해 둔 차 안에 있다고 했다. 나는 그들에게 혹시 안으로 갖고 와 줄 수 있는지, 내가 집에 들고 갈 수 있는지 물었다. 나는 아내와 함께 뉴욕에서 기차를 타고 왔으므로 돌아갈 때도 선물을 들고 기차를 탈 거라고 말했다. 남자는 밖으로 나가더니 곧 커다란 직사각형의 상자를 갖고 돌아왔다. 오래된 상자의 가장자리는 닳아 있고, 얼룩이 남아 있었다. 무려 오리지널 박스였다! 나는 상자에서 게임기를 꺼내 밀려오는 감동을 음미한 뒤, 9개의 자그마한 야구선수 인형과 아주 오래 전 어떤 소년이 끄적였을 박스 스코어 카드를 구경했다. 이야기만 많이 들었지 실제로 게임기를 본 것은 처음이던 캐롤라인은 너무 과한 선물을 받는 게 아닌지 물었다. 남자는 전혀 아니라고 대답했다. "저보다는 부군께 더 의미가 있는 물건이니까요." 그는 이렇게 말했다. 우리는 게임기를 상자 안에 다시 넣고, 서점에서 준 포장 테이프로 상자 가장자리를 둘렀다. 나는 사인회 연설을 마치고, '페넌트 위너' 게임기를 챙겨 뉴욕으로 돌아왔다.

이듬해 여름, 나는 리틀리그 외야수인 열 살배기 손주 마크 페레이라에게 내 야구 게임기를 보여 주었다. 손주는 손에서 항상 비디오 게임을 놓지 않는 아이라, 내 울버린 게임기를 투박하고 재미없는 물건이라 생각하지 않을까 싶었다. 그러나 2회가 지나 공격과 수비를 바꿀 차례가 되자, 손주 녀석은 이렇게 말했다. "너무 재미있어요!"

13
변화는 삶의 활력소

1980년대 중반 나는 캐롤라인과 모로코를 여행하던 중 마라케시의 구시가지 메디나에 살고 있는 캐롤라인의 친구를 만났다. 미국인인 그녀는 인류학 박사과정에서 캐롤라인과 처음 알게 된 사이로, 지금은 모로코에서 야외 현장조사를 하는 중이라고 했다. 우리는 메디나 밖에 있는 광장에서 그녀를 만나 그녀가 사는 집을 함께 찾아갔다.

나는 페스, 튀니스 같은 북아프리카의 옛 아랍 도시에서 여러 차례 메디나를 지난 적이 있었다. 미로처럼 복잡하게 얽힌 메디나는 관광객인 나의 눈에 무척 경이롭게 보였다. 좁고, 시끄럽고, 붐비는 큰 길과 골목길이 서로 연결된 메디나가 몹시 신기했던 나는 이런 곳에서 살게 되면 어떨까 궁금했다. 굳게 닫혀 있는 이 문 뒤에는 어떤 집들이 있을까? 나의 이런 궁금증이 곧 해소될 참이었다.

우리는 캐롤라인의 친구를 따라 어두컴컴한 마라케시의 중심부로 들어섰다. 우리는 꼬불꼬불한 길 모서리를 돌고, 톡 쏘는 향신료와 음식 냄새를 풍기는 노점상과 시장을 지나, 아랍인, 베르베르인과 수레를 끄는 당나귀들로 소란스러운 거리를 요리조리 빠져나갔다──이는 정말이지 멋진 여행이었다. 마침내 우리는 다른 문들과 다를 바 없어 보이는 한 평범한 문 앞에 멈춰 섰다.

그녀는 안으로 들어가더니 우리를 계단으로 안내했다. 계단을 오르자 조용하고, 밝고, 탁 트인 커다란 방이 있었다. 그곳은 모로코를 방문하거나 모로코에서 일하는 미국인들의 아지트와도 같았다. 그곳에 있던 한 젊은 여자는 오늘 이곳에 하루 놀러왔는데, 원래는 다른 마을에 살고 있다고 했다. 그녀의 금발과 푸른 눈, 건강해 보이는 외모에서는 전형적인 미국인다움이 느껴졌다.

우리는 베개와 오토만 의자에 앉아 커피를 마시며 이야기를 나눴다. 방에는 많은 사람들이 계속 드나들었다. 그런데 아까 그 여자가 나를 계속 쳐다보는 것이 느껴졌다. "예일대에서 혹시 저를 보신 적 없으세요?" 그녀가 물었다. 나는 기억나지 않는다고 했다. 그녀는 브랜퍼드 학생도, 내 글쓰기 수업 학생도 아니었다.

"선생님을 뵈었던 것 같아요." 그녀가 말했다. 나는 그녀에게 몇 년도에 졸업했는지 물었다. 그녀는 1984년에 졸업했다고 대답했다. 나는 예일대에 1979년까지만 근무했다. 그녀가 대학에 신입으로 들어왔을 때도 나는 이미 예일대를 떠난 뒤였다. 하지만 그녀는 나를 계속 쳐다보았다.

그녀가 마침내 이렇게 물었다. "혹시 나중에 예일대에 다시 오셔서 커리어의 대안에 대해 강의하신 적 없으세요?"

그 말을 듣자 머릿속에 희미한 전구가 탁 하고 켜졌다. 뉴욕에 돌아온 지 1, 2년이 지났을 무렵이었다. 눈이 내리는 한겨울의 토요일, 나는 뉴헤이븐행 기차에 몸을 실었다. 예일대에서 주최하는 한 콘퍼런스에 참석하기 위해서였다. 그 콘퍼런스는 법학, 의학, 경영, 금융, 컨설팅 등 소위 잘나가는 인기 직업이 아닌 다른 대안을 원하는 학생들을 위한 자리였다. 잘나가는 회사들은 매년 학생들을 대상으로 리크루팅 행사를 마련했지만, 대안을 원하는 학생들에게 조언을 해 주는 사람은 아무도 없었다. 누군가 내가 그 역할에 적합할 거라 생각했는지 내게 예일대를 방문해 달라고 부탁했다.

나는 젊은 여자에게 그날 콘퍼런스에서 커리어 대안에 대해 이야기한 사람이 내가 맞다고 말했다. 나는 아직도 그날 콘퍼런스의 풍경을 생생하게 기억하고 있다. 학생들은 정해진 자리 없이 바닥에 앉아 그들이 학교 졸업 후 나가야 할 커다란 세상에 대해 몹시 궁금하다는 듯 나를 빤히 올려다보았다.

"그럴 것 같았어요!" 그녀가 말했다. "선생님 덕분에 제 삶이 바뀌었어요."

그 문장을 듣자 두려운 기분이 들었다. 보통 과거의 학생이 과거의 선생님에게 "선생님께서 전에 이런 말을 하셨죠"라고 하면 선생님은 '이런, 충고랍시고 내가 잘못된 얘기를 한 건 아니겠지'라는 생각을 먼저 하게 마련이다.

그녀는 이렇게 말했다. "그날 선생님 말씀은 제가 살면서 하고 싶은 일이 무엇인지 새롭게 돌아보는 계기가 됐어요. 제가 여기 살게 된 것도 선생님 덕분이에요."

"여기서 무슨 일을 하고 있나요?" 내가 물었다.

"저는 예일대 졸업 후 평화 봉사단에 들어왔어요. 지금은 여기서 80km 정도 떨어진 베르베르 마을에서 일하고 있어요." 그녀가 말했다.

내가 알고 싶은 것은 딱 하나였다. "지금 하는 일이 마음에 들어요?"

"너무 좋아요." 그녀가 대답했다.

내가 그날 예일대에서 무슨 이야기를 했을까? 나는 학생들에게 평범하지만은 않았던 내 삶에 대해 이야기했다. 내가 여러 번 삶을 송두리째 바꾼 전력이 있고, 단 한 번도——지금도 마찬가지로——남들이 기대한 대로 살지 않았다고 이야기했다. 나는 가업을 잇지 않았고, 『뉴욕 헤럴드 트리뷴』에 남지도 않았다. 나는 뉴욕을 떠났고, 이후에는 예일대를 떠났고, 이후에는 이달의 북클럽도 떠났다. 일에서 더 이상 만족감이 느껴지지 않으면 나는 가차 없이 그 일을 그만뒀다. 나는 예일대 학생들에게 잘못된 기대의 포로가 되지 말라고, 즉 다른 사람들의 기대에 억지로 부응하지 말라고 이야기했다. 나는 당신의 기대를 내게 강요하지 않았던 아버지에게 고마움을 표했다.

그로부터 몇 년 뒤인 1988년, 나는 웨슬리언 대학 졸업 축사에서도 비슷한 이야기를 했다. 나는 지금까지도 그날 졸업식에 참석했던 사람들로부터 소식을 듣곤 한다. 나는 졸업 축사를 할 때, 학생들이 그 자리까지 올 수 있도록 사랑과 지원을 아끼지 않았던 그들의 부모, 조부모, 삼촌, 이모, 선생님, 코치들이 그 졸업식 자리에 함께 와 있다는 사실을 염두에 둔다. 나는 그들에게 자녀의 인생은 단 한 번뿐이며, 그들이 가장 원하는 꿈을 좇을 수 있게 어른들이 도와줘야 한다고 강조한다.

다른 사람들이 여러분에게 기대하는 바를 거스른다고 해서 하늘이 무너지는 일 따위는 절대 없습니다. 저와 아버지의 일화에서도 알 수 있듯이, 오히려 더 좋은 일이 생길 수도 있어요. 일종의 은혜나 축복을 받을 수도 있고요. 그러한 축복을 받을 수 있도록 준비하세요. 안정성이 여러분의 목표가 되어서는 곤란합니다. 종종 삶에 있어 안정성만큼 중요한 것이 없다는 생각이 들 수 있지만, 보통은 그렇지 않아요 ……

저는 오늘 여러 주제에 대해 이야기했습니다. 그 중에 하나가 바로 '분리(separation)'입니다. 물론 분리라는 단어를 직접 언급하지는 않았어요. 아마 여러분은 오늘 분리(독립)에 대해 많이 생각하고 있을 겁니다. 또 앞으로 여러 차례 독립을 하게 될 텐데, 매번 그 일이 쉽지만은 않을 거예요. 저도 변화를 시도할 때마다 늘 두려움이 앞서곤 했으니까요. 하지만 분리라는 것은 헤어짐과 시작이라는 두 가지 관점에서 바라볼 수 있습니다. 분리는 곧 새로운 시작입니다.

저는 오늘 여러분들이 앞으로 수없이 경험하게 될 분리의 첫 단추를 끼웠으면 합니다. 제가 여기서 말하는 분리란, 지금까지 그럭저럭 해왔던 일에서 벗어나 그보다 더 잘할 수 있는 일을 새롭게 시작하라는 의미입니다. 여러분이 진심으로 원하는 일이 아니라면, 그 일에서 분리해 나와야 합니다. 여러분의 가정, 지역사회, 자녀들의 학교, 우리가 살고 있는 주, 국가, 세계에 실질적인 영향을 미칠 수 있는 일이 아니라면, 그 일에서 분리해 나와야 합니다. 유용한 삶을 살도록 하세요. 다른 사람들의 삶을 변화시킬 수 있는 일처럼 만족스러운 일도 없을 것입니다.

냉소적인 사람, 매사 부정적인 사람들을 멀리하십시오. 그 누구도 여러분에게 "그건 안 돼"라고 말할 자격은 없습니다.

연설이 끝난 뒤, 졸업가운과 모자를 쓴 교수 세 명이 나를 찾아왔다. 그들 중 한 명이 대표로 내게 이렇게 말했다. "결심했습니다. 이제 이 지긋지긋한 일을 그만둘 겁니다." 웨슬리언 대학은 내 졸업 연설을 모든 동문에게 발송했고, 이후 여러 명의 사람들이 내게 편지를 보내왔다. 그들은 내 연설 덕분에 흥미를 잃은 직업에서 벗어날 수 있는 자극을 받았다고 이야기했다. 그들 가운데 일부는 극적이고, 위험 부담이 큰 변화를 시도했던 사람도 있었다. 그로부터 10년 뒤, 1988년 졸업 동기들은 나를 동문회 모임에 초대했다. 그들에게는 또 한 번의 자극이 필요했다.

이 모든 것의 핵심은 '허용(permission)'이다. 나는 사람들이 얼마나 허용에 인색한지 새삼 깨닫곤 한다. 나는 수많은 강의를 통해 사람들에게 스스로 원하는 삶을 살아보라고 '허용'하는데, 종종 이런 생각이 든다. 왜 하필 나일까? 내가 어쩌다 이런 역할을 하게 됐을까? 이런 건 학교에서 진작 가르쳤어야 하지 않을까? 나는 곧 그 이유를 알게 되었다. 바로 대부분의 미국인들이 경험한 이 나라의 교육 방식이 허용을 인정하지 않고 우리가 할 수 없는 것, 하면 안 되는 것에 대해서만 가르쳤기 때문이다. 나는 대학 학장, 교수, 학교 교장 선생님들에게 이러한 문제를 여러 번 지적했다. 그들 중 내 이야기를 듣다가 벌떡 일어나 "어떻게 감히 그런 말을 하십니까?"라고 반박하는 사람은 아무도 없었다.

아마 그들도 살아오면서 각종 구속과 통제가 그들의 발목을 잡았던 경험이 있었을 것이다. 그들도 과거에는 논문 심사위원들의 끝없는 지적, 동료들의 가시 돋친 비판, 자기들이 원하는 내용과 읽고 싶은 내용으로 책을 쓰지 않으면 마치 작가

인생이 끝장이라도 날 것처럼 이야기하는 편집장을 겪어 봤을 것이다. 사람들은 "허용"이라는 단어를 들으면 마치 들어서는 안 될 이야기라도 들은 것처럼 깜짝 놀란다. 이는 회사 중역이나 중간관리자들도 마찬가지다. 그들은 정답을 원할 뿐, 다른 대안을 원치 않는다.

하지만 훌륭한 기업인이라면 그저 주어진 임무를 수행할 사람보다는 일반적인 상식, 폭넓은 식견, 독창성, 상상력, 과감함, 역사의식, 문화적 감각, 유머감각, 경이감을 갖춘 사람을 물색해야 한다. 이미 이 나라에는 다른 사람들이 시키는 일을 군소리 없이 묵묵하게 수행하는 자들이 차고 넘친다. 우리에게 정말 필요한 사람은 기존 사고방식을 과감하게 탈피할 수 있는 사람, "다들 이렇게 살아왔으니 나도 이 정도면 괜찮아"라는 생각을 거부할 수 있는 사람이다.

이는 좋은 글쓰기에도 그대로 적용된다. 지루하고 예측 가능한 글은 좋지 않은 글이다. 지나치게 신중하기만 한 작가는 좋은 글을 쓸 수 없다. 여러분의 개성이 온전하게 드러나는 글을 써 보자. 그리고 여러분이 정말 원하는 삶을 살도록 하자.

여러분에게 들려줄 마지막 이야기는 내가 또 한 번 인생에서 새로운 도전을 했던 경험이다. 나는 한평생 피아노를 가까이 했지만, 한 번도 남들 앞에서 피아노를 연주해 본 일은 없었다. 그랬던 내가 노인 의료보험 수급 대상이 된 이후 음악인의 삶에 도전하기로 했다.

나는 다행스럽게도 좋은 음감을 타고났다. 하지만 그보다 더 다행스러운 것은 내 심술을 기꺼이 받아 주는 현명한 선생님이 있었다는 사실이다. 에디타 메서 선생님은 내가 열 살 무렵부터 우리 집에 와서 피아노 레슨을 했다. 나는 선생님의 지도 아래 끔찍이도 싫었던 하농 연습곡, 단순한 선율의 딜러-퀘일 연주곡, 피아노 교본의 정석인 에드워드 맥도웰의 「들장미에게」 같은 노래를 차례대로 공부했다.

나는 악보를 읽고 외우는 것이 너무도 싫었다. 사실 나는 악보 읽는 법 자체를 배우기를 거부했다. 하지만 멜로디의 윤곽이나 다채로운 하모니가 싫은 것은 아니었다. 나는 악보에 표시된 음을 무시하고 대신 너무 튀지 않는 다른 음으로 대체했다. 하지만 선생님은 내 속임수에 넘어가지 않았다. 선생님은 내게 정석대로 연주할 것을 요구했고, 결국 내 피아노 실력은 아무리 시간이 지나도 늘지 않았다. 레슨은 지루하기 짝이 없었다. 선생님도 학생도 서로에게 억지로 끌려갈 뿐, 아무런 성과가 없었다. 나는 평생 「들장미에게」를 못 벗어날 것 같았다.

그러던 어느 날, 선생님은 레슨을 중단하고 내게 이렇게 말했다. "너는 도저히 악보를 못 읽을 것 같구나." 선생님은 나를 너무도 잘 알고 있었다. "하지만 너는 음감이 뛰어나니, 대신 화음 넣는 법을 배워 보자꾸나. 화음을 배우면 앞으로 어떤 음악을 듣고 연주하든 문제가 없을 거야." 선생님은 갈색의 작은 공책을 꺼내더니 — 나는 아직도 이 공책이 기억난다 — 도-미-솔 화음과 여러 장화음과 단화음을 그렸다. 그 다음에는 화음을 어떻게 그리는지, 화음이 어떻게 들리는지, 다장조에서 그 화음이 어떻게 연주되는지, 화음이 어떻게 수학과 긴밀하게 연관되어 있는지 등에 대해 설명했다. 그날 오후, 나는 한 번도 접해 보지 못한 새로운 세상을 경험했다.

이렇게 에디타 메서 선생님은 내가 음악을 스스로 터득해 나갈 수 있는 도구를 손에 쥐어 주었다. 내가 새로운 삶을 시작할 수 있도록 훗날 내 대학 졸업학점을 면제하고 자유를 주었던 루트 학장처럼, 에디타 선생님 역시 내가 원하는 방식으로 음악을 배울 수 있는 자유를 주었다. 그들은 대안적 사고방식에 열려 있었다. 아량이 넓은 에디타 선생님은 피아노는 반드시 이렇게만 배워야 한다는 규칙을 포기했다. 대신 어떻게 해야 학생이 피아노를 배울 수 있을까를 고민했다.

나는 찬송가부터 익히기 시작했다. 거의 모든 멜로디 음마다 화성이 필요한 찬송가는 화성학 공부의 필수코스였다. 이후에는 누나 낸시의 음악 선생님이었던 브롱크스 출신의 재즈 음악가로부터 음악을 배웠다. 조셉 크루거 선생님은 당시 어린 아이들 — 음악적 재능이 전무한 아이들까지도 — 이 두려움 없이 음악을 연주할 수 있도록 가르쳤던 선구자적 인물이었다. 선생님이 가벼운 손놀림으로 스윙베이스를 치면, 학생들은 규칙적인 바운스 리듬에 맞춰 「스토미 웨더」 같은 유명한 노래들을 연주하곤 했다. (나는 누나가 힘차게 연주하던 「페이퍼 문」의 선율이 지금도 귀에 선하다.) 내 연주 레퍼토리는 찬송가에서 재즈로 점점 바뀌었다.

내가 미국의 위대한 음악을 좋아하게 된 것도 이때 무렵부터다. 나는 브로드웨이 뮤지컬 음악과, 영화 「쇼 보트」를 시작으로 40년간 이어져 온 할리우드 황금기의 영화 음악을 몹시 사랑했다. 내가 어렸을 적에 부모님은 콜 포터의 「애니씽 고즈」 같은 브로드웨이 노래 악보를 사다 주시곤 했다. 내가 좀 더 큰 뒤에는 부모님과 함께 뮤지컬 공연에 갔고, 이후 나는 혼자 공연을 보러 다녔다. 참전 이후 『뉴욕 헤럴드 트리뷴』에 입사하고 나서는 매번 뮤지컬 초연 티켓을 두 장씩 받아 「아가씨와 건달들」, 「남태평양」, 「웨스트 사이드 스토리」, 「마이 페어 레이디」 및 그 외 훌륭한 뮤지컬, 그저 그랬던 뮤지컬 수십 편을 감상했다. 그때 들었던 수많은 뮤지컬 음악은 내 귀와 머릿속에 저장되어 지금까지도 생생하게 떠오르곤 한다. 뿐만 아니라 레코드판을 통해 접했던 수많은 옛날 뮤지컬 음악과 유행 음악, 영화 음악도 내 기억 속에 오롯이 남아 있다. 2001년, 나는 지금까지 축적해 온 작곡가와 작사가들에 대한 지식을 총동원해 『기억하기 쉬운』을 집필했다. 이 책과 음악과 음악가를 주제로 한 또 다른 저서 『미첼과 러프』는 내가 가장 아끼는 책으로, 이 두 책은 글쓰기 작업 자체가 매우 즐거웠다.

기초적인 3화음 연주가 전부였던 내 피아노 실력은 크게 들어줄 만한 수준 그 이상도 이하도 아니었다. 그러나 대학 입학 후 프린스턴 연극 동아리에서 버스 데이비스라는 선배가 직접 작곡한 곡을 연주하는 모습을 본 뒤, 내게 큰 변화가 찾아왔다. (그는 훗날 버스터 데이비스라는 이름으로 브로드웨이에서 보컬 디렉터로 활동했다.) 나는 버스 데이비스의 피아노 연주에서 내가 전혀 예상치 못했던 새로운 화음을 감지했다. 그의 연주 스타일에는 무한한 세련됨과 고급스러운 나이트클럽, 카바레, 날이 밝도록 춤과 노래가 이어지는 레인보우 룸*이 연상되는 전형적인 뉴욕의 분위기가 있었다. 바비 쇼트를 포함해 많은 재즈 피아니스트들이 이런 분위기를 개성 있게 표현하곤 했다.

버스 데이비스의 피아노 연주는 내가 한 번도 느껴 보지 못했던 감성을 자극했다. 그가 연주하는 화음은 88개의 건반 어딘가에서 나를 ─나를 말이다! ─기다리고 있었다. 하지만 대체 어떤 음이었을까? 알고 싶어졌다. 그가 연주하는 모습을 보며 화음을 분석한 결과, 나는 그의 화음이 생뚱맞은 조합이 아니라 우리가 알고 있는 기본적인 "올바른" 화음을 변형한 것임을 깨달았다. 그는 재즈풍의 느낌을 더하기 위해 새로운 음을 더하고, 지루한 느낌이 드는 음을 제외했다. 가령, 도-미-솔 화음은 서양 음악에서 가장 기초가 되는 화음이다. 하지만 센

---

* 뉴욕 록펠러센터 65층에 위치한 유명 레스토랑이자 바

스 있는 재즈 피아니스트라면 도-미-솔을 그대로 치지 않는다. 너무 평범하기 때문이다. 그들은 대신 오른손으로 시-레-솔 화음을 친다. 미 대신 레를 치면 도-미-솔 3화음의 따분한 느낌을 해결할 수 있고, 도 대신 시를 치면 재즈스러운 느낌을 더할 수 있다. 소위 장7도라 불리는 시 덕분에 독특한 스타일의 화음이 만들어지는 것이다. 하지만 왼손으로는 도-미-솔로 구성된 화음 ——대개 도-미 10도 화음—— 을 치기 때문에, 전체적인 화음은 도-미-솔에서 크게 어긋나지 않는다. 화음의 기본 구조는 그대로 남아 있기 때문이다.

나는 이 장7도에 큰 매력을 느꼈다. 이때 이후 손자들에게 자장가를 연주할 때가 아니면 나는 한 번도 도-미-솔 화음을 그대로 치지 않았다. 심지어 자장가를 칠 때도 슬쩍 화음에 시를 집어넣곤 했다. (모차르트와 베토벤이 도-미-솔 화음을 사용했다는 건 나도 안다. 하지만 솔직히 나는 모차르트를 좋아하는 편이 아니다. 나는 라흐마니노프와 라벨 파다.) 이 발견을 시작으로, 나는 모든 기본 화음의 변형 화음을 찾기 시작했다. 나만의 화음을 창조하기 시작했던 것이다. 또 나는 주변에 보고 배울 만한 사람이 있는지 살폈다. 내가 가장 관심 있게 관찰했던 연주자는 맨해튼의 칵테일 피아니스트 사이 월터였다. 나는 그가 연주하는 모습을 직접 지켜보거나 음반을 들으며 세련됨의 정수를 보여 주는 그의 연주 스타일을 분석하는 데 많은 시간을 보냈다. 그 결과, 프린스턴을 휴학하고 참전하러 떠날 무렵 나는 원하는 화음을 마스터할 수 있었다.

내가 군대에서 가장 소중한 친구들을 만날 수 있었던 것도 모두 이런 음악 덕분이었다. 피아노 연주를 그리워했던 나는 미군위문협회 클럽에 피아노가 보이기만 하면 건반 앞에 앉아 뮤지컬 노래를 연주하곤 했다. 그런데 이 뉴욕의 뮤지컬 음악이 사람들의 관심을 끌었다. 모두 다 똑같아 보이는 무한한 인파 가운데, 내 음악에 귀를 기울이는 이들이 있었다. 인디애나폴리스, 로체스터, 세인트폴에서 어린 시절을 보냈던 그들은 『뉴요커』지를 읽으며 더 큰 세상을 꿈꾼 청년들이었다. 우리는 음악이라는 공통의 언어 덕분에 하나가 될 수 있었다. 그리고 얼마 지나지 않아, 우리에게 음악 말고도 수많은 공통점이 있다는 사실을 알게 되었다.

세계대전이 끝난 뒤 미국으로 돌아와 신문사에 취직하고 가정을 꾸리면서 나는 취미활동으로 피아노를 계속 연주했다. 그러던 어느 날, 나는 예일대에서 미첼-러프 재즈 듀오의 재즈 피아니스트 드와이크 미첼과 그의 파트너 윌리 러프가 연주하는 음악을 듣게 되었다. 내게 또 한 번의 깨달음이 찾아왔다. 이 사람이 나를 한 단계 발전시켜 줄 것이라는 믿음이 생기면, 우리는 그가 나의 스승이라는 것을 직감적으로 알아차리게 마련이다. 높은 수학적 기교를 구사하는 미첼의 스타일과 감성은 내가 추구하는 스타일과 감성과 통하는 구석이 있었다. 나는 불현듯 내 피아노 실력이 20대 후반 이후 지금까지 정체되어 있었다는 사실을 깨달았다. 이래서는 안 되겠다는 생각이 들자, 나는 뉴욕으로 돌아가 미첼에게 피아노를 배우고 싶다고 연락했다. 그 후 나는 20년 동안 거의 매주 토요일 아침 그의 집에 찾아가 피아노를 배웠다.

에디타 메서 선생님과 마찬가지로, 미첼 역시 나의 개성을 중시했다. 그는 내게 자신의 연주 스타일을 주입시키지 않았다. 나는 정교하면서도 감수성이 짙은 그의 화음에 매료되어 그의 연주 기법을 상당 부분 익혔다. 미첼이 가장 중시하는 것은 감정이었다. 그가 연주하는 거슈윈은 엄밀히 말하면 거슈윈의 음악이 아니었다. 그는 음악을 연주하는 순간의 기분, 건강 상태, 삶에 일어난 사건, 그날의 날씨 같은 다양한 변수에 따라 느껴지는 감정을 음악에 담았다. 나는 그가 같은 곡을 똑같은 방식으로 연주하는 것을 단 한 번도 보지 못했다.

그는 나를 이렇게 안심시켰다. "피아노를 연주할 때 어떤 감정을 느끼면, 듣는 사람은 연주자의 그 감정을 공유하게 마련입니다." 나는 그의 말이 쉽게 믿기지 않았다. 듣는 사람의 관심을 끌 만한 무언가가 있어야만 감정 전달이 가능하다고 생각했기 때문이다. 하지만 나는 그의 말을 의심 없이 믿기로 했고, 나의 감정을 신뢰하는 법을 서서히 배워 나갔다—사실 그의 조언은 내가 작가들에게 당부하는 바와도 일치한다. 화음을 어느 정도 배우고 난 뒤에는 건반 타법과 프레이징에 대해 집중적으로 배웠다. 그는 내게 재즈 창법을 알려주고, 악보에 보이는 대로 정해진 멜로디에 따라 가사를 읊는 대신 대화하듯 프레이징하는 법에 대해 가르쳐 주었다.

미첼의 노래 교습은 나의 피아노 연주 방식을 변화시켰다. 요즘 나는 피아노를 칠 때 음악의 가사를 염두에 두고 연주한다. 리처드 로저스보다는 로렌츠 하트, 조지 거슈윈보다는 아이라 거슈윈을 연주하는 것이다. 「이젠 지나간 옛날 일이야」, 「저 무지개 너머에는」, 「내 마음을 샌프란시스코에 두고 왔네」 등 사람들이 노래에서 가장 먼저 귀 기울이는 것은 사실 그 안에 담겨 있는 이야기다. 뿐만 아니라, 나는 이 노래들이 과거의 기억을 되살리는 메커니즘이자 강력한 연상 작용이 있다는 사실을 발견했다. 사람들은 이 노래를 들으면 "제가 아내와 처음 춤을 췄을 때 이 음악이 흘러 나왔어요"라거나 "노래를 들으니 나폴리에 파병 갔었던 기억이 나는군요"라고 이야기했다. 나는 그렇게 이야기하는 그들의 얼굴에서 고통과 실망이 사라지고 새로운 표정이 드러나는 것을 보았다. 나는 이 노래를 피아노로 연주하는 것이 단순한 음악 연주 이상의 대단한 힘을 갖고 있다는 것을 깨달았다.

내가 60대 후반에 접어들었을 무렵, 친구들 몇몇이 내게 피아노 공연을 해보라고 권유했다. 그들은 이렇게 말했다. "자네 연주를 듣고 있으면 기분이 좋거든." 나는 괜찮은 아이디어라는 생각이 들었다. 누군가의 기분을 좋게 해줄 수 있다면, 응당

그 일을 해야 마땅하기 때문이다. 물론 불편한 생각이 아예 안 드는 것은 아니었다. WASP는 대중들 앞에 모습을 드러내지 말라고 배워 왔기 때문이다. 사람들 앞에서 글쓰기 강의를 하는 것까지는 괜찮았다. 강의란 작가라는 페르소나의 연장선상에 있는 활동이자 예로부터 사회에서 허용되어 온 역할이며, 찰스 디킨스와 마크 트웨인에 의해 고도의 예술로 인정받은 행동이었다. 하지만 대중들 앞에서 연주라니! 내가 레스토랑이나 바에서 피아노 치는 모습을 내 지인들이 보기라도 하면 어떡하지? 안될 말이었다. 사람들이 내게 피아노를 칠 줄 아느냐고 물어보면 나는 "조금요" 또는 "잘 못 쳐요"라고만 이야기했다. 물론 이는 거짓말이었다. 나는 내가 가장 적대시하는 죄인 거짓 겸손을 범하고 만 것이다.

나는 여기서 벗어나야겠다고 생각했다. "프로 음악가가 되고 싶거든, 프로 음악가답게 행동하자." 나는 스스로에게 말했다. 이후 나는 그리니치 빌리지에 있는 코넬리아 스트리트 카페와 저자 사인회, 미술관 개관식에서 여러 차례 피아노 연주를 했다. 하지만 여전히 다른 사람들의 시선을 의식하지 않을 수 없었다. 연주 자체가 어렵지는 않았다. 나는 다른 건반을 누를까봐 불안해한 적은 없었다. 가장 어려운 부분은 적막의 장벽을 깨는 일이었다. 하지만 나는 매번 공연을 통해 직접 경험하지 않고서는 깨닫지 못했을 기술을 터득했고, 한 번 공연할 때마다 그 다음 공연이 더 편하게 느껴졌다.

함께 공연할 연주자를 물색하던 나는 ——다른 악기들과 합주하는 법을 배우고 싶었다——아널드 로스를 운명적으로 만나게 되었다. 유명한 만화가이자 일러스트레이터인 아널드는 그리스 정교회 가정에서 다섯 명의 형제들과 함께 자랐는데, 그와 그의 형제들은 어렸을 때부터 돈벌이를 할 수 있는 기술을 한 가지씩 배웠다고 했다. 그리하여 아널드는 색소폰을 배웠고, 이후 댄스밴드나 소규모 기악밴드에서 부업으로 색소폰을 연주했다. 그와 나는 음악적인 면에서 매우 잘 맞았다. 우리둘 다 연주 음색이 따뜻했고, 수많은 연주곡을 알고 있었다. 하지만 무대 경험이 풍부했던 그와 달리 나는 사람들 앞에 서 본일이 거의 없었다. 나는 이 점이 항상 마음에 걸렸다.

그러던 어느 날 아널드는 이렇게 말했다. "절대로 무안해할 필요가 없어요. 어떤 날은 연주가 잘 되기도 하고 또 다른 날은 연주가 안 되기도 하지만, 그건 우리들만 아는 얘기예요. 중요한 건 우리가 여기 있는 그 어떤 사람들보다 악기를 잘 다룬다는 사실이에요." 그가 이렇게 완벽한 조언을 해준 덕분에 나는 자신감을 얻을 수 있었다. 우리는 십몇 년 넘게, 지금까지도 정기적으로 공연을 하고 있다. 사람들은 우리 연주를 들으면 기분이 좋아진다고 말하곤 한다. 나는 사람들의 칭찬을 있는 그대로 받아들이게 되었다.

사람들이 내가 연주하는 모습을 알아볼까봐 염려했던 것은 기우였다. 웨이터나 연회 진행자, 바텐더와 마찬가지로 식당이나 바에서 음악을 연주하는 사람은 손님들 눈에 띄지 않는 투명인간 같은 존재였다. 하루는 아널드와 내가 뉴욕의 한 고급 클럽에서 생일 파티 연주를 하게 된 적이 있었다. 만찬이 시작되기 전 칵테일파티를 하는 동안, 나와 꽤 친분 있는 사람들 몇 명이 그곳에 와 있는 것이 보였다. 하지만 그들 중 누구도 나를 알아보지 못했다. 나는 그 순간 내가 드디어 연주자가 되었음을 실감했다. 동시에, 그동안 나를 옥죄고 있던 압박에서 해방된 기분을 느꼈다. 나는 앉지도 못하고 계속 일어서서 쓸데없는 잡담을 해야 하는 칵테일파티를 그다지 좋아하지 않았다. 하지만 피아노 연주자로 칵테일파티에 참석하자 세 가지 장점이 있었다. 내가 좋아하는 일을 할 수 있고, 자리에 앉아 있을 수 있으며, 사람들과 수다를 떨어야 할 필요가 없었다.

뿐만 아니라, 나는 노동자의 연대의식도 경험했다. 코네티컷에 있는 한 컨트리클럽에 아널드와 피로연 연주를 하러 간 날이었다. 칵테일파티가 시작되자, 애피타이저를 올린 쟁반을 든 웨이트리스 여러 명이 사람들 사이를 바삐 오갔다. 나는 그녀들이 나와 아널드에게도 카나페 같은 일용할 양식을 갖다 줄 것이라 생각했다. 하지만 누구도 우리에게 음식을 갖다 주지 않았다. 저녁 8시 무렵 잠시 쉬는 시간이 되어, 나는 아널드에게 저녁은 어떻게 해야 되는지 물었다. 그는 뭐 그리 당연한 것을 묻느냐는 얼굴로 나를 바라보았다.

그는 "저희는 주방으로 가면 되지요."라고 말하고는 색소폰을 내려놓고 나를 데리고 능숙하게 인파 사이를 빠져나갔다. 그는 오랜 시간 밴드 활동을 하며 터득한 직감으로 아무 표시도 되어 있지 않은 자동문 안으로 들어갔다. 안으로 들어가자 세 명의 여자들이 분주하게 식재료를 다듬고, 썰고, 냄비와 팬 앞에서 요리를 하는 모습이 보였다. 열심히 일하는 모습에서 감동이 느껴졌다. 그들은 우리 두 사람을 동료처럼 반갑게 맞아 주고, 주방 식탁에 자리를 마련하더니 접시 두 개에 저녁식사를 차려 주었다. 나도 미국 노동자의 일원이 된 것이다!

나는 피아노 연주자라는 새로운 커리어를 통해 프로 음악가들과 교류할 수 있는 크나큰 장점을 경험했다. 내가 만난 프로 음악가들은 예외 없이 관대했고, 예술에 자신들의 삶을 헌신했다. 나는 장수를 누리게 된 덕분에 이 모든 것을 경험할 수 있어 행운이라 생각했다. 나이가 들었다고 해서 삶의 문이 닫히는 일은 없었다. 나는 과거 수십 년보다 지난 10년 동안 음악을 통해 더 많은 사람들을 사귈 수 있었다. 그들 중에는 내 연주를 보러 온 사람도 있었고, 피아노를 배우는 학생들도 있었다—그들은 내가 과거에 배우고 싶어 했던 바로 그 화음을 내게 배우고 싶어 했다. 내가 작곡한 뮤지컬 음악극 「그럴 필요가 있을까?」를 편곡하고 노래해 준 음악가들도 있었다. 이 음악극은 내가 80세가 되던 해인 2003년 6월 오프브로드웨이 무대에 올랐다.

나는 이 모든 연주 경험을 통해 피아니스트의 삶에 늘 한 가지 위험 요인이 있음을 깨달았다. 바로 피아노였다. 피아노에는 항상 뭔가 문제가 있게 마련인데, 문제는 그 문제가 뭔지 알 수 없다는 점이다. 음 조율이 안 되어 있을 수도, 건반 몇 개가 안 움직일 수도, 페달이 고장 났을 수도 있다. 간혹 피아노 의자가 없는 경우도 있다. 한번은 내가 뉴욕의 한 아트클럽에서 결혼식 피로연 연주를 하게 된 적이 있었다. 나는 신부 측 어머니와 연주 시간, 보수, 음악 장르, 피아노 놓을 위치 등 여러 차례 식의 세부 사항에 대해 이야기를 나눴다. 나는 모든 것이 다 정해졌다고 생각했다. 그런데 식 일주일 전, 갑자기 이런 생각이 들었다. "그곳에 피아노가 있는지 먼저 확인해야겠어." 나는 신부 측 어머니에게 전화를 걸어 물어보았다. 정적이 흐르더니, 곧 이런 말이 들려왔다. "그 생각은 또 못 해봤네요. 아마 거기 피아노는 없을 거 같아요." 나는 부인에게 피아노를 대여하면 된다고 안심시켰다. 그리고 피아노에도 좋은 것이 있고 안 좋은 것이 있다고 설명한 뒤, 좋은 피아노를 대여해 줄 수 있는 사람을 소개시켜 주었다. 결혼식 날이 되어 연주를 하기 위해 식장에 도착한 나는 공장 불량품이 아닐까 싶은 피아노가 무대에 놓여 있는 것을 보았다. 피아노 위에는 신부 측 어머니가 고급 편지지에 고운 글씨로 남긴 메모가 놓여 있었다. "친애하는 진서 씨, 피아노 상태가 좋지 못해 죄송합니다."

나는 이제 어떤 연주를 하든 피해를 최소화하기 위해 연주 장소에 일찍 찾아가는 버릇이 생겼다. 가장 당황스러운 경우는 오른쪽 페달——현의 울림을 정지시키는 페달——이 고장 났을 때다. 이 페달이 고장 나면 오른손 음이 불안정한 스타카토로 처리되어 부드러운 소리가 나지 않고, 내 스타일대로 연주할 수가 없다. 이런 상황이 발생할 때면, 나는 드와이크 미첼이 내게 해준 이야기를 떠올린다. 그 역시 평생 수많은 공연을 하는 동안 불량 피아노를 접한 경험이 한두 번이 아니었다.

그는 내게 이렇게 말했다. "저는 불평하는 것이 제게 아무런 도움이 안 된다는 것을 알았어요. 불평하기 시작하면 기분이 불쾌해지기 때문이죠. '이런 망할 피아노'라고 생각하며 화를 내면, 나는 화가 난 채로 피아노를 연주하게 돼요. 그러면 저만의 개성을 표현할 수 없어요. 이미 나는 화가 나 있고, 머릿속에서 온갖 복잡한 생각을 하고 있으니까요. 하지만 화를 내는 대신 '이건 어떤 소리가 날까? 이걸로 연주하면 어떨까? 한번 확인해 보자'라고 생각할 수도 있죠. 종종 이럴 때 재미난 경험을 하게 돼요. 익숙한 피아노가 아닌 새로운 피아노는 제게 새로운 반응을 보이기 때문에, 전과 다른 색다른 방식으로 연주할 수 있거든요." 한번은 미첼이 피아노 공연을 하기로 한 날, 공연장 측에서 새 피아노를 준답시고 '가운데 도'가 틀린 악기를 준비한 적이 있었다. 그는 공연하는 내내 잘못된 음을 연주하지 않기 위해 모든 화음의 구성을 바꾸어 연주했다.

나도 공연을 시작한 지 얼마 안 되었을 무렵, 페달이 고장 난 피아노를 사용할 일이 있었다. 처음에는 분노와 언짢음이 밀려왔고, 곧 자기 연민의 감정이 들었다. 그러나 나는 곧 정신을 가다듬고 "이건 어떤 소리가 날까"라고 스스로에게 물었다. 나는 낮은 음역대에서 연주하면 화음을 넣어 멜로디를 연결할 수 있고, 귀에 거슬리는 높은 음을 치지 않고도 화음을 낮게 연주할 수 있으리라는 결론을 내렸다. 그날 밤의 공연은 결코 쉽지 않았으나, 나는 이를 계기로 고장 난 페달에 대한 두려움에서 벗어날 수 있었다.

드와이크 미첼이 내게 피아노 연주에 대해 가르쳐 준 것은 사실 음악에 대한 것보다는 연주자로서의 마음가짐과 성격에 대한 것이 더 많았다. 공연 관객 수가 생각했던 것보다 적어 실망스러운 기분이 들 때면, 미첼은 내게 "한 명의 관객을 위해 연주할 수 있는 것도 특권입니다"라고 말해 주곤 했다. 그의 이야기는 내가 공연 피아니스트로서, 또 강연자로서 곤란한 상황을 극복하는 데 많은 도움을 주었다. 나는 더 이상 내가 통제하거나 바꿀 수 없는 상황에 대해 걱정하지 않는다. 나는 그저 주어진 일, 내가 할 수 있는 일을 열심히 할 뿐이다.

이는 글을 쓸 때도 마찬가지다. 여러분의 인생에 대해 회고록을 쓸 때 편집자나 출판사, 에이전시가 뭐라고 할지 걱정하지 말자. 여러분의 예상 독자들에 대해서도 걱정하지 말자. 단한 명의 독자를 위해 글을 쓸 수 있는 것도 특권이다. 감사한 마음을 갖고 즐겁게 글을 쓰도록 하자.

책 찾아보기

2. 학창시절의 기억

□ 존 맥피, 『교장 선생님들』(John McPhee, *The Headmaster*, Nonnday Press, 2000)

□ 하워드 린제이 외, 『다섯 명의 유년 시절』(Howard Lindsay; Harry Golden; Walt Kelly; William Zinsser; John Updike, *Five Boyhoods*, Doubleday & Co, 1962)

■ 러셀 베이커, 『러셀 베이커 자서전: 성장』, 송제훈 옮김, 연암서가, 2010

□ 질 커 콘웨이, 『오지의 땅에서』(Jill Ker Conway, *The Road from Coorain*, Vintage Books, 1990)

■ 프랭크 매코트, 『안젤라의 재』, 김루시아 옮김, 문학동네, 2010

■ 블라디미르 나보코프, 『말하라, 기억이여』, 오정미 옮김, 플래닛, 2007

3. 크나큰 세상의 경험

■ 헨리 데이비드 소로, 『월든』, 홍지수 옮김, 펭귄클래식코리아, 2014

4. 즐거웠던 순간들

□ 폴 볼스, 『극지의 하늘』(Paul Bowles, *The Sheltering Sky*, Ecco Press, 2014)

---

* 저자가 본문에서 언급하는 책들을 언급한 순서대로 정리했습니다. 국내에 번역 출간된 책은 ■로, 국내에 미출간된 책은 우리말 번역과 원서정보를 함께 싣되 □로 표시하였습니다.

5. 장소에 대한 기억

- 헨리 라이더 해거드, 『솔로몬 왕의 동굴』, 김진섭 엮음, 지경사, 2012
- 윌리엄 진서, 『당신과 함께한 도시』(William Zinsser, *Any Old Place With You*, Hammond & Co., 1959)
- 에벌린 워, 『그들은 아직도 춤을 추고 있었지』(Evelyn Waugh, *They Were Still Dancing*, Farrar & Rinehart, 1932)
- _____, 『특종』(*Scoop*, Back Bay Books/Little, Brown and Co., 2012)
- S. J. 패렐만 『서쪽으로 떠나자!』(S. J. Perelman, *Westward Ha!*, Burford Books, 1998)
- _____, 『페렐만 가족 이야기』(*The Swiss Family Perelman*, New York Lyons Press, 2000)

6. 인물에 대한 기억

- 찰스 노드호프, 제임스 노먼 홀, 『바운티호의 반란』(Charles Nordhoff; James Norman Hall, *Mutiny on the Bounty*, University Publishing House, 2004)
- _____, 『바다와 싸우는 사나이들』(*Men Against the Sea*, CreateSpace Independent Publishing Platform, 2015)
- _____, 『핏케언섬』(*Pitcairn's Island*, CreateSpace Independent Publishing Platform, 2015)

7. 기억의 회고

- 윌리엄 진서, 『춘계훈련』(William Zinsser, *Spring Training*, University of Pittsburgh Press, 2003)
- 톰 울프, 『올바른 자질』(Tom Wolfe, *The Right Stuff*, Folio Society, 2009)
- 링 라드너, 『나는 신출내기 투수』(Ring Lardner, *You Know Me Al : A Busher's letters*, Sports Publishing, 2014)

□ 마크 해리스, 『드럼을 천천히 울려라』(Mark Harris, *Bang the Drum Slowly*, RosettaBooks, 2011)

□ 로저 칸, 『여름의 소년들』(Roger Kahn, *The Boys of Summer*, Sterling, 1983)

■ 프랭크 매코트, 『그렇군요』, 김루시아 옮김, 문학동네, 2012

8. 대학 캠퍼스의 삶

■ 윌리엄 진서, 『글쓰기 생각쓰기』, 이한중 옮김, 돌베개, 2007

□ _____, 『윌리와 드와이크』(William Zinsser, *Willie and Dwike : an American profile*, HarperCollins, 1984)

□ _____, 『미첼과 러프』(*Mitchell & Ruff : An American Profile in Jazz*, Paul Dry Books, 2000)

□ _____, 『미국의 장소들』(*American Places*, Paul Dry Books, 2007)

■ 윌리엄 스트렁크, 『글쓰기의 요소: 지적문장을 위한 영어의 18원칙』, 장영준 옮김, 윌북, 2016

9. 이달의 북클럽

■ 윈스턴 처칠, 『제2차 세계대전』, 차병직 옮김, 까치, 2016

■ 윌 듀란트, 『문명이야기』, 한상석 옮김, 민음사, 2011

□ 프란츠 베르펠, 『무사 다그의 40일』(Franz Werfel, *The Forty Days of Musa Dagh*, Godine, 2012)

■ 카렌 블릭센, 『일곱 개의 고딕 이야기』, 추미옥 옮김, 문학동네, 2006

■ _____, 『아웃 오브 아프리카』, 민승남 옮김, 열린책들, 2009

■ 제롬 데이비드 샐린저, 『호밀밭의 파수꾼』, 공경희 옮김, 민음사, 2001

■ 마거릿 미드, 『사모아의 청소년』, 박자영 옮김, 한길사, 2008

■ 싱클레어 루이스, 『배빗』, 이종인 옮김, 열린책들, 2011

■ 대실 해밋, 『그림자 없는 남자』, 구세희 옮김, 황금가지, 2012

■ 로라 잉걸스 와일더, 『초원의 집 1~9』, 김석희 옮김, 비룡소, 2005

□ 클래런스 데이, 『아버지와의 생활』(Clarence Day, *Life with Father*, Tess Press, 2004)

■ 존 허시, 『1945 히로시마』, 김영희 옮김, 책과함께, 2015

□ 벤저민 스포크, 『유아와 육아』(Benjamin Spock, *Baby and Childcare*, Simon & Schuster, 2004)

■ E. B. 화이트, 『샬롯의 거미줄』, 김화곤 옮김, 시공주니어, 2000

■ 랠프 엘리슨, 『보이지 않는 인간 1,2』, 조영환 옮김, 민음사, 2008

□ 루이스 토머스, 『세포 안의 생명』(Lewis Thomas, *Lives of a Cell: Notes of a Biology Watcher*, Demco Media, 2002)

■ 윌리엄 L. 샤이러, 『제3제국의 흥망 1~4』, 유승근 옮김, 에디터, 2005

10. 회고록 글쓰기

□ 메리 카, 『거짓말쟁이들의 클럽』(Mary Karr, *The Liars' Club: A Memoir*, Penguin Books, 2015)

□ 윌리엄 진서, 『진실의 발명: 회고록의 예술과 기술』(William Zinsser, *Inventing the Truth: The Art and Craft of Memoir*, Mariner Books, 1998)

□ _____, 『특별한 인생: 미국 자서전의 예술과 기술』(*Extraordinary Lives: The Art and Craft of American Biography*, CreateSpace Independent Publishing Platform, 2016)

□ 애니 딜라드, 『어느 미국인의 유년기』(Annie Dillard, *An American Childhood*, Canongate, 2016)

□ 비비안 고르닉, 『흉폭한 애정』(Vivian Gornick, *Fierce Attachments*, London Daunt Books, 2015)

□ 새뮤얼 하인즈, 『성장의 계절』(Samuel Hynes, *The Growing Seasons*, Penguin Books, 2014)

□ 안드레 애치먼, 『이집트를 떠나며』(Andre Aciman, *Out of Egypt*, Tauris Parke Paperbacks, 2008)

□ 에일린 심슨, 『청춘의 시인들』(Eileen Simpson, *Poets in Their Youth*, Farrar, Straus and Giroux, 2014)

□ _____, 『고아들』(*Orphans : Real and Imaginary*, Penguin Books, 1990)

□ _____, 『역전』(*Reversals*, Noonday Press, 1998)

□ 이안 프레이저, 『가족』(Ian Frazier, *Family*, Picador USA/Farrar, Straus and Giroux, 2002)

□ 헨리 루이스 게이츠 주니어, 『유색인종』(Henry Louis Gates, Jr., *Colored people : A Memoir*, A.A. Knopf, 1996)

□ 피트 해밀, 『술 마시는 인생』(Pete Hamill, *A Drinking Life : A Memoir*, Back Bay Books, 1997)

□ 토비아스 울프, 『이 소년의 삶』(Tobias Wolff, *This Boy's Life*, Perfection Learning Prebound, 2008)

□ 캐서린 해리슨, 『키스』(Kathryn Harrison, *The Kiss*, Random House, 2011)

12. 과거의 재발견

□ 루이스 하이드, 『선물』(Lewis Hyde, *The Gift*, Peripheral Press, 1998)

□ 윌리엄 진서, 『기억하기 쉬운: 미국의 위대한 작사가와 음악 이야기』(William Zinsser, *Easy to Remember: The Great American Songwriters and Their Songs*, David R. Godine, 2006)

스스로의 회고록 : 당신의 삶 쓰기

지은이 윌리엄 진서 | 옮긴이 신지현 | 펴낸이 유재건 | 펴낸곳 엑스북스

등록번호 105-91-96264호 | 주소 서울시 마포구 와우산로 180 (4층 402호)

대표전화 02-334-1412 | 팩스 02-334-1413

초판 1쇄 인쇄 2017년 11월 24일 | 초판 1쇄 발행 2017년 11월 30일

엑스북스(xbooks)는 (주)그린비출판사의 글쓰기·책쓰기 임프린트 브랜드입니다. 이 도서의 국립중앙도서관 출판예정도서목록(CIP)은 서지정보유통지원시스템 홈페이지(http://seoji.nl.go.kr)와 국가자료공동목록시스템(http://www.nl.go.kr/kolisnet)에서 이용하실 수 있습니다. (CIP제어번호: CIP2017030669)

ISBN 979-11-86846-23-0 03800